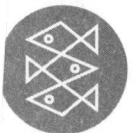

Johanna ist keine gute Tochter. Um sich zu retten, hat sie die Familie verlassen. Jetzt, dreißig Jahre später, ist sie wieder zu Hause. Sie sucht Nähe, sie will den Kontakt zur Mutter erzwingen, doch die verweigert sich kühl jeder Annäherung. Heimgesucht von den Erinnerungen an die Kindheit, zieht Johanna sich in eine einsame Hütte am Fjord zurück, wo es an ihr ist, die Verhältnisse zu ordnen und sich aus den familiären Zwängen zu befreien. Vigdis Hjorth erzählt drastisch von unseren zerrütteten Beziehungen, von Sehnsucht und Enttäuschung und davon, wie man der Vergangenheit begegnet, ohne sich selbst aufzugeben.

Vigdis Hjorth, 1959 in Oslo geboren, ist eine der meistrezipierten Gegenwartsautorinnen Norwegens. Sie ist vielfache Bestsellerautorin, wurde für ihr Werk unter anderem mit dem norwegischen Kritikerprisen und dem Bokhandlerprisen ausgezeichnet und war für den Literaturpreis des Nordischen Rates, den National Book Award sowie den International Booker Prize nominiert. Im S. FISCHER-Verlag erschienen außerdem »Ein falsches Wort« und »Wiederholung«. Nach Stationen in Kopenhagen, Bergen, in der Schweiz und in Frankreich lebt Vigdis Hjorth heute in Oslo.

Weitere Informationen finden Sie auf www.fischerverlage.de

VIGDIS HJORTH

DIE WAHRHEITEN MEINER MUTTER

Roman

Aus dem Norwegischen von Gabriele Haefs

Erschienen bei FISCHER Taschenbuch
Frankfurt am Main, 2025

Die Originalausgabe erschien 2020 unter dem Titel
»Er mor død« bei Cappelen Damm, Oslo, Norwegen.
Copyright © CAPPELEN DAMM AS 2020
Für die deutschsprachige Ausgabe:
© 2023 S. Fischer Verlag GmbH,
Hedderichstr. 114, 60596 Frankfurt am Main
Die Nutzung unserer Werke für Text- und Data-Mining
im Sinne von § 44b UrhG behalten wir uns explizit vor.
Satz: Fotosatz Amann, Memmingen
Druck und Bindung: CPI books GmbH, Leck
ISBN 978-3-596-71037-9
Kontaktadresse nach EU-Produktsicherheitsverordnung:
produktsicherheit@fischerverlage.de

Sie würde sich bei mir melden, wenn Mutter gestorben wäre. Das müsste sie doch?

Eines Abends habe ich Mutter angerufen. Es war Frühling, das weiß ich, denn am nächsten Tag machte ich mit Fred einen Spaziergang um Borøya herum, und es war warm genug für ein Picknick auf der Bank am Osesund. Wegen des Anrufs hatte ich in der Nacht davor fast nicht geschlafen, und ich war froh, am Morgen jemanden zu sehen, und dass dieser Jemand Fred war, ich zitterte noch immer. Ich schämte mich, weil ich Mutter angerufen hatte. Es war gegen die Regeln, aber ich hatte es trotzdem getan. Ich hatte gegen ein Verbot, das ich mir selbst auferlegt hatte, und gegen ein Verbot, das mir auferlegt worden war, verstoßen. Mutter ging nicht ans Telefon. Ich hörte, wie sie mich sofort wegdrückte. Und trotzdem rief ich wieder an. Warum? Ich weiß es nicht. Worauf hoffte ich? Ich weiß es nicht. Und warum schämte ich mich?

Zum Glück war ich am nächsten Tag mit Fred zu einem Spaziergang auf Borøya verabredet, mein inneres Zittern ließ nach, als ich mit Fred gesprochen hatte. Ich holte ihn am Bahnhof ab, und als er sich ins Auto setzte, erzählte ich ihm, was ich getan hatte, Mutter angerufen, ich schüttete Fred auf dem Weg zum Parkplatz und auf dem ganzen Weg um Borøya herum mein Herz aus, aber er fand es nicht seltsam, dass ich Mutter angerufen hatte. *Ich finde es nicht seltsam, dass du mit deiner Mutter sprechen willst.* Ich schämte mich immer noch, doch mit ihm zu sprechen half gegen das Zittern. Aber ich habe ihr nichts zu sagen, sagte ich. Ich weiß nicht, was ich gesagt hätte, wenn sie ans Telefon gegangen wäre, sagte ich. Vielleicht habe ich gehofft, dass ich es plötzlich gewusst hätte, wenn sie ans Telefon gegangen wäre und gesagt hätte: Hallo? Mit ihrer Stimme.

Ich hatte mich selbst in diese Lage gebracht. Ich selbst hatte mich entschieden, Ehe, Familie, Land zu verlassen, vor fast drei Jahrzehnten, auch wenn ich nicht das Gefühl gehabt hatte, eine Wahl zu haben. Ich hatte meine Ehe und meine Familie für einen Mann verlassen, dem sie nicht über den Weg trauten, und für einen Beruf, den sie fragwürdig fanden, ich stellte Bilder aus, die sie beleidigend fanden, ich war nicht nach Hause gekommen, als Vater krank geworden war, ich war nicht nach Hause gekommen, als Vater gestorben war, für sie war das Entsetzliche, dass ich gegangen war, dass ich sie beleidigt hatte, dass ich nicht zu Vaters Beerdigung gekommen war, für mich war das Entsetzliche lange vorher passiert. Sie verstanden es nicht oder wollten es nicht verstehen, wir verstanden einander nicht, und doch rief ich Mutter an. Ich rief Mutter an, als wäre das ganz normal. Natürlich ging sie nicht ans Telefon. Was hatte ich gedacht? Was hatte ich erwartet? Dass sie ans Telefon gehen würde, als ob das ganz normal wäre. Für wen hielt ich mich, dachte ich, ich wäre wichtig, hatte ich gedacht, dass sie sich freuen würde? In Wirklichkeit ist es nicht wie in der Bibel, wo zur Heimkehr des verlorenen Kindes ein Fest gefeiert wird. Ich schämte mich, weil ich gegen meinen Schwur verstoßen hatte, und ich schämte mich Mutter und Ruth gegenüber, denn garantiert hatte sie Ruth von meinem Anruf erzählt, davon, dass ich meinen Schwur nicht halten konnte, während sie, meine Mutter und meine Schwester, ihren Schwur hielten und nicht einmal im Traum daran denken würden, mich anzurufen. Sie mussten erfahren haben, dass ich zurück war. Sicher googelten sie mich regelmäßig, wussten, dass eine Retrospektive meiner Bilder vorbereitet wurde, dass ich jetzt eine norwegische Nummer hatte, sonst wäre Mutter ans Telefon gegangen. Sie waren stark und konsequent, während ich schwach war und kindisch, ich fühlte und benahm mich wie ein Kind. Und außerdem hatten sie keine *Lust,* mit mir zu sprechen. Aber hatte ich *Lust,* mit Mutter zu sprechen? Nein! Aber noch einmal, ich war es, die sie angerufen hatte! Ich schämte mich, weil etwas in mir mit ihr sprechen *wollte* und weil ich ihr durch meinen Anruf gezeigt hatte, dass etwas in mir mit ihr sprechen *wollte;* brauchte ich etwas von ihr? Was sollte das sein? Vergebung? Vielleicht bildete sie sich das ein. Aber ich hatte keine Wahl gehabt! Warum rief ich sie dann an, was wollte ich eigentlich? Ich weiß es nicht! Mutter und Ruth glaubten, ich riefe an, weil ich bereute, sie hofften, dass ich bereute und dass ich litt, weil ich bereute, und dass ich alles wiedergutmachen wollte, aber Mutter ging nicht ans

Telefon, denn so leicht sollte es nicht sein, dass sie und Ruth mich mit offenen Armen empfangen und aufnehmen würden, nur weil ich wieder da, wieder in Norwegen war und Kontakt haben wollte, o nein. Jetzt würde ich merken, was ich von meiner Entscheidung hatte und sie bereuen. Aber ich bereute sie nicht! Für sie sah es aus, als ob ich eine Wahl gehabt hätte, und das irritierte mich, aber Irritation ist leicht zu ertragen, Irritation ist nichts im Vergleich zu Scham, warum dieses lähmende Schamgefühl? Es half mir, mit Fred zu sprechen. Wir gingen über die Schieferwege am Meer, das voller schwimmender Enten und Schwäne war, an der Kurve beim Osesund fand ich Huflattich, ich sagte mir, das bringe Glück. Zu Hause stellte ich den Huflattich in einen Eierbecher mit Wasser, aber er war bald verwelkt. Jetzt ist Herbst, der erste September. Mein erster norwegischer Herbst seit dreißig Jahren.

Ich hatte getrunken, als ich anrief, nicht viel, zwei Glas Wein, aber ich hatte getrunken, sonst hätte ich nicht angerufen. Ich hatte die Nummer über die Onlineauskunft gefunden und wählte sie mit zitternden Fingern. Wenn ich nachgedacht hätte, vernünftig gewesen wäre, hätte ich nicht angerufen. Wenn ich vorher klar gedacht, mir die wahrscheinlichen Szenarien vorgestellt hätte, die folgen würden, wenn Mutter ans Telefon ginge, hätte ich nicht angerufen, ich hätte gewusst, dass es für uns beide zu nichts Gutem führen würde. Es war ein unrealistischer, irrationaler Anruf. Deshalb wurde er nicht beantwortet. Meine Mutter und meine Schwester waren rationale Menschen, ich war irrational, war das der Grund, warum ich mich schämte? Wenn ich ein rational denkender Mensch wäre, hätte ich gewusst, dass sowieso nichts dabei herausgekommen wäre, was man ein Gespräch nennen könnte, wenn Mutter ans Telefon gegangen wäre. Ein Gespräch zwischen Mutter und mir war unmöglich geworden. Aber das hat meinen irrationalen Impuls nicht verhindert, ich wollte nicht klar denken, ich wollte diesem plötzlichen und für mich selbst überraschend starken Impuls folgen. Aus welcher Tiefe kam er? Das versuche ich herauszufinden.

Ich habe mit meiner Mutter seit dreißig Jahren nichts geführt, was ein Gespräch genannt werden kann, vielleicht habe ich das noch nie getan. Ich lernte Mark kennen, bewarb mich heimlich an dem Institut in Utah, wo er unterrichtete, ich wurde angenommen, ich zog mit ihm übers Meer, fort von meiner Ehe, meiner Familie, das passierte im Laufe eines einzigen heißen Sommers. Es stimmt, was gesagt wird, dass ein einziger Blick ausreichen kann, ein kurzer Augenblick, und ich brannte mit nicht zu löschender Flamme; es wurde als Verrat und Schlag ins Gesicht verstanden. Ich schrieb ihnen damals einen langen Brief und erklärte, warum ich getan hatte, was ich getan hatte, ich schüttete ihnen mein Herz in einem Brief aus, aber die kurze Antwort, die ich darauf bekam, schien, als sei dieser Brief vorher niemals geschrieben worden. Eine kurze, stumpfe Antwort mit Drohungen der Verbannung, aber der Erklärung, dass mir, wenn ich »zur Vernunft« käme und sofort die Heimreise anträte, vielleicht verziehen werde. Sie schrieben, als ob ich ein Kind wäre, über das sie ein Verfügungsrecht besäßen. Sie zählten auf, wie viel Geld und emotionale Kraft es gekostet hatte, mich großzuziehen, ich war ihnen einiges schuldig. Sie meinten das wortwörtlich, das begriff ich: dass ich in ihrer Schuld stand. Sie glaubten allen Ernstes, dass ich meine Liebe und meine Arbeit aufgeben würde, weil sie mir die Tennisstunden bezahlt hatten, als ich ein Teenager war. Sie nahmen mich nicht ernst, sie versuchten nicht, mich zu verstehen, stattdessen drohten sie mir. Vielleicht hatten ihre eigenen Eltern so große Macht über sie gehabt, vielleicht hatten sie selbst vor deren Worten so gezittert, vor allem vor den geschriebenen, dass sie glaubten, ihre eigenen würden auf mich eine ebenso starke Wirkung haben. Ich schrieb wieder einen langen Brief und erklärte, was das Kunststudium für mich bedeutete, wer Mark war. Wieder antworteten sie, als ob mein Brief nicht geschrieben worden wäre, als ob sie ihn nicht gelesen hätten, sie zählten Ausgaben auf, was die Wohnung gekostet hatte, die sie gekauft hatten, damit ich während meines Jurastudiums in der Nähe der Universität wohnen konnte, was meine Hochzeit gekostet hatte, die ich jetzt mit meinem unreifen Verhalten vor aller Welt lächerlich machte, ich ließ einen frischgebackenen Ehemann im Stich, beschämte seine Familie, stürzte sie in Unglauben. Ich müsse mir »die Gedanken, die dieser M« in mir gesät habe, aus dem Kopf schlagen. Nur wenigen Auserwählten gelinge es, von ihrer Kunst zu leben, es liege auf der Hand, dass ich nicht zu diesen gehörte. Das tat mir weh, ebenso dass sie ehrlich zu glauben schienen, solche Worthülsen würden mich dazu bringen, mein neues Leben aufzugeben, zurückzukehren zu emotionaler Erpressung, mich ihrer Form und ihren Erwartungen anzupassen, was für mich einer Selbstverstümmelung gleichkam. Ich antwortete nicht auf diesen Brief, im Dezember schrieb ich ihnen einen Weihnachtsgruß, eine freundliche, aber distanzierte Beschreibung der kleinen Stadt, in der wir wohnten, des Hauses, des winzigen Gartens, in dem wir Tomaten anpflanzten, ich erzählte von den Jahreszeiten in Utah. Ich schrieb, als wäre ihr voriger Brief nicht geschrieben worden, ich tat, was sie getan hatten, fröhliche Weihnachten! Ich bekam einen ähnlichen Brief zurück, kurz, distanziert, fröhliches neues Jahr! Ich schickte ihnen ab und zu einen Ausstellungskatalog oder eine Postkarte von einer Reise, ich schrieb ihnen, als John geboren war, und ich schickte ihnen ein Bild von ihm. Er bekam einen Brief zurück, Lieber John, willkommen auf der Welt, Gruß von Oma, Opa und Tante Ruth. Zu seinem ersten Geburtstag bekam er einen silbernen Becher mit der Post, Gruß von Oma, zum zweiten einen silbernen Löffel, zum dritten eine Gabel. In den ersten Jahren kam es vor, dass meine Schwester kurze Mitteilungen über die Gesundheit unserer Eltern sandte, wenn etwas Besonderes anlag, eine Nierensteinoperation, ein Sturz auf dem Eis, keine Anrede, keine Fragen, nur ein Satz über den physischen Zustand meiner Eltern, Ruth. Solange sie relativ gesund waren, kam das nur selten vor. Aus allem war herauszulesen, dass Ruth Mitleid verdient hatte, da sie sich allein um die beiden kümmern musste, dass ich egoistisch war, weil ich weggegangen war, ohne mir Gedanken zu machen. Sie schrieb, so empfand ich es, um mir ein schlechtes Gewissen zu machen, aber vielleicht empfand ich es so, weil etwas in mir ein schlechtes Gewissen hatte? Ich antwortete, gute Besserung. Aber nachdem die Triptychen *Kind und Mutter 1* und *Kind und Mutter 2* in ihrer Stadt und meiner Stadt ausgestellt worden waren, in einer der angesehensten Galerien, vielbesucht und von der Presse beachtet, versiegten Ruths knappe Mitteilungen und Mutters Feiertagsgrüße. Auf Umwegen, über Mina, deren Mutter noch immer in der Nachbarschaft wohnte, erfuhr ich, dass sie die Bilder empörend fanden, dass ich der Familie Schande bereitete, vor allem Mutter. John bekam weiterhin Geburtstagsbriefe, aber sie waren nicht mehr so zugewandt, ansonsten herrschte Schweigen. Ich wusste nichts über das alltägliche Leben meiner Eltern. Ich ging davon aus, dass es von Routine geprägt war, wie bei den meisten älteren, gutsituierten Menschen, sie wohnten noch immer in dem Haus, in das sie gezogen waren, als ich ins Teenageralter kam, in einem vornehmeren Stadtviertel als dem, in dem das Haus meiner Kindheit stand, ich hatte jedenfalls nichts anderes gehört. Ich hätte davon erfahren, wenn das Haus verkauft worden wäre und sie Ruth und mir schon einen Anteil unseres Erbes ausgezahlt hätten, sie waren sehr korrekte Menschen, wenn es um finanzielle Dinge ging. Es wäre leicht gewesen, sie vor mir zu sehen, in den Zimmern des Hauses, in dem ich selbst gewohnt hatte, aber ich sah sie nicht vor mir. Vor vierzehn Jahren, als ich in einem gemieteten Studio in Soho in New York stand und arbeitete und Mark im Presbyterian Hospital lag, teilte Ruth mir mit, Vater habe einen Schlaganfall gehabt und liege im Krankenhaus, mehr stand dort nicht, sie bat mich nicht, zu kommen. In den nächsten drei Wochen schickte sie mehrere kurze Nachrichten über Vaters Zustand, verwendete teilweise unverständliche medizinische Terminologie, nichts Einladendes lag in ihren Worten, keine Anrede, keine Nennung meines Namens, kurze Mitteilungen, zu denen sie sich gezwungen fühlte, ich dachte, sie wollte nicht, dass ich kam. Meine Anwesenheit wäre eine Zumutung. Ich hatte keine Rolle zu spielen, es wäre allen unangenehm, wenn ich da wäre, mir selbst war die bloße Vorstellung unangenehm, ich wünschte Vater gute und schnelle Besserung. Am 20. November schrieb sie, er sei tot, das überraschte mich, ich stand noch immer im Atelier in Soho, Mark lag noch immer im Presbyterian, ich fuhr nicht hin, ich dachte nicht daran, hinzufahren und zur Beerdigung zu gehen. Sie baten mich auch nicht darum, Ruth schrieb, er werde dann und dann begraben werden, da und dort, Punkt. Am Tag nach der Beerdigung kam eine Nachricht von Ruths Telefon, aber sie war von beiden verfasst, dort stand *wir,* und sie war unterschrieben mit *Mutter und Ruth,* ein Abschiedsgruß. Mutter habe es sehr getroffen, dass ich nicht an Vaters Krankenbett heimgekehrt, nicht zu Vaters Beerdigung gekommen war, es habe sie fast umgebracht, stand dort, in gewisser Weise hatte ich sie symbolisch getötet, so hatte sie es formuliert, wenn ich es richtig in Erinnerung habe, ich habe diese Mitteilung nicht gespeichert, ich habe sie damals sofort gelöscht. Das bereue ich jetzt, es wäre interessant, sie heute noch einmal zu erleben, ich meine, sie jetzt noch einmal zu lesen, im September. Ich verstand diese Mitteilung als Vorwand, mich endgültig zu verstoßen und mir das *Endgültige* zur Last zu legen. Die Geburtstagsgrüße an John versiegten.

Wir hatten nicht länger »kaum Kontakt«, wir waren jetzt verfeindet, das war mir klar, aber es beeindruckte mich nicht, ich arbeitete, ich kümmerte mich um Mark und um John. Das Haus wurde verkauft, Mutter kaufte eine Wohnung, ich erhielt eine Abrechnung, einen Geldbetrag und einen sachlichen Brief von einem Anwalt, ohne Mutters neue Adresse, aber gut. Wenn wir zu einem kurzen Besuch im Land waren, sagten wir ihnen nicht Bescheid, als Mark starb, sagte ich ihnen nicht Bescheid, sie hatten ihn nie kennengelernt und hatten nie den Wunsch geäußert, ihn kennenzulernen. Als John vor vier Jahren nach Europa ging, nach Kopenhagen, sagte ich ihnen nicht Bescheid, warum hätte ich das tun sollen, sie hatten ihn nie kennengelernt. Ich sprach mit Mina, ich sprach mit Fred. Aber als das Skogum-Kunstmuseum beschloss, in zwei Jahren eine große Retrospektive meiner Werke zu zeigen, begann die Stadt meiner Kindheit, mich in meinen Träumen heimzusuchen. Als es immer häufiger zu Kuratorengesprächen darüber kam, welche Werke ausgestellt werden sollten, suchte sie mich auch tagsüber heim. Ich hatte versprochen, mindestens ein neues Bild fertigzubekommen, aber ich brachte nichts zustande, ich stand tagelang vor unterschiedlichen Leinwänden, doch mir schien alles belanglos. Mir fiel auf, dass ich seit meiner manischen Phase nach Marks Tod nichts Wesentliches mehr produziert hatte, nicht seit ich im Atelier gestanden hatte, um mit meiner Trauer um ihn fertigzuwerden. Die Trauer war jetzt weniger intensiv, war das der Grund dafür, und dass ich jetzt allein wohnte – in allem, was uns gemeinsam gehört hatte? Ich beschloss, nach Hause zu ziehen, ich nenne Norwegen noch immer mein Zuhause, nur für eine gewisse Zeit, bis zur Ausstellungseröffnung. Ich sagte ihnen nicht Bescheid, warum hätte ich das tun sollen? Ich vermietete das Haus in Utah, mit den Einnahmen und der Witwenrente von Mark konnte ich eine schöne Wohnung in dem neuen Stadtteil am Fjord bezahlen, mit einer eingebauten Dachterrasse, die ich als Atelier nutzen konnte. Jetzt wohne ich in derselben Stadt wie Mutter, viereinhalb Kilometer von ihr entfernt, ich habe ihre Adresse über die Onlineauskunft herausgefunden, sie wohnt in der Arne Bruns gate 22, das ist näher an der Innenstadt als die Häuser, in denen ich aufgewachsen bin. Über die Onlineauskunft fand ich auch ihre Telefonnummer heraus.

Die ersten Monate verbrachte ich vor allem in der Wohnung, ich kannte die Stadt nicht mehr, ich fühlte mich fremd, außerdem war später Winter. Grauer Nebel trieb über den teilweise vereisten Fjord, die Hügelkämme am Horizont ähnelten schlafenden Dalmatinern, die Bürgersteige waren von Eisbuckeln bedeckt. Wenn ich ein seltenes Mal nach draußen ging, kam es vor, dass mir Mutters Anwesenheit fast fünf Kilometer weiter bewusst war. Im Gegensatz zu den dreißig vergangenen Jahren bestand jetzt die konkrete Möglichkeit, ihr über den Weg zu laufen. Aber sie war sicher nicht viel unterwegs bei diesem Wetter, bei dieser Kälte, bei diesen Eisbuckeln, sie wollte sich doch nicht den Oberschenkelhals brechen. Ältere Frauen haben Angst, sich den Oberschenkelhals zu brechen. Sie musste jetzt weit in ihren Achtzigern sein. Ich stand eines Nachmittags vor dem Fahrkartenautomaten an der Haltestelle, als eine ältere Frau fragte, ob ich ihr behilflich sein könne. Ich hatte gerade gelernt, die richtigen Tickets zu finden, sie stand neben mir mit einem Vertrauen, das mich berührte, mit offener Handtasche und offenem Portemonnaie. Als sie ihre Fahrkarte bekommen hatte, fragte sie, ob ich ihr die Treppe hoch helfen könne, ich konnte nicht nein sagen. Sie fasste meinen Arm mit der einen Hand, das Geländer mit der anderen, ihre Einkaufstasche hing ihr um den Hals und baumelte bei jedem Schritt hin und her, sie ging so langsam, dass ich Angst hatte, meine Bahn zu verpassen, aber ich konnte sie nicht loslassen. Ich zählte die Treppenstufen, um mich zu beruhigen, es waren zweiundzwanzig. Auf dem Bahnsteig bedankte sie sich überschwänglich, ich sagte, keine Ursache, sie wolle ihre Tochter besuchen, sagte sie, und ich wurde verlegen.

Hatte ich Mutter angerufen, um zu sehen, wer sie jetzt ist? Um mit ihr zu reden, als wäre sie nicht meine Mutter, sondern ein ganz normaler Mensch, irgendeine Frau an einer Haltestelle? Das wäre unmöglich. Nicht weil sie mit all ihren Eigenheiten kein ganz normaler Mensch ist, sondern weil eine Mutter für ihre Kinder niemals ein ganz normaler Mensch sein kann, und ich bin eines ihrer Kinder. Egal, ob sie jetzt anders ist, sich verändert hat, für mich wird sie immer die Mutter von damals sein. Vielleicht findet sie es schrecklich, dass es so ist, Mutter zu sein ist ein Kreuz. Mutter hat es satt, Mutter zu sein, meine Mutter zu sein, und auf eine Weise ist sie das ja auch nicht mehr, aber solange die Tochter lebt, ist sie nicht sicher. Vielleicht hatte Mutter immer das Gefühl, meine Mutter zu sein sei unvereinbar damit, sie selbst zu sein. Vielleicht hatte Mutter schon seit meiner Geburt den Wunsch, nicht meine Mutter zu sein. Aber es gab kein Entrinnen, sosehr sie sich auch bemühte. Oder vielleicht ist es ihr gelungen, vielleicht hat sie während meiner langen Abwesenheit vergessen, dass sie meine Mutter ist, und dann rufe ich auf einmal an und erinnere sie daran. Für sie muss das sehr plötzlich passiert sein.

Sie wird sagen, dass sie jetzt eine andere ist als damals. Es ist verständlich, dass Eltern von ihren Kindern anders gesehen werden wollen, wenn die Kinder reifer und klüger geworden sind. Aber niemand kann von den eigenen Kindern erwarten oder verlangen, dass diese ihr Bild der Mutter aufgeben, das Bild ihrer Kindheit, und niemand kann von den eigenen Kindern verlangen, dass sie das Bild der Mutter ausradieren, das in den ersten dreißig Jahren ihres Lebens geschaffen wurde, um die Mutter unverstellt und objektiv als eine siebzig- oder achtzigjährige Frau zu sehen.

Es ist leichter für die, die ihre Eltern regelmäßig sehen. Die meisten meiner Bekannten sehen ihre Eltern vielleicht heute mit milderen Augen als früher, da die Kanten der Eltern durch die Höhen und Tiefen des Lebens abgeschliffen worden sind, sie sind nachsichtiger und versöhnlicher gestimmt, und einige haben erlebt, dass die Eltern den Grund für ihre Fehltritte erklärt haben, und einige wenige haben erlebt, dass die Eltern sie um Entschuldigung gebeten haben. Vielleicht erlebt Ruth Mutter etwas wärmer und klüger, das tut Ruth und Mutter sicher gut. Langsam wird das alte Bild durch ein neueres ersetzt, oder das Bild der jungen und das der alten Mutter verschwimmen miteinander, und mit dem aus der Überlagerung entstehenden Bild lässt es sich leichter leben. Die, die regelmäßig mit ihrer Mutter Kontakt haben und mit ihr über die Vergangenheit sprechen, tragen dazu bei, die Vergangenheit neu zu erschaffen, gemeinsam wird eine Geschichte geschrieben. So ist es vermutlich. Ruth erinnert sich vermutlich so, wie Mutter will, dass sie sich erinnert.

Aber ich habe auch Geschichten darüber gehört, dass die Eigenschaften der Mutter, die für das Kind in der Kindheit die schlimmsten waren, sich im Laufe ihres Lebens noch stärker ausgeprägt haben, so sehr, dass sie am Ende vollständig die Persönlichkeit der Mutter beherrschen. Minas Mutter hat in all den Jahren tagaus, tagein auf Mina herumgehackt und sich über sie beklagt, und sie tut es noch immer, noch schärfer und unbarmherziger als früher. Mina besucht sie jeden Tag mit Frikadellen und Suppe im Krankenhaus und wird mit Vorwürfen und Gemeinheiten empfangen. Was treibt Mina an? Wenn sie aufschriee, weil alles so ungerecht ist, würde die Mutter eine Bestätigung für ihr Lebens- und Minabild erhalten, sagt Mina, und das gönne sie ihr nicht. Dass die Worte der Mutter auf Mina anscheinend keinen Eindruck machen, ist Minas Strafe für die Mutter. Kind und Mutter.

Als ich beschlossen hatte, nach Hause zu ziehen, ging die Arbeit besser voran, ich begann mit einem Bild, das mir vielversprechend erschien, ich nahm es mit über das Meer, aber als alles Praktische, was mit dem Umzug zusammenhing, erledigt war und ich wieder anfangen wollte zu arbeiten, ging es nicht. Ich begann mit einem anderen, einem frühlingshaften Bild, dann rief ich Mutter an, dann kam alles zum Stillstand. Ich wollte Museen und Galerien besuchen, wie ich das immer tue, wenn ich nicht weiterkomme, aber ich spürte eine Angst vor den öffentlichen Räumen, wie ich sie noch nie gespürt hatte. Ich war nach Marks Tod so viel allein gewesen, dass ich menschenscheu geworden war, oder lag es daran, dass ich die Stadt nicht mehr kannte, oder daran, dass Mutter in dieser Stadt wohnte und ich Angst hatte, ihr über den Weg zu laufen? Draußen fielen mir alle älteren Frauen auf. Sie steigen langsam und mit krummem Rücken in die Bahn. Halten sich an den Handgriffen fest, lehnen sich an Wände und Türen, richten sich mühsam auf, wenn sich die Bahn nähert, überprüfen den Inhalt ihrer altmodischen Handtaschen, um sich davon zu überzeugen, dass alles noch da ist, Portemonnaie, Brille, Schlüssel, ich habe auch schon damit angefangen, die Brille? In der Apotheke sitzen sie mit verschlossenen Gesichtern auf den wenigen Stühlen, lesen keine Zeitung, schauen nicht auf ihr Telefon, fortgewandt von der Welt oder, andersherum, dem Nächstliegenden zugewandt, den Nummernzettel zwischen den zittrigen Fingern, der Tafel, auf der immer neue rote Zahlen auftauchen, alles passiert so schnell, sie fürchten, die Zahl könnte verschwinden, ehe sie es geschafft haben, aufzustehen und an die Theke zu treten, um die notwendige Medizin zu bekommen. Alte Körper versagen. Versagt Mutters Körper? Warum will ich das wissen? Hat Mutter ein Hörgerät? Warum will ich das wissen? Das frage ich mich. Man interessiert sich besonders für Informationen, die einem nicht zugänglich sind. Aus Mangel an Informationen phantasiere ich mir Mutter zusammen. Was ist es, was möchte ich wissen? Ich möchte wissen, wie es ihr geht. Nicht aus Fürsorglichkeit, nicht so, sondern: Wie hast du das alles erlebt? Wie war es für dich? Und wie erlebst du die Situation jetzt, die existenzielle, die wir teilen, was denkst du über unsere Situation? Werde ich das niemals erfahren? Wird sie niemals erfahren, wie es für mich war, wie es für mich ist? Sie muss sich doch Fragen stellen. Danach, was ich denke, wie es mir geht, egal, wie wütend, wie beleidigt sie ist, muss sie sich doch diese Fragen stellen, denn ich bin trotz allem ihr fast sechzig Jahre altes Kind.

Wie alt ist Mutter jetzt? Vor vielen Jahren kam eine Nachricht von Ruth: Mutter wird heute siebzig. Ich antwortete, grüß sie von mir und herzlichen Glückwunsch. Das muss vor Vaters Tod gewesen sein, das heißt, sie ist jetzt fünfundachtzig oder noch älter. Ich erinnere mich nicht an ihr Geburtsjahr und auch nicht an ihren Geburtstag, und so etwas lässt sich gar nicht so leicht herausfinden, wie man vielleicht meint. Ich könnte jemanden aus der Familie anrufen und fragen, Ruth oder Mutters Bruder, den finde ich bei der Onlineauskunft, aber ich kann nicht anrufen und nach Mutters Geburtstag fragen, das geht einfach nicht. Er ist im Herbst. Ich erinnere mich an ihren fünfundvierzigsten Geburtstag, der muss es gewesen sein, denn Thorleif war dabei, wir standen im Garten unter den Obstbäumen. Vielleicht erfinde ich das. Aber ich erinnere mich an meine Atemschwierigkeiten, an den Druck im Zwerchfell, den ich zu solchen Gelegenheiten hatte, immer dann, wenn sich die Familie öffentlich zeigte, ich hatte dann das Gefühl, dass mir ein Drehbuch in die Hände gedrückt worden war, alle erwarteten, dass ich meine Rolle spielte, die brave Anwaltstochter, die Anwaltsgattin, die Jurastudentin, das Unbehagen dabei und das Unbehagen angesichts der anderen; Thorleif, Ruth und andere Gäste hielten sich an das Drehbuch, das von Mutter und Vater verfasst worden war, vor allem von Vater; das Gefühl der Unfreiheit, das Gefühl, dass ich nicht ich selbst sein konnte, und übrigens wusste ich nicht, wer ich war, und ich konnte es dort, wo ich war, auch nicht herausfinden, im Garten von Mutter und Vater, auf dem Fest von Mutter und Vater; ich erinnere mich noch genau, das Gefühl von Gefangenschaft und eine schwelende Frustration, ich hatte Angst, sie irgendwann nicht mehr zurückhalten zu können, und was dann? Thorleif mit seinem tiefen Respekt vor Vater, Thorleif, der Vater nach dem Mund redete, Thorleifs Lachen, wenn Vater sich über meine »Künstlerkapriolen« lustig machte, das Augenverdrehen, weil ich mich an der Hochschule für Kunst und Gewerbe bewerben wollte, der Hochschule für Brunst und Gemüse, wie er es nannte, Thorleif lachte. Ich dachte schon früh, mein Vater sei nicht mein Vater. Als ich die Geschichte von Hedvig hörte, die nicht Hjalmar Ekdals Tochter war, dachte ich: So ist es! Nur dass ich mich nicht erschießen wollte, wenn es herauskäme, ich würde erleichtert sein, mich frei fühlen, glaubte ich. Mutter war mit einem anderen zusammen gewesen, vielleicht nur eine Nacht, sie war schwanger geworden, und Vater ahnte, dass es einen anderen gegeben haben musste, denn ich hatte keine Ähnlichkeit mit ihm, und immer, wenn Mutter mich ansah, wurde sie an ihre Untreue erinnert, schämte sich und fürchtete, alles könnte entdeckt werden, so musste es ein, das erklärte alles. Warum sie zusammenzuckte, wenn ich unerwartet das Zimmer betrat. *Du sollst mich nicht so erschrecken!* Vater erzählte zum hundertsten Mal den Witz über die Diebe, die ein Kunstmuseum ausrauben wollten, der eine fragt den anderen, woher sie wissen sollen, welche Bilder die wertvollsten sind, die hässlichsten, ha, ha. Es ist nicht schon Kunst, bloß weil es niemand versteht, ha, ha. Wenn du als Erwachsener nicht konservativ bist, hast du kein Hirn. Ich war die, die kein Hirn hatte. Meine Versuche des Widerspruchs wurden mit einem herablassenden Lächeln beantwortet, jeder Keim von Protest wurde als Ausdruck eines unreifen Wunsches nach Opposition um der Opposition willen verstanden, den ich nur unternahm, um Aufmerksamkeit auf mich zu ziehen und ausgelacht zu werden. Thorleif lachte, und mein Hals war wie zugeschnürt, aber das ist alles verbrannt in mir. Mutters flammender Blick, als sie begriff, dass ich keine Rede halten würde, Vaters gletscherblauer, glasiger Blick, das macht nichts mehr mit mir. All das ist verbrannt in mir.

Sie wissen, dass ich in der Stadt bin. Mina hat angerufen, sie ist Ruth am See begegnet, und als sie ihr erzählte, dass ich für einige Zeit nach Hause gezogen bin, wusste Ruth schon davon.

Sie lassen nichts von sich hören. Sie sind prinzipienfest und stolz, sie haben damals, als ich nicht zu Vaters Beerdigung gekommen bin, eine Entscheidung gefällt, und damit war es entschieden.

Ich habe Mutter angerufen. Es war abends, es war vielleicht zehn Uhr, ich ging davon aus, dass sie allein war. Ich stellte mir vor, dass sie vor dem Fernseher saß. Nein, so habe ich es mir erst im Nachhinein vorgestellt, ich sah kein so konkretes Bild vor mir, dass ich sie anrief, war ein spontaner Impuls, ich hatte die Idee, und ich rief an, ehe ich es mir anders überlegte. Ich hatte zwei Glas Wein getrunken. Mutter ging nicht ans Telefon. Das heißt, mein Anruf wurde zurückgewiesen. Vielleicht hatte Ruth meine Nummer in Mutters Telefon blockiert? Ruth meint bestimmt, dass es Mutter nicht guttun würde, mit mir zu reden, und das ist sicher richtig, in gewisser Hinsicht. Ruth weiß, dass ich in der Stadt bin, und sie hat Angst, ich könnte Mutter anrufen. Sie will jeglichen Kontakt verhindern. Meine Schwester beschützt Mutter, und sie beschützt sich selbst, indem sie meine Nummer in Mutters Telefon blockiert. Ich glaube nicht, dass Mutter das von sich aus tun würde. Sie ist in technischen Dingen immer hilflos gewesen, so erinnere ich mich daran. Obwohl sich viel verändert haben kann, vor allem seit Vaters Tod. Mutter ist in praktischen Dingen vielleicht geschickter geworden, doch ich bilde mir ein, dass Ruth das meiste erledigt, vor allem, wenn es um das Telefon geht. Aber vielleicht glaube ich, dass Ruth meine Nummer blockiert hat, weil ich hoffe, dass etwas in Mutter *will,* dass ich anrufe. Mutter ist es nicht gleichgültig. Egal, wie sehr sie mich aus ihrem Inneren entfernen konnte, sie hat es nicht so weit geschafft, dass sie meiner eventuellen Gleichgültigkeit gegenüber gleichgültig wäre. Durch meinen Anruf habe ich Mutter eine Form von Bedeutung gegeben. Ich glaube, die will sie haben. Auch wenn sie glaubt, dass ich angerufen habe, um ihr Vorwürfe zu machen, aber das kann sie nicht glauben nach all den Jahren, nach dreißig Jahren.

Im Haus neben dem, in dem ich aufgewachsen bin, wohnte eine ältere Frau, eine Witwe, Frau Benzen. Alle Kinder hatten Angst vor Frau Benzen, sie befahl uns, leise zu sein, wenn wir spielten, schimpfte uns aus, wenn wir uns gegen ihren Zaun lehnten, drohte mit der Polizei, wenn wir uns eine von den Kirschen schnappten, die im Sommer an ihren Zweigen über dem Bürgersteig hingen. Irgendwann begriff ich, dass auch Mutter, die damals jung war, Angst vor Frau Benzen hatte. Es ist eine meiner frühesten Erinnerungen, und es tut noch immer weh, daran zu denken. Ich war vielleicht sieben, ich warf meinen Ball gegen die Garagentür, warf zu hoch, und der Ball landete in Frau Benzens Garten, und weil ich hinter den Fenstern niemanden sah, lief ich hinein, holte ihn aus dem Blumenbeet vor der Veranda, lief wieder hinaus und spielte weiter, als ich Frau Benzen auf einmal aus ihrer Tür und in Richtung unseres Tors gehen sah. Sie kam durch das Tor auf mich zu, packte mich am Arm und zog mich in unseren Garten, klingelte an unserer Tür, Mutter machte auf. Als sie Frau Benzen sah, fuhr sie zurück und wurde blass, Frau Benzen stauchte sie zusammen, weil sie ihr Kind nicht anständig erzogen hatte, das Kind, das verbotenerweise in ihrem Garten gewesen war und die Pfingstrosen zertrampelt hatte, Mutter blieb stumm. Ich hatte zwar nicht damit gerechnet, dass sie mich verteidigen würde, aber ich hatte gehofft, sie würde fragen, was geschehen sei, sie tat beides nicht, Mutter stand stumm vor Frau Benzen und sah verängstigt und kindlich aus, und als Frau Benzen gegangen war, sank Mutter mit zitternden Knien auf einen Stuhl. Mutter blieb sprachlos, was hatte ich gerade erlebt? Dass sie nicht stark war, obwohl sie mir gegenüber so mächtig war? Irgendwann musste sie sich von einer ängstlichen und sprachlosen Person in eine redselige und kommunikative verwandelt haben, wann war das passiert?

Aber vielleicht waren Angst und Sprachlosigkeit zurückgekehrt, als Vater gestorben war, und deshalb ist sie nicht ans Telefon gegangen, als ich anrief, sie hat Angst vor mir. Das Telefon klingelt, und Mutters Brust schnürt sich zusammen bei dem Gedanken, dass ich es sein könnte. Mutter denkt zurück an ihr Leben, wie ältere Menschen das angeblich tun, das Bild einer Erinnerung an mich taucht auf, und ihr Herz hämmert vor Angst. Mutter sieht eine Zeitungsnotiz über die Retrospektive, und ihr Blut gefriert in ihren Adern zu Eis. Die Angst macht den Menschen erfinderisch, Mutter phantasiert mich in meiner Abwesenheit schlimmer, als ich bin. Aber ich glaube, sie empfindet wahrscheinlich eher Zorn als Furcht. Und vermutlich überschätze ich meine Bedeutung. Dass Mutter nicht ans Telefon gegangen ist, als ich anrief, bedeutet nicht, dass ich mit irgendeiner Empfindung verbunden bin. Mutter will einfach nichts mit mir zu tun haben müssen. Mutter hat wahrscheinlich Methoden entwickelt, um den Erinnerungen auszuweichen, die mit mir zu tun haben. Das ist nachvollziehbar, wenn man die Situation betrachtet, und doch ist es ein seltsamer Gedanke. Dazu sind unsere Leben geworden.

Der vierte September, es ist zwei Uhr nachmittags. Vom Atelier aus sehe ich den Himmel, er ist sehr blau, sehr hoch. Ich sehe auch den Fjord, das Septembermeer ist abwechselnd stahlgrau und stahlblau, die großen Schiffe riechen nach Öl. Wenn ich den Kopf über das Geländer der Dachterrasse beuge, sehe ich die gewaltigen Ahornbäume auf beiden Seiten der Straße unter mir, sie werden gerade erst gelb. Fünf Kilometer weiter wohnt Mutter, atmet Mutter, wenn sie nicht in eine wärmere Gegend gereist ist, wie viele ältere Menschen es tun, wenn es kalt wird. Aber es ist noch nicht kalt, ich habe die Terrassentür geöffnet, die Sonne scheint, wenn Mutter einen Balkon hat, den hat sie sicher, hat sie vielleicht die Tür auch geöffnet, genau wie ich, vielleicht sieht sie in dieselbe Sonne wie ich, die Sonne ist gelb und wärmt alle. Die leichte Schärfe in der Luft, die mir erzählt, dass Herbst ist, sie fühlt sich frisch an in meinem Gesicht, der Herbst ist eine wunderbare Zeit, im Herbst fing immer das neue Schuljahr an, eine neue Seite wurde aufschlagen und so weiter. Mutter wird wohl erst im November wegfahren. Vermutlich plant sie gerade ihre Reise, gerade jetzt sitzt sie mit ihrer Freundin Rigmor am Küchentisch in der Arne Bruns gate 22, die ich mir nicht richtig vorstellen kann, studiert die Hochglanzbroschüren der Reisebüros und *träumt* sich weg. Mutter hat sich längst mit dem Tochterverlust abgefunden. Sie will das Beste aus ihrem Leben machen. Warum finde ich mich nicht mit dem Mutterverlust ab? Ich finde mich mit dem Mutterverlust ab, aber ich finde mich nicht damit ab, dass Mutter sich mit dem Tochterverlust abgefunden hat? Ich habe dreißig Jahre lang nicht wirklich darüber nachgedacht. Kommt mir die Situation so seltsam vor, weil ich wieder zu Hause bin? Am Anfang tat es das nicht, nicht in den ersten Monaten, als ich alles Praktische geregelt habe, als ich auspackte, einrichtete, Planungstreffen im Museum hatte, nach und nach den Ort neu entdeckte, an dem ich geboren bin, alles hat sich verändert, ist viel größer geworden, das gefiel mir, aber als das alles vorüber war und ich hätte arbeiten müssen, als der Winter milder wurde und ich auf der Terrasse saß und auf das Meer hinausblickte, auf die Fähren, die am frühen Morgen hereinkamen, fing ich an, darüber nachzudenken. Passiert das, weil ich jetzt selbst in ein Alter komme, in dem man beginnt zu überlegen, in dem ich nicht nur nach vorne schaue, sondern auch zurück? Passiert das, weil ich ein Enkelkind habe, ist es eine Form der Sentimentalität, ist es dieses *nie wieder,* mit dem ich mich so schwer versöhnen kann?

Ich rief Mutter an, sie ging nicht ans Telefon.

Ruth meint, dass es Mutter nicht guttut, mit mir zu sprechen. Mutter hält mehr nicht aus. Mutter hat das, was war, eigentlich nie ausgehalten, meinen plötzlichen Aufbruch, meine Arbeit, durch die sie *bloßgestellt* worden ist, dass ich in der schwierigen Zeit nicht gekommen bin, zu Vaters Beerdigung. Mutter hat mich endlich überwunden, und Kontakt mit mir könnte die Wunden wieder aufreißen. Das verstehe ich.

Aber wenn meine Wut darüber, verstoßen und zum schwarzen Schaf der Familie gemacht worden zu sein, in mir verbrannt ist, kann doch auch Mutters Enttäuschung über mich in ihr verbrannt sein. Ruth will das Risiko nicht eingehen. Die Gefahr, dass Mutter nach einem Gespräch mit mir außer sich und aufgewühlt wäre, ist zu groß, und das will Ruth vermeiden. Das ist verständlich, sie muss sich um Mutter kümmern, wenn es ihr schlechtgeht. Ich stelle mir vor, dass es Mutter oft schlechtgeht, aber vielleicht möchte ich nur, dass es ihr schlechtgeht, damit ich ihr fehle und damit sie sich fragt, wie es mir geht, ich projiziere das, was ich mir wünsche, in sie hinein. Vermutlich ist es bloß das, denn Mutter war immer gut darin, Unbehagliches einfach abzuwerfen, es zeichnete sie aus, und das ist noch heute so, da bin ich mir ziemlich sicher, denn obwohl ich seit dreißig Jahren keinen Kontakt mehr zu ihr habe, hatte ich über zwanzig Jahre lang sehr engen Kontakt zu ihr, und diese Jahre haben mich geprägt, sie haben sich eingebrannt und können nicht weggebrannt werden, die Jahre, das, was ich damals erlebt habe, vor allem in den ersten Jahren, Mutters tiefstes Wesen, ehe sie lernte, sich zu verstecken, lassen sich nicht weglachen. Obwohl sich beide in dreißig Jahren, mit dem Vergehen der Zeit, verändert haben, kann man vom eigenen Kind nicht erwarten, dass sich das Bild der Mutter der Kindheit ändert, nur weil diese Zeit vergangen ist.

Nur durch regelmäßigen Kontakt kann das Kindheitsbild der Mutter verändert werden. Meine Schwester hat ihr Kindheitsbild von Mutter wahrscheinlich verändert, weil sie Zeit miteinander verbracht haben. Das ist der Vorteil des regelmäßigen Kontakts, das Schmerzhafte wird langsam neutralisiert. Aber das kann einen Preis haben. Welchen Preis?

Ich könnte in die Arne Bruns gate 22 fahren und sehen, wo sie wohnt.

Das würde mir im Traum nicht einfallen.

Ich stand gerade im Atelier und presste Smaragdgrün aus einer Tube, als mein Schulweg zu mir zurückkehrte, der von damals, wie Mutter und ich ihn einmal zusammen gingen. Es war ein sonniger Tag im April, der Himmel war hoch, und die großen Knospen der Birken leuchteten blassgrün in der kühlen Luft, ich hatte einen neuen Strickpullover an, er war grün. Ich wäre glücklich gewesen, wenn Mutters Angst nicht gewesen wäre. Wir waren auf dem Weg zum Elterngespräch, und Mutter hatte vor meiner strengen Lehrerin Frau Bye ebenso große Angst wie vor Frau Benzen, Mutter hatte Angst, Frau Bye würde über mich ebenso verzweifeln wie Frau Benzen, also auch über Mutter, sie hatte Angst, meine Lehrerin Frau Bye würde meinen, sie versage in ihrer wichtigsten Lebensaufgabe, der Aufgabe der Mutter. Es half nichts, dass Vater in einer Anwaltskanzlei arbeitete; wenn er nicht zugegen war, war Mutter wehrlos. Ich witterte das und zitterte vor Angst um Mutter und um mich selbst, ihre Schritte wurden langsamer, je näher wir dem Schulgebäude kamen, aber zu spät zu kommen wäre auch nicht gut. Beim Schultor blieb sie stehen, drehte sich zu mir um und fragte: Du hast doch nichts angestellt? Ich glaubte es nicht, konnte aber nicht sicher sein. Es kam vor, dass ich gemeine Gedanken über Frau Bye dachte, aber das konnte doch niemand wissen? Ich schüttelte vorsichtig den Kopf, und wir gingen hinein, fanden die richtige Tür, und Mutter hob den Arm, der in einem Twinset-Oberteil steckte, um anzuklopfen. Frau Bye rief uns hinein, und Mutter öffnete die Tür, Frau Bye saß am Pult, davor standen zwei Stühle, auf die wir uns setzten, und Mutter sank in sich zusammen. Frau Bye schaute in ihren Papieren nach, Mutter sah ihre Hände an, Frau Bye sagte, *Frau Hauk,* und Mutter hob ihr Gesicht, blanke Augen, sie war damals wohl Ende zwanzig. Frau Bye sagte, ich könnte in Mathematik besser werden, Mutter nickte und senkte den Kopf. Aber ich sei gut im Lesen und Schreiben, sagte Frau Bye, und vor allem gut in Schönschrift, Mutter schaute noch immer nach unten. Frau Bye griff zu meinem Schreibheft, blätterte zum æ vor und hielt es hoch, Mutter hob den Blick. Und schauen Sie hier, sagte Frau Bye und schlug die Seite auf, wo ich Kanten gezeichnet hatte, Mutter sah das Heft an und danach kurz mich. Johanna hat Talent, sie zeichnet gut, sagte Frau Bye, und der Rektor möchte, dass sie die Einladung der Schule zum siebzehnten Mai zeichnet, hast du Lust? Frau Bye sah mich an, mit etwas, das aufrichtigem Stolz ähnelte. Ich nickte andächtig. Darüber wird der Rektor sich freuen, sagte Frau Bye, stand auf und streckte die Hand aus, Mutter nahm sie, machte einen Knicks, alles war vorbei und nicht mehr gefährlich. Draußen auf dem Gang atmete Mutter auf, bückte sich, drückte mich an sich und flüsterte: Ich hab's ja gesagt.

Was hatte sie gesagt und zu wem. Zu mir hatte sie nie etwas über Schönschreiben oder Kanten oder den siebzehnten Mai gesagt, aber das war nicht von Bedeutung, der Heimweg war leicht. Am Dahlsplass gingen wir in die Konditorei und aßen Cremeschnittchen, Mutter wiederholte zweimal das mit dem Talent und der Einladung zum siebzehnten Mai, ich war so glücklich! *Ich hab's ja gesagt.* Ich freute mich darauf, dass Mutter es Vater erzählen würde, aber Vater kam an diesem Tag nicht nach Hause, Vater war in London. Abends, als ich schlafen sollte, begriff ich es. Mutter hatte zu Vater gesagt, dass ich Talent fürs Zeichnen hätte, aber Vater sah das nicht so. Mein Herz schwoll an bei dem Gedanken, dass Mutter schöne Dinge über mich zu Vater sagte, die Vater nicht glaubte, die aber der Wahrheit entsprachen.

Wann hatte das aufgehört, wann hatte Mutter nur noch Vater gehört?

Ich habe keine Ahnung, ob Mutters Wesen noch immer so heiter ist, aber ich habe den Verdacht, dass dem so ist, so sehr macht es sie aus, Dinge schnell zu akzeptieren, glaube ich. Vermutlich hat sie es geschafft, ihre Trauer und ihre Verluste zu verdrängen, eine Kunst, die sie meisterhaft beherrschte, als ich sie kannte, trotzdem ist alles, was ich heute von ihr habe, ein undeutlicher Traum von damals. Ich hoffe, dass sie ihr heiteres Wesen behalten hat. Mutter war ängstlich, kindlich, unberechenbar und deshalb unheimlich, aber sie war nicht *schwer*. Mutter existierte in einer grundlegenden Leichtigkeit in der Welt. Es war leicht, Mutter zu mögen, glaube ich, für andere Menschen, die nicht ihre Töchter waren, es war sicher leicht, mit Mutter zusammen zu sein, für andere, nicht für mich, aber sie war nicht oft mit anderen zusammen, die Welt der Mütter war damals, als ich ein Kind war, nicht groß, Haus, Garten, Nachbarschaft, Laden, aber Mutter konnte witzig davon erzählen, was im Laden passiert war. Ich hatte Mutters Leichtigkeit bewundert und mich darüber geärgert, über Mutters Fähigkeit, alles Unbehagliche abzuwerfen, es nicht an sich herankommen zu lassen, sich stattdessen auf etwas anderes zu konzentrieren, ein neues Kleid, carpe diem und so weiter, nur nicht so formuliert. Diese Fähigkeit muss ein Glück für sie gewesen sein, und für Vater, vielleicht auch für mich, denn wie wäre es gewesen, wenn Mutter sich dem Unbehaglichen und Schwierigen mit aller Energie gestellt hätte, es hätte eine andere Kindheit für mich bedeutet, vielleicht eine schwierigere. Nein, ich schätze Mutters Leichtigkeit nicht gering, ich nehme sie ernst und kann nicht anders, als zu glauben, dass Mutter noch immer leicht ist, und stark. Aber Ruth versteht nicht, wie stark Mutter ist, oder sie will es nicht verstehen, denn wenn Mutter stark ist, verliert Ruths Stärke an Bedeutung. Oder Mutter zeigt Ruth ihre Stärke nicht, denn Mutter ernährt sich von Ruths Stärke, sie reden sich gegenseitig ein, dass Mutter den Kontakt zu mir nicht aushalten würde.

In Gedanken sehe ich vor mir, wie Ruth an Mutters Tür klingelt, wie Mutter ihr öffnet und ein wenig spitz, aber witzig von Rigmor erzählt, was Ruth zum Lachen bringt. Vielleicht ist es witzig, Mutter zu besuchen. Aber es ist auch nicht schwer, sich vorzustellen, dass es anstrengend ist, Mutter zu besuchen, denn selbst wenn Mutter leicht sein konnte, tat sie sich oft furchtbar leid, und das tut sie vermutlich immer noch. Selten, aber manchmal kam es vor, dass Mutter, während sie sich gerade furchtbar leidtat, über ihre eigene selbstmitleidige Haltung lachen musste, und es waren befreiende Augenblicke, wenn Mutter Selbstironie zeigte. Ich verspüre bei diesem Gedanken eine bezauberte Wärme. Aber ich bilde mir ein, dass Mutter jetzt nur selten über sich lachen kann. Weil sie alt ist und Hilfe braucht und nicht mehr die Kraft hat, die zur Selbstironie nötig ist, und weil sie sich von mir betrogen und beschämt fühlt? Aber vielleicht ist das Gegenteil der Fall, vielleicht ist Mutter leichter zumute, weil sie nichts mit mir zu tun haben muss? Ich glaube es nicht. Ich glaube, es ist anstrengend, Mutter so oft zu besuchen, wie Ruth es muss, und vermutlich will Mutter, dass Ruth länger bleibt, als sie Zeit und Lust hat, und ich glaube, dass Mutter enttäuscht ist, wenn Ruth gehen muss, und das auch zum Ausdruck bringt. Denn trotz Mutters grundlegender Leichtigkeit oder gerade deshalb, aufgrund der Unmittelbarkeit, die Leichtigkeit voraussetzt, konnte Mutter, damals, als ich sie gekannt habe, sehr enttäuscht sein. Mutter war oft von anderen enttäuscht, vor allem von mir. Mutter war in der Regel enttäuscht von Menschen, mit denen sie gerade Zeit verbracht hatte, sie kam von Treffen mit Rigmor oder anderen zurück und war entsetzt darüber, was sie gesagt hatten, das jedoch auf eine leichte und unterhaltsame Weise, die Menschen waren so dumm. Mutter kam nach Hause, nachdem sie Ruth in ihrer Studierenden-WG besucht hatte, und war enttäuscht von denen, die mit Ruth zusammenwohnten, und von Ruths Freund, der sich immer wichtigmachen musste, was für ein Besserwisser. Mutter war ansteckend und engagiert enttäuscht. Vielleicht freut Ruth sich darauf, Mutter zu besuchen, weil es witzig ist zu hören, wie enttäuscht sie von Rigmor oder mir ist, wenn ich Gesprächsthema bin, vermutlich bin ich das nicht. Aber vielleicht graut ihr auch davor, Mutter zu besuchen, weil sie weiß, dass Mutter enttäuscht sein wird, wenn sie geht, was sie irgendwann tun muss, Mutter wünscht sich im tiefsten Herzen, dass Ruth ihr Leben mit dem Besserwisser aufgibt, der Ruths Ehemann wurde und es der Onlineauskunft zufolge noch immer ist, und mit ihr, mit Mutter, zusammenwohnt, aber das kann und will Ruth nicht. Trotz allem. Vielleicht hat Ruth Mutter gegenüber ambivalente Gefühle, es würde mich nicht wundern, aber Ruth kann diese Ambivalenz nicht zulassen, denn jetzt gibt es nur Mutter und sie. Vielleicht besucht Ruth Mutter vor allem aus Pflichtgefühl, und vielleicht, ich muss auch diesen Gedanken denken, besucht Ruth Mutter nicht. Vielleicht hat Ruth sich von ihr befreit, wie ich es damals getan habe? Nein, das ist unmöglich. Ruth hat diese starke Widersprüchlichkeit im Verhältnis zu Mutter nie so erlebt wie ich, denn Ruth wollte doch, so sah es jedenfalls aus, das, was Mutter und Vater für sie wollten, Ruth trotzte nicht, ging nicht weg, saß an Vaters Krankenbett, war bei Vaters Beerdigung, stand Mutter in ihrer Trauer bei. Aber das bedeutet nicht, dass nicht auch Ruth ihre Gründe gehabt haben kann, auf Distanz zu gehen, was wusste ich schon darüber, was seit Vaters Tod zwischen ihnen passiert ist, oder früher? Aber wenn meine Schwester den Wunsch hatte, sich von Mutter zu befreien, hätte die Tatsache, dass ich die Familie verlassen hatte, es schwerer für sie gemacht. Mutter wäre ganz allein gewesen. Deshalb hatte Ruth sich stattdessen entschlossen, ob bewusst oder unbewusst, mich und meine Befreiung zu verurteilen, mit Mutter darin übereinzustimmen, dass ich sie im Stich gelassen habe, sie hat Mutters Partei ergriffen oder sich mit ihr verbündet, sie hat keine Wahl gehabt.

Ruth hat nicht mit Mutter gebrochen, folgere ich, Mutter und Ruth haben einander und stehen sich nahe, folgere ich, denn wenn Ruth mit Mutter gebrochen hätte, wäre Mutter ans Telefon gegangen, als ich anrief.

Ich weiß nichts über Mutters Alltag. Ich kenne ihre Adresse, aber ich kann mir Mutter nicht in den Räumen vorstellen, in denen sie lebt. Vor Vaters Tod konnte ich Mutter und Vater in den Zimmern vor mir sehen, in denen sie lebten, denn ich hatte in diesem Haus gewohnt, und auch, nachdem ich in die Wohnung gezogen war, die Vater in der Nähe der Universität gekauft hatte, besuchte ich meine Eltern regelmäßig, wie das während des Studiums üblich ist. Ich aß jeden Sonntag in diesem Haus und feierte dort Weihnachten, wo hätte ich sonst feiern sollen. Und als ich dann mit Thorleif zusammen war, war ich auch oft in diesem Haus, denn Thorleif und Vater verstanden sich gut, und Thorleif beriet sich mit Vater über juristische Fragen. Es war leicht, Mutter und Vater dort vor mir zu sehen, aber ich tat es nicht, beschwor nicht das Bild der beiden vor dem Fernseher im Wohnzimmer oder auf der Hollywoodschaukel auf der Terrasse herauf. Aber *wenn* mich der Gedanke an Mutter streifte, folgten auch die Zimmer, sie waren der Kontext. Jetzt ist es schwieriger für mich, Mutter vor mir zu sehen. Ich versuche es oft. Das muss daran liegen, dass ich wieder in der Stadt meiner Kindheit wohne. Wenn ich ihre Adresse bei der Onlineauskunft suche, taucht das Bild eines roten Steinhauses vom Anfang des vorigen Jahrhunderts auf, so sieht es aus. Aber ich weiß nicht, was Mutter von ihren Fenstern aus sieht. Sie wohnt jetzt allein. Glaube ich. Ich kann es nicht wissen. Mutter kann einen neuen Freund haben, das kommt bei älteren Menschen manchmal vor, aber ich glaube nicht, dass Mutter einen neuen Freund hat. Warum nicht? Sie ist nicht der Typ. Was für ein Typ? Aber vor allem, weil ich glaube, dass ich, wenn sie einen neuen Freund hätte, nicht so wichtig wäre, dass sie mir gegenüber so prinzipienfest sein müsste, nicht ans Telefon zu gehen. Mutters und Ruths Prinzipienfestigkeit, ihre Härte mir gegenüber sind etwas, das sie mir zeigen wollen, also muss das, was ich denke und fühle, etwas für sie bedeuten. Aber vielleicht übertreibe ich meine Bedeutung, vielleicht ist es nur Gleichgültigkeit, die Mutter dazu bringt, nicht ans Telefon zu gehen, wenn ich anrufe – ich habe es jetzt einige Male versucht. Wenn es ihr egal wäre, würde sie ans Telefon gehen, und sei es nur aus Neugier. Mutters Prinzipienfestigkeit muss mit Verbissenheit zusammenhängen, vielleicht sogar mit Hass, den man nur einem Menschen gegenüber empfinden kann, der einem etwas bedeutet, der einen auf irgendeine Weise erfüllt. Ich glaube nicht, dass Mutter einen neuen Freund hat, Ruth und Ruths Familie sind jetzt das Wichtigste für Mutter. Ruth hat vier Kinder, das hat Mina erzählt. Ruth hat mir nie ein Wort über ihre Kinder geschrieben, das Wenige, was Ruth geschrieben hat, hatte mit Mutter und Vater zu tun und war vermutlich auf deren Initiative hin geschrieben worden. Mit der Zeit haben Ruth und Ruths Familie immer mehr von Mutters Leben ausgefüllt, mein Fehlen immer weniger, das ist gut für alle. Ich stelle mir vor, dass Mutter die Welt ansonsten nicht weiter interessiert. Das war damals, als ich sie kannte, so, doch seitdem kann viel passiert sein. Aber nein, Mutter gehört in diese kleine Welt, und tun wir das nicht alle?

Wie sieht Mutter aus? Dreißig Jahre älter als beim letzten Mal, als ich sie gesehen habe, wann war das? Im Winter 1990, zu Ostern in Rondane? Vermutlich, aber ich kann mich an kein Bild von ihr erinnern, vielleicht hatte ich in Gedanken schon damals Abschied genommen. Ruth und Reidar hatten im Vorjahr geheiratet, ich weiß noch, was ich bei der Hochzeit anhatte, ich erinnere mich an die Kirche, daran, wo das Essen stattfand, aber ich kann kein Bild von Mutter oder Vater aufrufen. Ich kann Mutters Parfüm riechen, dasselbe in all den Jahren, ich habe mit dem Gedanken gespielt, in eine Parfümerie zu gehen und daran zu riechen, kann mich aber an keinen Namen oder Flakon erinnern. Ich kann ihren Gang von damals sehen, ein wenig hektisch, ihr Körper und die Hände mit den Ringen, dieselben in all den Jahren, damals, als ich sie kannte. Ruth kann Mutter jederzeit vor sich sehen, so, wie sie jetzt aussieht, Ruth weiß, ob Mutter noch immer den großen Goldring mit dem roten Stein an der rechten Hand trägt, für mich ist Mutter verschwunden, Mutter ist zu einem fremden Land geworden, gehört einer mythischen Zeit an, ich kann sie nicht wie Ruth vor mir sehen, mit einem Körper, dem eine Frist gesetzt ist.

Wenn ich erführe, dass Mutter tot ist oder todkrank, wie würde ich reagieren? Wenn meine Schwester anriefe und sagte: Mutter ist tot. Oder: Mutter ist todkrank. Aber sie wird nicht anrufen, sie hat keine Stimme, in der sie mit mir sprechen kann. Sie hat beschlossen, nie wieder mit mir zu sprechen, und sie ist ein Mensch, der sich an seine Entscheidungen hält. Wenn sie Informationen hat, die mir übermittelt werden müssen, wird sie jemand anderen anrufen lassen, einen Anwalt, eine Person, die für die Familie spricht. Wie wird Mutter reagieren, wenn sie erfährt, dass sie todkrank ist, sie, die doch immer so sehr außerhalb ihrer selbst gelebt hat. Von welchen Bildern und Erinnerungen wird sie heimgesucht werden? Mutter unter ihrer Bettdecke in dem Wissen, dass sie im Sterben liegt, dass es bald dunkel wird, *rage rage against the dying of the light*, ich sehe sie vor mir, wütend, protestierend, kein bisschen satt vom Leben, und ich sehe auch, dass gerade in diesem Augenblick ihre besondere Lebenskraft wirkt, dass sie gerade in diesem Augenblick hervorkommt, in dem sie vernichtet werden soll. Ich stelle mir ihren Tod vor, um ihr zuvorzukommen, ich will kein Teil davon sein, denn sie will mich nicht dabeihaben. Ich werde nicht dazugerufen werden, und wenn jemand vorschlüge, mich dazuzurufen, würde sie abwehren, *rage, rage against*, für sie gehöre ich zur Vergangenheit, ich bin etwas Unangenehmes, etwas, über das sie hinweg ist. Und wenn sie von einer Erinnerung an mich heimgesucht würde und mich sehen wollte, würde sie es nicht sagen, Ruth zuliebe. Und wenn Mutter wider Erwarten stark genug wäre, um Ruth zum Trotz einen solchen Wunsch zu äußern, würde Ruth alles tun, um diesem Wunsch nicht nachzukommen, weil sie mir nicht traut. Diese gesamte, ohnehin schon verfahrene Situation würde unberechenbar werden und könnte furchtbar enden. Meine Nähe würde Mutter erschüttern, und Ruth kann ihre Mutter nicht erschüttert in den Tod gehen lassen, niemand wünscht einer Sterbenden so etwas.

Sie sind beide so weit weg, dass ich sie nicht sehen kann, ich setze zwei Gespenster an die Stelle, von der ich mir einbilde, dass sie sich dort befinden, das ist *unheimlich*.

Wenn ich in die Arne Bruns gate 22 führe und an der Tür klingelte?
 Ich bekomme Angst bei diesem Gedanken.
 Wir sind jede zur Frau Benzen der anderen geworden.

Vor kurzem saß ich beim Friseur neben einer älteren Frau, die laut mit der Friseurin redete, während diese ihr die Haare eindrehte. Ich erinnerte mich an Mutter, wenn sie vom Friseur kam, den Trasoppvei herunter, die langen kupferroten Haare hochgesteckt, es war Samstag, und sie wollten auf ein Fest, Vaters Geschäftspartner und deren Gattinnen, Mutter war außergewöhnlich schön und unnahbar und blass mit winzigen Sommersprossen auf der Nase, wie Zimt auf einem Cappuccino. Die ältere Frau neben mir war vielleicht einmal blass gewesen, jetzt war ihre Haut grob und von Altersflecken bedeckt, ihre Haare waren dünn, fast zu dünn, um zu Locken gewickelt zu werden, ich hoffte, dass Mutters Haut, ihre Haare nicht so waren wie die der Frau. Die Frau beschwerte sich über die Blätter, die von den Bäumen fielen, weil der Bürgersteig davon glitschig wurde, sie hatte Angst, auszurutschen und sich den Oberschenkelhals zu brechen. Wenn man sich den Oberschenkelhals bricht, hat man schlechte Karten, sagte sie, so viele Todesfälle beginnen mit einem Oberschenkelhalsbruch. Die meisten Menschen wollen so lange leben wie möglich. Hatte Mutter sich den Oberschenkelhals gebrochen? Sie sei in Fredrikstad geboren, sagte die Frau. Ihr Vater sei Schmied in der Werft Fredrikstad Mekaniske gewesen, damals, als der Rauch der Fabriken an kalten Wintertagen manchmal so tief hing, dass sie das Nachbarhaus nicht sehen konnten. Das schlichte Mobiltelefon vor ihr auf dem Tisch klingelte, und sie sah ängstlich auf das Display, dann hob sie das Telefon hoch, ging ran und klang, als wäre jemand mit Autorität am anderen Ende. Ja, sagte sie, sie habe daran gedacht. Ich habe daran gedacht, sagte sie noch drei Mal, jetzt jedoch langsamer, während ihr Gesicht aussah, als ob sie nun bezweifelte, wirklich daran gedacht zu haben. Sie legte das Telefon mit besorgter Miene weg und sagte, das sei ihre Tochter gewesen. Was haben Sie für ein Glück, dass Sie eine Tochter haben, die sich kümmert, sagte die Friseurin. Vielleicht, sagte die alte Dame, und beide schwiegen. In Fredrikstad, sagte sie dann, und die Friseurin hörte zu, das lernen sie auf der Friseurschule. In Fredrikstad, als ich klein war, ging morgens die Fabrikpfeife, und die Arbeiter eilten zum Tor, und die Mütter mussten für Mann und Kinder Pausenbrote schmieren, sie waren sieben gewesen. Sieben Kinder, für die die Mutter sorgte, dafür, dass sie saubere Kleider und ordentliche Pausenbrote hatten, auch wenn der Vater als Schmied bei der Mekaniske nicht genug verdiente. Die Mutter machte so gute Brote, oft gab es darauf Überraschungen, sagte die Frau glücklich, weil sie es jemandem erzählen konnte, die es noch nicht gehört hatte, die sich vielleicht für ihre Kindheit in Fredrikstad interessierte, was, den Eindruck hatte ich, die Tochter nicht mehr tat, sie hatte zu oft von den Pausenbroten gehört, es kam vor, dass sich darin ein

Zuckerstück versteckte, damals wussten sie noch nicht, dass das nicht gut für die Zähne ist. Die Mutter sei ein ungewöhnlicher Mensch gewesen, sagte die Frau. Ich fragte mich, ob Mutter auch auf diese Weise redete, die typisch für ältere Menschen war, Sätze, die vor langer Zeit geformt worden waren und seither nur noch wiederholt wurden. Das wäre dann eine große Veränderung im Vergleich dazu, wie Mutter in meiner Erinnerung redete. Mutter hatte immer ein wenig hektisch und fieberhaft gesprochen, als wäre sie nervös, als wäre sie gequält. An der Oberfläche leichten Herzens, aber in ihrem tiefen Inneren eigentlich gequält? Aber vielleicht redet Mutter jetzt so, wie viele ältere Menschen es tun, stotternd und langsam und beschämt und wie um für ihre Langsamkeit um Entschuldigung zu bitten, es tut weh, alte Menschen tun mir leid.

Geht Mutter zum Friseur? Ja. Mutter war es immer wichtig, gepflegt auszusehen, das hat sich nicht geändert, es wäre traurig, wenn Mutter schmuddelig und ungepflegt geworden ist, aber meine Schwester sorgt dafür, dass das nicht passiert. Wenn Mutter sich nicht selbst um ihre Friseurtermine kümmert, dann übernimmt das Ruth. Ich kann mir Mutter nicht so träge in ihren Bewegungen und ihrer Rede wie die ältere Frau neben mir vorstellen, aber selbst mit den rüstigsten Menschen passiert etwas, wenn sie auf die fünfundachtzig zugehen, hat Mina erzählt, sie arbeitet mit älteren Menschen. Ich glaube, Mutter wird in diesen Tagen fünfundachtzig, vielleicht heute? Mutter geht vermutlich immer zur selben Friseurin, macht immer dort ihren Termin, alte Menschen mögen keine Veränderungen, auch ich gehe immer zur selben Friseurin, aber weil ich neu in der Stadt bin, ist es eine neue Bekanntschaft. Ich habe ihr nicht erzählt, dass ich meine Mutter seit dreißig Jahren nicht mehr gesehen habe, obwohl sie in derselben Stadt wohnt. So etwas sagt man nicht. So etwas kann man nicht kurz erklären. Worüber redet Mutter mit ihrer Friseurin? Über ihre Kindheit in Hamar? Über mich redet sie nicht. Es ist, als ob es mich nicht gäbe. Was sagt Mutter, wenn sie nach Kindern und Enkelkindern gefragt wird, wie Friseurinnen ältere Kundinnen immer fragen, das lernen sie auf der Friseurschule. Aber vermutlich lernen sie auch, dass Familie ein schwieriges Thema ist, dass es viel Trauriges gibt, Kompliziertes und Unbehagliches, besser, man ist vorsichtig. Zum Friseur zu gehen soll ein schönes Erlebnis sein, die Kundin bezahlt auch für die Fürsorge, die Friseurin kommt in engen Kontakt zu ihrer Kundschaft, und ihre Berührung kann nicht mit der durch einen Arzt verglichen werden, denn beim Arzt fühlt man sich oft ängstlich oder nervös. Die Friseurin legt der älteren Kundin die Hände auf die Schultern und erwidert im Spiegel ihren Blick: Jetzt haben Sie die Haare schön.

Wenn die Friseurin Mutter auf vorsichtige Weise nach ihrer Familie fragt, sagt Mutter, dass sie eine Tochter und vier Enkelkinder hat. Ruths vier Kinder sind erwachsen und haben interessante Ausbildungen und Beziehungen, von denen Mutter erzählen kann. Niemand hat den Verdacht, dass jemand ausgelassen wird, es ist normal geworden. Mutter spürt keinen Stich mehr im Herzen wie in den ersten Jahren, als ihre ältere Tochter nicht erwähnt werden durfte.

Vielleicht hat Mutter angefangen, von ihrer früh verstorbenen Mutter zu sprechen, die ich niemals kennengelernt habe, von der sie nie erzählt hat, vermutlich eine *außergewöhnliche* Frau.

Wenn ich mir nun einen Termin in Mutters Friseursalon geben ließe, theoretisch wäre das möglich. Dann würde ich so sitzen wie neulich, die Augen in einer Zeitschrift, während ich eigentlich zuhörte, was Mutter ihrer Friseurin über ihre Enkelkinder erzählt, deren Namen ich nicht kenne. Und wenn sie dann davon erzählte, dass sie keinen Kontakt zu ihrer älteren Tochter hat, weil der Friseursalon genau der richtige Ort für solche Geständnisse sein kann? Mutter kann mit Ruth nicht über mich sprechen. Schon seit vielen Jahren hat Ruth es satt, über mich zu sprechen, Mutter hat damals aufgehört, mich Ruth gegenüber zu erwähnen, die vermutlich gesagt hat: *Es tut dir nicht gut, an sie zu denken.* Mutter spricht auch nicht mit ihrem älteren Bruder über mich, der der Onlineauskunft zufolge noch lebt und mit seiner Frau in Tranbygd wohnt, denn wenn Mutter ihm erzählte, dass ich angerufen habe und sie nicht ans Telefon gegangen ist, würde er vielleicht andeuten, dass sie es hätte tun sollen. Das würde die Friseurin niemals tun, denn es ist die Aufgabe der Friseurin, höflich und verständnisvoll zu sein, egal, was die Kundschaft sagt, vielleicht ist der Friseursalon der einzige Ort, wo Mutter unbesorgt über mich reden kann. Was sagt Mutter über mich zu ihrer Friseurin? Soll ich herausfinden, wohin sie geht, und dort einen Termin vereinbaren?

In dem Haus, in dem ich aufgewachsen bin, dem Haus, aus dem wir ausgezogen sind, als ich gerade in die Teenagerjahre gekommen war, standen mehrere Fotos von Ruth und mir auf der großen antiken Kommode im Wohnzimmer. Schwarzweißfotos, von einem professionellen Fotografen aufgenommen, als wir jeweils drei Jahre alt waren. Wir hatten Schleifen im Haar, die uns den Pony aus der Stirn hielten. Später kamen Konfirmationsbilder und dann Hochzeitsbilder dazu, zuerst Thorleif und ich vor der alten Steinkirche, dann Ruth und Reidar vor derselben Kirche, in dem Sommer, ehe ich weggegangen bin.

Haben Mutter und Vater damals die Bilder von mir weggeräumt? Vermutlich nicht. Es hätte seltsam ausgesehen für die, die regelmäßig zu Besuch kamen, drastisch und melodramatisch, und außerdem glaubten alle, dass ich bald zurückkommen würde. Ich durchlebte eine Krise und war auf einem Irrweg, aber bald würde ich zu mir kommen und den Heimweg finden, ich gehe davon aus, dass sie das hofften, vielleicht abgesehen von Ruth. Und wenn ich nicht von selbst zu mir käme, würde mich der dubiose M bald verlassen, und ich würde reuevoll und bedürftig auf der Schwelle meines Elternhauses stehen. Nein, die Fotos von mir blieben sicher noch eine ganze Weile stehen, aber als Vater vor vierzehn Jahren starb und Mutter in eine neue Wohnung zog, zogen die Bilder von mir nicht mit.

Nach einem Treffen mit dem Kurator stand ich an der Haltestelle Borg, als eine ältere Frau die Treppe hochkam. Sie nahm mühevoll eine Stufe nach der anderen und klammerte sich ans Geländer, um nicht zu stürzen und sich den Oberschenkelhals zu brechen. Oben angekommen wühlte sie in ihrer Tasche, und ein Taschentuch fiel heraus, sie bückte sich mühsam und hob es auf, wühlte weiter, fand das Gesuchte, einen Zettel, betrachtete ihn aus zusammengekniffenen Augen, suchte wieder in ihrer Handtasche, fand die Brille, nahm sie aus dem Etui und setzte sie auf, ließ das Etui fallen, starrte den Zettel an und schüttelte den Kopf. Sie schaute sich um, ich war die einzige andere Person auf dem Bahnsteig, sie kam auf unsicheren Beinen auf mich zu, reichte mir den Zettel und fragte, welche Bahn sie nehmen müsse. Ich musste selbst die Brille aus meiner Handtasche holen, um den Zettel lesen zu können, darauf stand der Name einer Arztpraxis. Ich fragte sie, ob sie schon einmal dort gewesen sei, sie schüttelte den Kopf, zeigte auf ihr Ohr, vielleicht brauche ich ein Hörgerät, sagte sie so laut, dass ich dachte, ja, bestimmt braucht sie das. Sie habe niemanden, der sie begleitet. Die Praxis ist in Broholmen, sagte sie, dann sind Sie auf dem richtigen Bahnsteig, sagte ich, Sie müssen in diese Richtung, sagte ich, zum Glück musste ich in die andere, nun kam die Bahn. Da kommt Ihre Bahn, sagte ich, hob das Etui auf und gab es ihr, die Bahn hielt, und sie stieg ein, zwei Stationen, sagte ich, sie nickte konzentriert und wiederholte: Zwei Stationen! Sie hatte keine Kinder oder hatte sich mit ihren Kindern zerstritten.

Ruth begleitet Mutter zum Arzt. Oder Ruths erwachsene Kinder tun es, sie haben ihre Oma sicher lieb. Heute Nacht habe ich von der Frau an der Haltestelle geträumt, ich hatte sie in die falsche Bahn gesetzt, und sie fuhr bis zur Endstation, still wie eine Maus mit dünnen Haaren und eingefallenen Wangen und so in sich zusammengesunken, dass niemand sie sah, und der Zugführer stieg aus und verschwand in der Nacht, und sie saß allein und wehrlos da: Mutter!

Stelle ich mir Mutter verwirrt und hilflos an einer Bahnstation vor, um mich zu quälen? Gefällt mir der Gedanke an Mutter, verwirrt auf einem Bahnsteig, oder quält er mich? Mutter und Ruth und Ruths große Familie. Ruth arbeitet sicher noch, aber sie ist nicht mehr so ehrgeizig wie früher, und sie hat Zeit, um Mutter zu helfen. Übrigens bilde ich mir ein, dass Ruth niemals ehrgeizig war, warum das? Ich kenne sie nicht, sie war Anfang zwanzig, als ich gegangen bin, aber ich hätte es wohl gehört, wenn sie beruflich etwas Besonderes geleistet hätte, im Netz finde ich nichts. Ich stelle mir vor, dass sie Mutter und Vater nie widersprochen hat, nie hat sie zum Ausdruck gebracht, dass sie mit dem Urteil der beiden nicht einverstanden war, egal, worum es ging, sie gab vor, so sah es zumindest aus, sich mit den Regeln unserer Eltern wohl zu fühlen und so leben zu wollen, wie die beiden lebten. Aber ist es nicht mit einer beruflichen Karriere unvereinbar, mit den Eltern immer übereinzustimmen? Das Gegenteil ist der Fall, viele erfolgreiche Menschen befolgen in allem und jedem die Regeln von Familie und Gesellschaft und machen genau deshalb ihr Glück. Ich stelle mir Ruth unambitioniert vor, weil ich will, dass sie Zeit hat, sich um Mutter zu kümmern, weil ich mich nicht schuldig fühlen will, weil ich gegangen bin und meine Eltern ihr überlassen habe, was es ihr unmöglich macht, zu reisen oder einfach wegzugehen, denn jemand muss mit Mutter zum Arzt gehen, wieder und wieder, weil Mutter immer älter wird. Und auch Ruth wird älter, genau wie ich älter werde, wie alle Menschen auf der Welt Jahr für Jahr älter werden.

Ich kann die älter werdende Tochter beschreiben, die ihre Mutter zum Arzt begleitet. *Kind und Mutter 3*. Ich gehe ins Atelier und spanne eine Leinwand auf, sehe sie an, eine Leinwand zum Bleichen, ich gehe wieder hinaus. Es ist Sonntag, ich rufe John an.

Ich weiß nicht, was Ruth beruflich macht, ich habe sie gegoogelt, konnte es aber nicht herausfinden. Als ich weggegangen bin, studierte sie BWL, viele Unternehmen und Institutionen brauchen Menschen mit wirtschaftlicher Kompetenz. Ich bilde mir ein, dass sie ein regelmäßiges Leben lebt, dass sie beruflich nicht viel reist, wegen der vier Kinder und wegen Mutter. Vor einigen Jahren ist mir in Heathrow eine Jugendfreundin von ihr über den Weg gelaufen, ich saß mit einem Kaffee da, als eine Frau stehen blieb und fragte, ob ich Johanna sei, die Schwester von Ruth, ich wurde rot. Als sie ihren Namen nannte, Regina Madsen, ahnte ich das Kindergesicht hinter dem jetzt in die Jahre gekommenen, sie hatte uns gegenüber gewohnt, auch eine von denen, die sich vor Frau Benzen gefürchtet haben. Ich konnte nicht einfach weggehen, wie ich es mir sofort wünschte, ich hatte es hier mit einem Menschen zu tun, der Antworten auf viele meiner Fragen nach meiner Familie hatte, auf Fragen, die ich nicht stellen konnte. Es kam mir unanständig vor, jetzt Interesse an Dingen zu zeigen, für die ich mich so viele Jahre lang scheinbar nicht interessiert hatte. Sie schien zu begreifen, dass ich nichts über Ruths Leben wusste und dass es mir unangenehm wäre zu fragen. Sie sagte deshalb, ohne dass ich fragte, dass es Ruth und Reidar und den Kindern gutgehe, alle vier seien von zu Hause ausgezogen. Zufällig hatte sie gerade mit Ruth gesprochen, denn Ruths Tochter Randi lebte in London, und Regina Madsen hatte mit ihr zu Mittag gegessen, gerade heute! Solche Dinge sagte sie, mehr aber nicht, sie wog ihre Worte ab, zu viel zu sagen hätte einen Verrat an Ruth bedeutet. Sie stellte mir ein paar wenige Fragen, auf dieselbe zurückhaltende Weise, wie alt mein Sohn sei, sie wusste, dass ich einen Sohn habe. Als ich ihr erzählte, er sei Bratschist, war sie überrascht, sagte etwas über Apfel und Stamm, und dann wurde sie still, aber ich spürte, dass sie gerne noch mehr gefragt hätte; wenn es nach ihr gegangen wäre, hätte sie viele weitere Fragen gestellt, aber Neugier zu zeigen wäre ein Eingeständnis stellvertretend für Ruth gewesen, als ob es Ruth interessierte.

Ich war sechs, als meine Schwester geboren wurde. Ich erinnere mich kaum an sie als Baby und kleines Kind. Sie war natürlich da, aber irgendwie im Hintergrund, auf Mutters oder Vaters Arm. Wir gingen nie in dieselbe Schule, es fällt mir schwer, mir Bilder von ihr und mir in Erinnerung zu rufen, oder Bilder von den langen Sommern in der Hütte in Rondane. Wenn ich daran denke, erinnere ich mich an die Schafe und den Fuchs besser als an Ruth, sie hält sich in einer Art verschwommenem Rand meiner Wahrnehmung auf. Vermutlich ist das nicht ungewöhnlich, wenn der Altersunterschied so groß ist, das hoffe ich. Ich war mit den Zwillingen aus der Hütte auf dem anderen Seeufer zusammen, während Ruth mit Mutter und Vater allein war? Ich weiß es nicht mehr. Hat Regina Madsen Ruth erzählt, dass sie mir in Heathrow begegnet war, vermutlich. Und dass John Bratschist ist; Ruth war sicher überrascht, aber sie erfuhr nicht, was sie am meisten interessierte, Regina konnte ihr nicht erzählen, wie die *Situation* für mich war?

Ruth hat eine geheime Nummer. Damit ich nicht anrufe. Sie ist wütend auf mich, weil sie, nachdem ich gegangen war, keine Arbeit annehmen konnte, für die sie wegziehen oder viel reisen müsste. Vielleicht war ihr eine spannende Stelle in London angeboten worden, aber sie lehnte ab, wegen Mutter und Vater. Ruths Leben war durch meine Entscheidungen eingeschränkt worden, und nach Vaters Tod war Mutter von ihr abhängig geworden. Mutter fuhr nicht Auto, als ich sie kannte, sie war immer ein ausgesprochen unpraktischer Mensch, brauchte bei den meisten Dingen Hilfe und war niemand, der es unangenehm war, um Hilfe zu bitten, im Gegenteil, sie hielt es für ihr gutes Recht, weil sie Ruth in deren Kindheit so viel getragen und alles Mögliche bezahlt hatte; was machte Ruth gerne in ihrer Freizeit, ich weiß es nicht. Aber Mutters älterer Bruder, Tor, lebt der Auskunft zufolge noch, und er wohnt mit einer Toril Gran zusammen, kann er Mutter helfen? Nein, sie wohnen in Tranbygd, zweihundert Kilometer entfernt, und haben mit sich selbst genug zu tun. Mutter weigert sich, Tor zu fragen, sie sind einander niemals nahe gewesen, vor allem ihren Kindern gegenüber zeigt Mutter sich als grenzenlos bedürftig, das bedeutet, Ruth gegenüber. Aber Mutter telefoniert mit

Tor und hat auf diese Weise Freude an ihm, ältere Menschen telefonieren viel mit den noch Lebenden. Aber vielleicht haben sie sich auch zerstritten, unter Geschwistern kommt das vor. Doch die Cousine aus Hamar, mit der sie aufgewachsen ist, Grethe, die schon vor so langer Zeit Witwe wurde, dass Mutter mich damals noch anrief, um mir davon zu erzählen, die sieht sie sicher. Ich saß auf einer Bank am Fluss, das Telefon klingelte, ich sah, dass es eine norwegische Nummer war, erkannte sie, und mein Puls beschleunigte sich, ich nahm den Anruf an, dachte, dass Mutter illegal anrief, ohne dass Vater und Ruth davon wussten. Sie wählte eine traurige Stimmlage und sagte, Halvor sei tot. Ich konnte mich nicht erinnern, wer Halvor war, der Mann meiner Cousine Grethe, sagte Mutter, und ich erinnerte mich an ihn und fragte, wie, ein plötzlicher Schlaganfall. Dann wurde es still, dann sagte sie, Ruth sei schwanger. Wie schön, sagte ich. Ruth war im siebten Monat, es war ein Junge, der Rolf heißen sollte, nach Vater, alle Namen der Kinder sollten mit R anfangen. Ruth und Reidar hatten nicht weit von Mutter und Vater ein Haus gekauft, sie sahen einander mehrmals pro Woche. Alles war weit weg und leer. Sie fragte nicht nach John.

Ich könnte in die Arne Bruns gate 22 fahren und ihr dort über den Weg laufen, aber es wäre unangenehm für Mutter, wenn sie nicht vorbereitet ist, und auch für mich wäre es das.

Mutters Cousine Grethe wohnt der Auskunft zufolge nicht weit weg von Mutter, man kann zu Fuß gehen. Sie treffen sich sicher oft. Fahren mit der U-Bahn nach Vassbuseter und machen dort einen Spaziergang im Wald, in den ich nicht gehe, aus Angst, auf die beiden zu stoßen. Ich habe meinen eigenen Wald, ich habe eine Blockhütte in Bumarken gemietet, dort treffe ich niemanden. Zwanzig Minuten dauert der Fußweg vom Parkplatz zur Hütte, und bisher ist mir nur ein Elch begegnet. Ich kann dort gut arbeiten, ich zeichne Bäume. Mutter und Grethe gehen von Vassbuseter nach Groleitet und trinken Kakao, sie achten nicht mehr auf ihre Linie. Aber vielleicht haben sie sich auch zerstritten, das kommt vor unter Cousinen, sogar auf deren alte Tage. Mutter und Grethe gehen von Vassbuseter nach Groleitet, wenn sie sich nicht zerstritten haben und wenn sie keinen Rollator brauchen. Der Rollator kommt früher oder später auf uns zu, wir altern dem Rollator entgegen. Minas Mutter hat in ihrem letzten Lebensjahr einen Rollator gebraucht, aber sie war dick. Ich hoffe, Mutter ist nicht dick. Minas Mutter manövrierte sich ungeheuer langsam vorwärts, die Hände um den Handgriff gekrampft, mit weiß werdenden Fingerknöcheln, wie ein verletztes Insekt, der Tod einer Motte, der Tod einer Fliege, beides gleichwertig prosaisch. In der Stofftasche vor ihr auf dem Sitz lagen eine Kreuzworträtselzeitschrift, Papiertaschentücher, Kekse und Medizinfläschchen, der graue Hinterkopf war ungekämmt. Ältere Menschen vergessen, sich den Hinterkopf zu kämmen, die Hinterköpfe älterer Menschen lassen mich ihre Betten vor mir sehen, warum ist das ein so trauriger Anblick? In meiner Jugend ist es einige Male vorgekommen, dass ich Mutters lange kupferrote Haare gekämmt habe, das war eine Ehre, aber es war auch beängstigend. Kämmt Ruth Mutters Haare, sind die beiden einander so vertraut? Kennt Ruth Mutters Geruch, und mag sie ihn?

Ich habe Mutters Farben geerbt. Rote Haare und Sommersprossen, weine, wenn es regnet.

Wissen Ruths Kinder von mir? Sie muss doch erzählt haben, dass sie eine Schwester hat. Sie wissen, dass sie eine hat, aber sie fragen nicht nach ihr, es ist ein wunder Punkt. Bin ich ein wunder Punkt? Nein, wen interessiert eine alte Tante. Wenn Ruth oder Mutter von mir erzählen *müssen,* weil Grethe aus Versehen meinen Namen nennt, bei Mutters fünfundachtzigstem Geburtstag, der in diesen Tagen gefeiert wird, und wenn Ruths Kinder fragen: Wer ist das?, was antworten sie dann? Vermutlich geht die Geschichte so: Johanna war eine vielversprechende Jurastudentin, verheiratet mit einem soliden Anwalt, Thorleif Rød, aber im Frühjahr 1990 machte sie einen Abendkurs in Aquarellmalerei, verliebte sich Hals über Kopf in den amerikanischen Lehrer Mark Soundso und brannte mit ihm durch. Als Opa krank wurde, kam sie nicht nach Hause, auch nicht zur Beerdigung. Es ist eine Schande. Schluss, aus, Punkt. Oder so: Johanna war schon als Kind psychisch labil und unberechenbar, folgte ihren Impulsen, ohne sich über die Konsequenzen für andere oder für sie selbst Gedanken zu machen. Kam nicht zu Opas Beerdigung. Es ist eine Schande. Schluss, aus, Punkt. Nichts über meine Kunst, die sie vermutlich nicht als Kunst verstehen, sondern als Rachefeldzug. Und deshalb interessieren sie sich nicht für meine Kunst, es ist nicht gleich Kunst, bloß weil sie niemand versteht, ha, ha. Wenn Ruths Kinder also meinen neuen Nachnamen nicht erfahren, und von wem sollten sie ihn erfahren, werden sie nichts über meine Arbeit und über mich im Internet finden können, aber warum sollten sie.

Gibt es an diesen Geschichten nicht immer etwas, das nicht stimmt? Verhält sich so ein Kind, das seine Eltern liebt? Ja, manche tun das, ohne dass es das Geringste mit den Eltern zu tun hat, vor allem junge Frauen können sich dermaßen in einen Mann vergucken, dass sie alles hinter sich zurücklassen, um mit diesem Mann zu leben. Vermutlich ist es M., der Johanna verbietet, Kontakt zu ihrer Familie zu haben, sie wissen nicht, dass er tot ist. Mutter hat es so oft zu anderen gesagt, dass sie es selbst glaubt, aber wenn dem so wäre, dann wäre sie ans Telefon gegangen, als ich endlich anrief! Und das hat sie nicht getan. Es hat also mit meiner Arbeit zu tun, die sie ihrer Ansicht nach bloßstellt, das Triptychon *Kind und Mutter 1*, auf dem die Mutter in einer Ecke steht, streng verschlossen um ihr Innerstes, mit schwarzen implodierenden Augen, und das Kind zusammengekrochen in der anderen Ecke sitzt, und wer will, kann sehen, dass der Schatten, der über beide fällt, einem Mann in Anwaltsrobe ähnelt. Ich hätte es nicht gemalt, wenn ich nicht in Utah gelebt hätte, achttausend Kilometer weit weg, deshalb bin ich nach Utah gezogen, achttausend Kilometer weit weg. Als die Anfrage kam, ob ich in der Stadt meiner Kindheit ausstellen wolle, wollte ich zuerst nicht, dann überredete Mark mich. Die Bilder waren ein Erfolg gewesen in Deutschland, Kanada, Japan, und die, die über sie geschrieben hatten, hatten überhaupt nicht erwähnt, dass die Mutter des Bildes der Mutter der Künstlerin nachempfunden sein musste, das Motiv war die Mutter *allgemein*, und deshalb konnten so viele Menschen etwas mit dem Bild anfangen, denn wenn du ausgehend von dir selbst etwas erschaffst, kann es mit vielen anderen in Verbindung treten, sagte Mark, er kannte Mutter und Vater nicht. Für sie war die Tatsache, dass Nachbarn und Bekannte die Bilder als Nachricht der Tochter aus Übersee betrachten *könnten*, schon ein Verrat an sich. Dass ich die Bilder gemalt hatte, ohne zu denken: Wie werden Vater und Mutter das erleben? Die Frage, die sich jedes Kind stellen müsste, ehe es etwas tut. So, wie Vater immer wieder die tiefe Stimme von Großmutter Margrethe Hauk konsultiert hatte, ehe er einen Entschluss fasste. Vater nahm das Kreuz auf sich, dem biblischen Gebot zu folgen, während ich mir die Freiheit und die Frechheit herausnahm, der Stimme von Mutter und Vater in mir nicht zu gehorchen. Ob es für mein Überleben notwendig gewesen war, diese Bilder zu malen, tauchte in ihrer Gleichung nicht auf.

Aber das Schlimmste von allem: Vater starb, und ich kam nicht zur Beerdigung.

Ich verteidige mich, als würde ich angegriffen. Ist das so, weil ich Mutters Reaktion, Mutters Leiden nicht ernst nehme, nur mich selbst? Jeder ist dem eigenen Leiden die Nächste. Aber ich habe den Verdacht, dass mein Leiden aufs engste mit ihrem zusammenhängt, das immer so geheim war, ich habe es immer stark gespürt.

Ich rufe Mutter an, sie geht nicht ans Telefon. Ich schreibe Ruth eine E-Mail. Verbietest du Mutter, mit mir zu reden? Ruth antwortet nicht.

Ich schreibe: Wenn Mutter sagt, dass sie nicht mit mir reden will, akzeptiere ich das, aber wenn du das entschieden hast, musst du dir darüber im Klaren sein, dass es eine große Verantwortung ist, die du dir damit auflädst. Ich sage Ruth, dass ich glaube, dass Mutter ans Telefon gehen würde, wenn sie selbst entscheiden könnte. Ich will es von Mutter selbst hören. Ruth antwortet nicht. Es ist still. Was habe ich erwartet, und wie würde ich es aufnehmen, wenn Mutter mir schriebe: Ich will nicht mit dir reden, nie wieder.

Ich bilde mir ein, dass ich mich, wenn sie es so brutal schriebe, damit abfinden würde und Frieden schließen könnte.

Friedlich ist es in der Hütte, ich bin immer häufiger dort.

Zwanzigster September, ich sitze auf der Türschwelle. Drei Tage hintereinander ist der Elch gekommen, ist ruhig über die Wiese vor der Hütte geschritten, als ob ich gar nicht anwesend wäre, aber gestern blieb er bei der verkrümmten Birke stehen, drehte den Kopf in meine Richtung und sah mich an. Ich bewegte nicht einen Muskel. Wenn der Elch auf mich zukäme, würde ich noch rechtzeitig hineinlaufen und die Tür schließen können, aber warum sollte er das tun? Über eine Minute lang stand er still da und sah mich mit schwarzen Spiegelwasseraugen an, dann setzte er seinen schwerfälligen Gang fort und verschwand zwischen den Bäumen. Abends ging ich den Weg entlang, ehe es dunkel wurde, im Gras bei der Schranke fand ich kleine Pfifferlinge, ich ließ sie stehen, das Schweigen des Waldes.

Ich denke an die schwarzen Augen des Elchs und zeichne seinen schwerfälligen, erdverbundenen Gang mit Kohlestift, ich kann für die Retrospektive Kohlezeichnungen liefern. Ich gehe hinaus und lege mich ins Gras, schließe die Augen und fühle einen intensiven physischen Kontakt zu dem kratzigen Moos unter mir, zu der Feuchtigkeit aus dem Boden, die langsam in meinen Anorak und meine Überhose einzieht, ich werde nass, ich sinke in mich selbst hinein und spüre, wie mich die schwere Nässe der Erde zu sich zieht, und mir wird klar, dass wir uns nicht dem Himmel zukehren sollten, sondern dem, was unter uns ist.

Als ich vor dem Kamin saß, rief ich Mutter an, es war jetzt leichter, als ob eine Grenze durchbrochen sei, meine Angst gedämpfter, der Anruf wurde abgewiesen, wieder schrieb ich an Ruth: Hast du meine Nummer in Mutters Telefon gelöscht? Wusste Ruth, dass ich glaubte, Mutter würde den Anruf annehmen, wenn sie das *dürfte,* dass Mutter eigentlich mit mir sprechen will, dass es eine ungeheure Versuchung ist. Dass Mutter eine Hoffnung auf mich richtet, gegen die jetzt die Angst vor Ruth aufgewogen werden muss. Sie kann es nicht geschafft haben, mich so in sich zu töten, dass sie nicht mehr wissen will, wie es mir geht. Aber ich weiß, dass sie nicht ans Telefon kommen wird, ich habe es ja probiert, und trotzdem rufe ich an.

Wenn Mutter mich gefragt hätte, ob ich zurückkomme, damals, als Vater krank war, wenn Mutter angerufen und mich mit ihrer Stimme gefragt hätte, ob ich zu Vaters Beerdigung nach Hause komme, wäre ich dann gefahren? Ich bilde mir ein, dass ich es getan hätte. Aber es war Ruth, die sich auf Wunsch von Mutter mit mir in Verbindung setzte, und Ruth bat mich nicht um mein Kommen. Vielleicht hatte Mutter Ruth gebeten, mich zu fragen, ob ich komme, aber Ruth schrieb nichts davon, denn sie wollte mich nicht dahaben.

Ich gebe Ruth die Schuld, um Mutter freizusprechen, das ist das Einfachste.

Ruth antwortet nicht. Ruth ist stumm, und ich kann nicht arbeiten. Ich schreibe Ruth, dass es etwas gibt, das ich Mutter sagen *muss.* Ich weiß nicht, was es ist, aber das kann Ruth nicht wissen. Es kann etwas mit John zu tun haben, aber warum sollten sie sich für jemanden interessieren, den sie niemals kennengelernt haben? Ruth antwortet nicht. Sie denkt, wenn ich Mutter etwas Dringendes sagen *muss,* dann kann ich einen Brief schreiben und ihn mit der Post schicken. Sie wird jedoch, aus Rücksicht auf Mutter, den Inhalt eines solchen Briefes lesen wollen, ehe sie ihn Mutter lesen lässt. Deshalb sieht Ruth regelmäßig Mutters Post durch. Ruth hat die Schlüssel zu Mutters Wohnung und zu Mutters Briefkasten, aber sie muss zur Arbeit, und wann kommt der Briefträger, und wann holt Mutter die Post, es ist eine logistische Herausforderung, die Ruth sich da auferlegt hat. Ich stelle mir vor, dass sie in der Mittagspause ihren Arbeitsplatz verlässt, dass sie die Tür der Arne Bruns gate 22 aufschließt und Mutters Briefkasten öffnet, in der Hoffnung, einen Brief von mir zu finden, in dem was steht?

Ich bin keine Nebenfigur. Beide werden einen Brief von mir mit zitternden Fingern aufreißen. Weil ich die Tochter bin, die Schwester, weil wir füreinander mythologische Wesen sind und weil wir Feindinnen sind, wer verhält sich einer Feindin gegenüber gleichgültig. Aber sie antworten nicht auf meine Kontaktversuche, ihre Kränkung ist größer als ihre Neugier. Und für wen halte ich mich eigentlich. Scheiße in das eigene Nest und rufe danach an, als wäre nichts passiert. Glaube ich, Mutter hätte keinen Stolz. Stolz muss in Betracht gezogen werden.

Ich sitze in der Hütte und spüre, dass der Elch etwas von mir will. Er kommt jeden Tag gegen zwei, geht denselben Weg über die Wiese, trampelt dort einen Pfad, vorbei an der toten Kiefer, aber er bleibt immer an derselben Stelle bei meinem Freund, dem Stein stehen und schaut mich an. Heute früh hat es geregnet, und ich dachte, er werde nicht kommen, dann hörte der Regen auf, eine Amsel sang, ein doppelter Regenbogen wölbte sich über den unendlichen Himmel, und dann kam der Elch.

Ruth hat mich nicht ernst genommen, als ich schrieb, ich hätte Mutter etwas Wichtiges zu sagen, und sie hatte recht, aber auf einer existenziellen Ebene habe ich recht, denn ich habe ihr etwas Wichtiges zu sagen, auch wenn ich keine Worte dafür finde und noch nicht weiß, was es ist. Es gehört nicht in die Sphäre des Rationalen.

Ich sitze auf der Terrasse und blicke hinab auf die hohen Ahornbäume, einzelne zusammengerollte Blätter hängen noch immer an den dünnen, aber zähen Zweigen und sehen aus wie chinesische Lampions ohne Kerze.

Mutter steht auf und schaltet die Kaffeemaschine ein. Während sie auf den Kaffee wartet, geht sie hinaus in die Diele, öffnet die Tür und hebt die Zeitung von der Fußmatte auf, sie hat noch immer eine Papierzeitung abonniert. Sie geht damit in die Küche und schlägt die Todesanzeigen auf, Mutters Zugang zu ihren Toten. Ich hoffe, dass sie nicht den Fernseher einschaltet. Ruth hat dafür gesorgt, dass sie alle Sender hat, vielleicht lässt Mutter den Fernseher von morgens bis abends laufen, ich hoffe nicht. Ich lasse Mutter das Radio einschalten, während sie auf den Kaffee wartet. Ich habe das Radio eingeschaltet, ich warte auf den Kaffee.

Vom Küchentisch aus sieht Mutter Bäume, aber nicht solche, wie ich sie von der Hütte aus sehe, Fichten, Tannen und ab und zu eine verkrümmte Birke. Die Bäume, die auf dem Bild der Onlineauskunft auftauchen, ähneln denen, die ich sehe, wenn ich im Atelier auf der Dachterrasse stehe und nach unten schaue, gepflanzte Ahornbäume, ich stelle mir vor, dass Mutter vom Küchentisch aus, wo sie sich hingesetzt hat, Bäume sieht. Zum Kaffee, beschließe ich, isst sie einen Zwieback mit Butter und Ziegenkäse, die Ahornblätter, die sie sieht, fangen gerade erst an, gelb zu werden, die Sonne scheint auf die Blätter und auf Mutter, wie sie auf die Blätter und auf mich scheint, der Himmel ist blau, für sie wie für mich, und es ist nicht zu glauben, dass wir diesen Anblick teilen. Mutter trinkt den heißen Kaffee in kleinen Schlucken, in der Zeitung blättert sie jedoch nicht weiter, die interessiert sie nicht mehr so wie früher, im Grunde hat die Zeitung sie nie interessiert, aber hinten steht das Fernsehprogramm. Dann klingelt das Telefon, das neben ihr auf dem Tisch liegt, es ist Ruth, sie ruft immer um diese Zeit an. Sie fragt, ob Mutter gut geschlafen hat, und Mutter erzählt, wie sie geschlafen hat und was sie an diesem Tag vorhat, und beide fühlen sich besser, als das Gespräch beendet ist. Es tut gut, mit einem Menschen zu sprechen, den man mag. Der Tag kann beginnen. Mutter wird sich mit Rigmor treffen, die ebenfalls Witwe ist, sie treffen sich regelmäßig in der Konditorei am Sous plass. Mutter freut sich darauf, mit Rigmor zu sprechen, sie waren kürzlich beide beim Arzt. Ich stelle mir vor, dass sie eine selbstironische Beziehung zu ihren alternden Körpern haben, dass sie darüber lachen, dass sie manchmal die Brille in den Kühlschrank legen, dass es ihnen aber auch Angst macht. Über ihre Angst reden sie nicht, glaube ich. Sie sprechen über Kinder und Enkelkinder und zeigen sich gegenseitig Bilder auf ihren Telefonen. Ruths Kinder sind nicht so alt, dass Mutter schon Urenkelkinder hätte, glaube ich, sie hat nur eins, Johns Erik, von dem sie nichts weiß. Mutter und Rigmor reden über alte Zeiten, sie erinnern sich an die Toten, seit sie sich das letzte Mal gesehen haben, sind mehrere Bekannte gestorben. Sie scherzen darüber, dass sie bald an der Reihe sind. Aber im tiefsten Inneren fürchten sie sich. Über ihre Furcht reden sie nicht, und sie reden auch nicht über mich. Sie sitzen lange in der Konditorei und essen Kuchen. Oder sie essen keinen Kuchen, weil es nicht gut für den Cholesterinspiegel ist und weil sie lange leben wollen auf Erden. Danach gehen sie einkaufen, immer hat jemand Geburtstag, und es ist schön, den Enkelkindern eine Freude zu machen. Ehe sie sich trennen, umarmen sie einander, dann geht Mutter beschwingt und auf gute Weise müde nach Hause und packt ihre Siebensachen aus.

Hoher Himmel, kühle Nächte, der Duft von Wurzeln und Laub und das Zwitschern des Birkhuhns, die Welt ruht friedlich, ich habe das Gefühl, die Erde hat mich hervorgebracht, nicht Mutter.

Mutter war mit Rigmor shoppen, ein Wohlfühltag. Mutter hat keine finanziellen Probleme, Mutter macht sich keine Sorgen um Geld oder die Umwelt. Ich glaube nicht, dass sie darauf achtet, wo eine Ware produziert oder woraus sie gemacht worden ist, ihr ist egal, welchen CO_2-Abdruck diese Ware hinterlässt, ehe sie sie kauft. Ich vermute das nur. Mutter hat sich nie für Politik oder gesellschaftliche Themen interessiert, so wie ich das in Erinnerung habe. Deshalb bilde ich mir ein, dass unsere *Situation* sie beschäftigt, denn sie gehört in den privaten Bereich. Aber sie will nicht darüber reden, nicht einmal mit Rigmor, denn eine Entfremdung zwischen Mutter und Tochter kann niemals nur die Schuld einer der Beteiligten sein? Eine Frage nach der Ursache könnte Mutter unangenehm sein, auch wenn sie versucht, M und dessen Macht über mich für unsere Entfremdung verantwortlich zu machen, sie weiß nicht, dass er tot ist. Aber vermutlich teilt Rigmor Mutters Wahrnehmung meiner Bilder als infam. Rigmor dankt Gott dafür, dass sie keine Tochter hat, die Künstlerin ist. Außerdem bin ich nicht zu Vaters Beerdigung gekommen.

Aber wie war ich so rücksichtslos geworden, so herzlos? Niemand stellt diese Frage, um die Stimmung nicht zu verderben. Darin, Verständnis zu haben oder etwas zu erkennen, sind meine Mutter und ihre Freundinnen nicht besonders gut. Sie wissen, dass Mutter ihrem Enkel, meinem Sohn, keine Geburtstagsgrüße mehr schickt, aber das ist meine Schuld.

Mutter, ich erdichte dich mit Wörtern, um ein Bild von dir zu haben.

Noch stehen Veilchen und wilde Stiefmütterchen am Wegesrand, der Himmel ist hellblau über mir, auch wenn die Hügel am Horizont sich schwarz und scharf vor den tiefhängenden roten Wolken im Westen abzeichnen, Weidenröschen wachsen im Geröll, wo die Schlangen in der Abendsonne schlummern, und dahinter liegen Himbeersträucher und üppige Farnwedel, und weiter oben glitzern die Wasserstellen im Moor, und goldene Sonnenstreifen fallen über das Moos, in das ich mich setze, Preiselbeeren wachsen auf alten Baumstümpfen, und im Schatten der Tannen hinter mir liegen die Blaubeerhänge, die Wiesen, auf denen Pfifferlinge wachsen und von denen aus Schafe mit Glocken näher kommen, es ist schön, aber es ist nicht der Elch. In welche Landschaft wage ich mich vor, vielleicht ist das nicht gesund. Geburtstagsgrüße? Übertrage ich meine Probleme auf meinen *Sohn*, auf jemand Verletzlichen und Wehrlosen, um Mutter zynisch erscheinen zu lassen. Hat mein *Sohn* jemals zum Ausdruck gebracht, dass ihm die Geburtstagsgrüße seiner norwegischen Großmutter fehlen, nein. Aber wenn er sie vermisst hätte, hätte er es mir gesagt? Hat John nie Interesse an seiner norwegischen Familie gezeigt, weil er meine Abwehr gespürt hat, so wie Rigmor Mutter nicht nach mir fragt, weil sie deren Abwehr spürt? Aber ich hatte John von dem erzählt, was ich als Konflikt oder Entfremdung bezeichne. Dass Mutter und Vater mit der Wahl meines Berufs und meines Ehemanns nicht einverstanden gewesen waren, dass sie meinen plötzlichen Aufbruch und die Ausstellung meiner Bilder, die ihnen nicht gefielen, nicht gut verkraftet hatten, aber ich hatte ihm die Bilder nie gezeigt, um ihm meine Probleme nicht aufzuladen. Oder um es mir leichtzumachen? Hatte ich sie ihm nicht gezeigt aus Angst, dass er mich in der abgewandten Mutter erkennen würde, die sich so hart um ihr Innerstes schließt? Aber ich war doch nicht wie Mutter! Ich mischte mich nicht in seine Angelegenheiten ein, ich wünschte mir nichts Bestimmtes für ihn, ich hatte keine Erwartungen an ihn, vermutlich aufgrund all dessen, was ich selbst erlebt hatte, aber vielleicht hatte John sich gewünscht, dass ich mich öfter einmischte, dass ich mehr an seinem Leben teilnahm, war ich deshalb als Mutter genauso unbrauchbar wie meine Mutter, außer dass meine fahrlässig abhandengekommen war. Es war naiv zu glauben, dass Mutters Schmerz zu meiner Angst geworden war, ohne dass meine Angst zu Johns Last geworden wäre. Doch wenn er jemals mit mir darüber sprechen möchte oder mir sein Herz in einem Brief ausschüttet, wie ich es gegenüber Mutter und Vater gemacht hatte, würde ich genau zuhören und auf die Knie gehen! Aber ich will nicht, dass Mutter auf die Knie geht, ich will nur, dass wir ein ehrliches Gespräch miteinander führen, und außerdem unterscheidet sich das Verhältnis zwischen

Mutter und Sohn von dem zwischen Mutter und Tochter, denn die Mutter ist ein Spiegel, in dem die Tochter sich selbst in der Zukunft sieht, und die Tochter ist ein Spiegel, in dem die Mutter ihr verlorenes Ich sieht, vielleicht will Mutter mich nicht sehen, um nicht zu erfahren, was sie verloren hat? Vielleicht muss ein Kind gegen die Eltern aufbegehren, um seinen eigenen Willen zu entdecken und seinen eigenen Weg zu finden, und wenn die Eltern das ertragen und damit umgehen können, können alle Beteiligten danach eine gleichwertige Beziehung entwickeln, weil sich in der Hitze des Gefechts alle nackt und verletzlich gezeigt haben und weil alle versucht haben, komplizierte und ambivalente Gefühle in Worte zu fassen, etwas, das Mutter und ich nie getan haben. Das ist es, was geschehen muss, damit der Teufelskreis aus Schmerzen gebrochen werden kann, ist es das, was ich versuche?

Haben Eltern nicht ein Leben lang eine Verpflichtung, die das Kind nicht hat? In der Bibel ist es umgekehrt, da sollen die Kinder Mutter und Vater ehren, auf dass sie lange leben auf dem Lande, aber die Bibel wurde von Eltern geschrieben, die ihre Kinder unter ihrer Fuchtel halten wollten.

Ich rufe John an. Er geht nichts ans Telefon. Später schreibt er, dass er im Flugzeug nach Wien saß, er wird in der Gesellschaft der Musikfreunde spielen. Ich bin stolz auf ihn, das schreibe ich. Ich schreibe, dass er niemals Angst davor haben darf, unangenehme Dinge zur Sprache zu bringen. Er schickt ein grinsendes Emoji zurück.

Mutter schließt ihre Wohnungstür auf, setzt die Einkaufstüten auf dem Boden ab, setzt sich auf einen Stuhl und zieht die Schuhe aus. Sie ist jetzt müde, zufrieden, aber müde. Wie spät ist es? Vielleicht sechs Uhr, Ende September, die Vögel ziehen sich in die Bäume zurück, es wird schon früher dunkel, eine Art Schatten hat den Balkon erreicht, sie ist hinausgegangen, denn sie will die Vögel beobachten, die, die wegfliegen, und die treuen Grauen, die bleiben. Ich habe während der vier Tage, die ich jetzt hier bin, keine Menschen gesehen, nur Vögel, Schafe und den Elch. Vielleicht nimmt sie ein Glas Wein mit hinaus auf den Balkon, sie hat keine Angst mehr davor, zu viel zu trinken. Auch die Ärzte sagen, dass sie ruhig ein Glas oder zwei trinken darf, wann immer sie das möchte. Ich gehe hinein, öffne eine Flasche, gieße mir ein Glas ein und gehe zurück zur Tür, ich rieche das Holz, es riecht nach sonnenwarmem Teer, ich lehne mich dagegen, die Schafe mit ihren Glocken kommen langsam näher, es ist schön, aber es ist nicht dasselbe wie mit dem Elch.

Dreiundfünfzig Kilometer von hier aus, wo ich sitze.

Mutter nickt auf dem Balkon ein. Sie genießt es, dort in der Nachmittagssonne zu sitzen, sie kann die rote Kugel der Sonne zwischen den hohen Bäumen, die noch immer Blätter tragen, sehen. Aber dann schaut sie auf die Uhr, steht auf und geht ins Schlafzimmer, wo ein Bett steht, ein Bett für eine Person? Ruth hat ihr geholfen, Möbel zu kaufen, vielleicht haben sie sich für ein Doppelbett entschieden, weil Mutter ihr ganzes Erwachsenenleben in einem geschlafen hat, und für den Fall, dass sie sich einen neuen Freund zulegt, Freds Tante hat mit einundachtzig einen neuen Mann kennengelernt, sie scheint glücklich zu sein. Vielleicht haben sie ein Bett für eine Person gekauft, 1,20 Meter, und neue Bettwäsche. Neue Bettwäsche zu kaufen ist eine symbolische Handlung. Sie haben bestimmt viel weggeworfen, als sie das große Haus ausgeräumt haben, sie haben Vaters Sachen und das, was noch von mir dort war, ausgeräumt, das muss sehr therapeutisch gewirkt haben. Sie haben Vaters Sachen mit liebevollen Händen ausgeräumt, haben Anzüge und Schlipse gestreichelt und an alten Pullovern, Mützen, Schals gerochen, haben sie zusammengefaltet und ehrfürchtig in Kartons gelegt, die sie zur Heilsarmee bringen, Schuhe, Socken, Unterwäsche, ein Mensch hinterlässt so viel. Die

Heilsarmee ist gut, jetzt laufen andere in Vaters Anzügen und Schuhen herum, vielleicht bin ich auf der Straße an einem von Vaters Anzügen vorbeigekommen. Vielleicht hat Mutter einzelne Erinnerungsstücke behalten, den Ehering und die Uhr, sie bewahrt sie in ihrer Nachttischschublade auf, öffnet sie sie abends, sieht die Dinge an und denkt an Vater? Das glaube ich nicht. Es muss seltsam sein, so lange mit einem anderen Menschen zusammengewohnt zu haben, einander so nahe gewesen zu sein, Tag für Tag, Nacht für Nacht, Jahr für Jahr, dann stirbt der eine und wird zu Erde. Ich habe gehört, dass Tiere, die sehr eng zusammenleben, einander unweigerlich liebgewinnen, dass aber Menschen, die dasselbe tun, sich mit derselben Wahrscheinlichkeit hassen können. Hat Mutter jemals etwas mit Vater geführt, das einem tiefgreifenden Gespräch ähnelt? Nein, das wäre zu gefährlich gewesen. Sie haben über ungefährliche Dinge gesprochen, Ruths Kinder, Vaters Fälle in der Kanzlei, die Rosen im Garten, ihre Spezialdisziplin, da war immer schon diese Distanz, schon damals, als ich sie kannte, dann starb Vater, und Mutter fehlt jemand, mit dem sie über Blumen sprechen kann. Mutter hat alte Bettwäsche und alte Handtücher weggeworfen und neue gekauft, das neue Leben in einer neuen Wohnung sollte beginnen. Ich habe noch immer eine Garnitur Bettwäsche aus dem Haus meiner Kindheit, ich habe sie zufällig bei meinem ersten Umzug mitgenommen, und seitdem ist sie überallhin mit umgezogen. Aus unerklärlichen Gründen begleiten mich auch ein paar andere Dinge aus meiner Kindheit, ich bewahre sie auf, sind sie für mich zu symbolisch geworden, um sie wegzuwerfen? Einen verzierten Aschenbecher aus Messing aus Vaters Zeit in den Niederlanden, einige Brotbrettchen aus Teak, die er als Kind im Werkunterricht gebastelt hat, zusammen mit einem Kleiderbügel, in den sein Name eingebrannt ist. Sie können mich nicht aus der Geschichte herausdichten, ich habe Beweise. Ich kann nur im Besitz dieser Dinge sein, weil ich in seinem Haus aufgewachsen bin. Sie haben keinen Wert, es sind leblose Gegenstände, warum werfe ich sie nicht weg, ich benutze die Bettwäsche aus meinem Elternhaus nie, wenn ich ein Bett beziehen will. Aber nicht einmal, als ich hergezogen bin, habe ich sie weggeworfen, ich werde es tun, wenn ich aus dem Wald nach Hause komme, ich bleibe das ganze Wochenende in der Hütte.

Mutter zieht sich aus. Sie legt die Kleider über einen Stuhl, fühlt sie sich in diesem Augenblick am einsamsten? Sie ist bleich, sie war noch nicht in der Wintersonne am Mittelmeer, ich erinnere mich an Mutters weiße Haut, die Sommersprossen auf der Brust, die sonnenverbrannten Wangen in den vielen Sommern im Gebirge, sie zieht ihren Schlafanzug an und darüber eine Kaschmirjacke, die nicht zusammengefaltet werden darf, sondern auf einen Kleiderbügel gehört. Mutter zieht Pantoffeln an und geht ins Wohnzimmer, setzt sich in ihren Lieblingssessel und schaltet den Fernseher ein, sie sieht sich einen Dokumentarfilm über wilde Tiere in Afrika an. Das ist beruhigend, deshalb lasse ich sie diesen Film sehen. Stattliche Antilopen mit weißem Bauch grasen unter einem hohen blassblauen kenianischen Himmel, die Sonne scheint auf die Ebene, die dieselbe Farbe hat wie die Tiere. Es ist heiß dort, während es hier kälter wird, der Herbst kommt, und wer viele Herbste erlebt hat, erkennt ihn sofort. Mutter sehnt sich nach Wärme, will aber nicht nach Afrika, Afrika ist besser im Fernsehen, aber das kann ich nicht wissen, vielleicht hat Ruth Mutter und ihre ganze große Familie zu einer Safari in Afrika eingeladen, als Mutter achtzig wurde, und deshalb erinnert der Film Mutter an damals, als sie zusammen in der Serengeti in einem Zelt gewohnt haben. Die Antilopen grasen so ruhig in der Savanne, die Kamera zoomt auf eine Löwenfamilie im Schatten unter den Akazien. Zwei Mütter träge auf der Seite, ihr Fell hat dieselbe Farbe wie das trockene Gras, vier spielende Kinder, der männliche Löwe einige Meter weiter, mit erhobenem Kopf. Dann wieder zurück zu den grasenden Antilopen, Sonntagmorgenmusik, aber uns kann sie nicht trügen, denn die Löwenmütter haben sich erhoben, schleichen durch das Gras, die Musik jetzt bedrohliche Nacht, eine Löwenmutter nähert sich der Herde, die andere schleicht sich in einem Bogen von hinten an, läuft wie ein Schatten durch das hohe Gras, die Herde bemerkt sie und setzt sich in Bewegung, eine graue Wolke am Steppenhimmel, Gnade der Langsamsten, die die letzte Spitze der Wolke bildet. Sei nicht ganz vorn dabei, sagte die Mutter zu ihrem Sohn, der in den Krieg zog, und häng nicht hinterher, gehe in der Mitte, die, die in der Mitte gehen, kommen zurück, aber wie soll das Antilopenjunge, auf das sich die Kamera richtet, in die Mitte gelangen, wenn alle anderen schneller laufen und niemand sie rettet, ich glaube, dass es ein Weibchen ist. Die andere Löwin passt das Junge ab, sie jagen zu zweit, sie springt ihm auf den Rücken, beißt sich fest, die Antilope rennt weiter, die zweite Löwin kommt dazu und lässt ihre Zähne in den Hals der Antilope sinken, zwei Löwinnen in ihrem Körper, die Antilopenbeine laufen langsamer, bis sie nachgeben, und das Blut sickert aus den Wunden, vor allem am Hals, alles den Löwenkindern zuliebe. Der weiße Bauch prallt auf den Boden, die Löwin, die auf ihr gesessen hat, springt ab, beide beißen sich in den Hals, die Augen quellen aus dem Gesicht der Antilope, schwarz und voller Angst, ihr Leib zittert, noch ist sie nicht tot, die Löwenkinder kommen glücklich angelaufen, Vater speist zuerst, Mutter schaltet den Fernseher aus.

Sie steht auf, vielleicht schwerfällig, vielleicht mit Leichtigkeit, geht ins Badezimmer und betrachtet sich im Spiegel, mit der Zahnbürste im Mund. Sie löst ihre Haare, und sie fallen ihr über die Schultern, ich glaube nicht, dass sie sie kurz geschnitten hat, möglicherweise sind sie grau geworden, aber dann färbt sie sie, ein so großer Teil ihrer Identität ist mit den roten Haaren verbunden, das Feuer aus Hamar. Mutter geht in die Küche, lässt Wasser in ein Glas laufen und geht barfuß ins Schlafzimmer, setzt sich aufs Bett, legt sich eine Schlaftablette auf die Zunge, trinkt, schluckt, legt sich hin und wickelt sich in die Decke, wie jede Nacht seit Vaters Tod. Dieser Augenblick interessiert mich. Die halbe Stunde, ehe die Tablette wirkt. Mutter im Bett. Wartend, nachdenkend. Worüber? Den vergangenen Tag. Den kommenden Tag, den Friseurtermin. Und danach, was dann?

Ruth half Mutter zu entscheiden, was mit in die neue Wohnung kommen durfte und was aussortiert werden sollte. Vermutlich haben sie all das weggeworfen, was sie an mich erinnerte, sie wollen mein Konfirmationsbild und Hochzeitsbild und das Bild meines neugeborenen Sohnes nicht vorzeigen wie eine Wunde. Ich sehe vor mir, wie Ruth alles auf den Boden eines Containers schleudert, ich höre das Glas brechen. Nein, so viele Gefühle habe ich nicht verdient. Sie legt die Bilder einfach in einen Müllsack, der auf der Müllhalde landet.

Als Ruth verstanden hatte, dass ich nach Hause gekommen war, sagte sie es Mutter, damit Mutter vorbereitet wäre, falls ich Kontakt aufnähme oder falls sie mir zufällig über den Weg liefe. Als das getan war, was dann? Weiter schweigen, wie sie so viele Jahre lang über mich geschwiegen hatten, oder sich an den Verrat, den ich in ihren Augen begangen habe, erinnern und sich gemeinsam aufregen, vermutlich war ich, während ich fort war, als Quelle der Ungeheuerlichkeit immer anwesend. Wie würden sie die Unruhe dämpfen, die die Information über meine Heimkehr vermutlich in ihnen ausgelöst hat?

Jetzt ist es Nacht. Mutter schläft ruhig.

Ich bewege mich in den Teilen der Stadt, wo sie sich meiner Ansicht nach nicht aufhalten. Die Stadt ist groß geworden, die Gefahr, auf Ruth oder Mutter zu stoßen, ist klein. Außer vielleicht am Hauptbahnhof. Mutter benutzte die öffentlichen Verkehrsmittel nicht gern, jetzt muss sie es, wenn Ruth sie nicht fahren kann. Wenn ich vormittags die Museen besuche, bin ich vorsichtig, in den Museen sind viele ältere Menschen, aber Mutter macht meinetwegen einen Bogen um Kunstmuseen. Sicherheitshalber setze ich mich in den Cafés so, dass ich im Blick habe, wer hereinkommt, und ich habe immer einen Plan, wie ich fliehen kann. Als ich kürzlich am Tresen im Museum für Kunst und Gewerbe stand, tippte mir eine Frau auf die Schulter und fragte, ob ich ich sei, ich konnte es nicht abstreiten. Sie kenne Mutters Bruder Tor, sagte sie, sie hätten zusammen beim Roten Kreuz gearbeitet, und er habe erzählt, ich, die Malerin, sei seine Nichte. Sie sagte es, als sei es nichts, wofür Tor sich schämte. Sie fragte, ob ich wieder nach Hause gezogen sei, ich zögerte, ihr zu antworten. Tor habe sich das Handgelenk gebrochen, sagte sie, aber das wisse ich vielleicht? Ich wurde verlegen, und sie musterte mich forsch, aber jetzt gehe es ihm gut, sagte sie, die Frau hinter dem Tresen fragte, ob ich den Kaffee hier trinken oder mitnehmen wollte, ich nahm ihn mit und ging.

Mutters Bruder Tor redet also über mich. Auch mit Mutter? Mutters Bruder Tor besucht Mutter und kommentiert, dass kein Bild von mir mehr aufgestellt ist? Oder er weiß, dass es ihr unangenehm wäre, und sagt nichts. Aber er *bemerkt* es. Vielleicht verspürt Mutter ein heftiges Unbehagen, wenn sie nur meinen Namen hört, auch wenn es irgendeine andere Johanna ist, eine Nachrichtensprecherin, eine Skiläuferin, der Name wird genannt, und Mutter erlebt einen Schauer des Unbehagens, es ist ein Glück für Mutter, dass es nicht viele gibt, die Johanna heißen. Vielleicht hat Mutter die unangenehmen Gedanken über mich im Alltag verdrängen können, sie hat viele Jahre Übung darin, aber dann taucht im Fernsehen eine zufällige Interviewpartnerin mit Namen Johanna auf, und Mutter wird schlecht, mit hämmerndem Herzen schaltet sie den Fernseher aus und ruft meine Schwester an, um sich zu beruhigen.

Sie können mich nicht aus dem Familienstammbaum herausstreichen.

Mutter wohnt in der Arne Bruns gate 22. Über die Onlineauskunft habe ich ein Bild des Gebäudes gefunden, in dem sie wohnt. Ich kenne diesen Teil der Stadt, aber nicht gut, vielleicht bin ich mal mit dem Bus hindurchgefahren, aber ich war nie in der Arne Bruns gate, soviel ich weiß. Es ist ein roter Klinkerbau. Jetzt habe ich sein Bild im Kopf, mehr brauche ich nicht zu wissen. Ich fahre zur Hütte im Wald, um den Abstand zu vergrößern. Das Laub ist rot geworden wie die Klinkersteine, aber noch lebt der Sommer im Holz, bis weit in den Oktober hinein bleibt der Sommer im Holz, die Sonne dringt in die schwarzen, mit Teer gestrichenen Stämme, die innen die Farbe von frischgebackenem Brot und Haut haben, der Sommer wohnt im Wald, solange er kann, die Holzstämme speichern Sonnenstrahlen und Wärme, es ist warm, als ich die Tür aufschließe. Von hier aus würde ein anderer Weg dortin führen. Eine Expedition von einem anderen Ausgangsort aus, fast als würde jemand anderes sie unternehmen. Ich weiß nicht, wie Mutters Woche aussieht, aber ich gehe davon aus, dass ihr Kalender nicht besonders voll ist, ich rechne damit, dass Ruths Woche der der meisten Arbeitnehmerinnen ähnelt, ich glaube, dass Mutter allein rausgeht, wenn sie an einem Dienstagvormittag unterwegs ist. Das Wetter ist schön, das ist ein guter Grund, um nach draußen zu gehen. Der Herbst ist die beste Zeit des Jahres, das Licht ist klar, die Luft scharf im Gesicht, obwohl die Sonne es wärmt. Schiebt sich eine Wolke vor die Sonne, wird es sofort kalt, aber wenn die Sonne wieder zum Vorschein kommt, wärmt sie Herz und Hirn. Mutter weiß nicht, welches Auto ich fahre, Mutter interessiert sich nicht für Autos, glaube ich, ich muss immer ein *glaube ich* hinzufügen. Ich will dennoch nicht in der Nähe parken, ich will so parken, dass ich sehen kann, wer aus dem Eingang kommt, aber nicht so nahe, dass sie mich bemerken. In parkenden Autos sitzen normalerweise keine Menschen. Nur wenn du jemanden abholen sollst und zu früh kommst, bleibst du im Auto sitzen, aber dann schaltest du den Motor nicht aus, dann fährst du nicht in eine Parklücke, dann schaltest du den Warnblinker an und hältst am Straßenrand. Ein Mensch, der lange in einem parkenden Auto sitzt, ist ein ungewöhnlicher Anblick, aber so ungewöhnlich, dass niemand ihn beachten wird. Das gehört in Spionagefilme. Wenn ich irgendwo entlanggehe, achte ich nie darauf, ob in den Autos, an denen ich vorbeikomme, jemand sitzt, mein Blick ist geradeaus gerichtet. Und wenn ich jemanden in einem parkenden Auto entdeckte, würde ich denken, dass das Auto entweder gleich losfährt oder der Mensch aussteigt. Aber wenn ich jemanden über längere Zeit in einem parkenden Auto sitzen sähe, würde ich das seltsam oder bedrohlich finden? Nicht, wenn er eine Karte läse. Also packe ich einen Stadtplan ein, ich plane es wie ein Verbrechen. Wenn ich keinen Parkplatz finde, fahre ich einfach um den Block und versuche es noch einmal. Vielleicht muss ich viele Runden drehen, aber das ist nichts Ungewöhnliches in einer Straße, die so nahe am Stadtzentrum liegt. Wenn ich keinen Parkplatz finde, kehre ich um, umzukehren ist keine Schande. Ich lächle nicht, meine Hand zittert im September. Als die Sonne hinter den Tannen untergeht, wird es sofort kühler, ich mache im Eisenofen in der Küche und in dem großen Steinkamin im kleinen Wohnzimmer Feuer und gehe hinunter in Richtung der unbeleuchteten Landstraße, um ruhiger zu werden, ich folge der Landstraße ungefähr einen Kilometer, es ist noch so hell, dass ich den Weg finde, ich höre die Schafsglocken. In keiner der anderen Hütten, die ich am Hang ahne, brennt Licht, aber auf dem Rückweg sehe ich das Licht meiner eigenen Hütte brennen, einladender Rauch steigt aus dem Schornstein, das beruhigt mich, mein Herz und meine Gedanken sind unruhig, es ist warm, als ich hineinkomme.

Von hier aus dauert die Fahrt vierzig Minuten. Wäre ich von der Stadt aus gefahren, würde es nur halb so lange dauern, aber es wäre etwas anderes. Von hier aus ist es eine Expedition, eine Strecke, die ich noch nie vorher gefahren bin. Zuerst die verkehrsarmen, flachen Landstraßen, dann verdichtet sich der Verkehr, und ich passiere die Stadtgrenze und erreiche die Autobahn aus einer ungewohnten Richtung, dann biege ich ab. Mein Herz pocht mir bis zum Hals, meine Kehle brennt, während ich näher komme, ich weiß nicht, was ich hier mache, das ist der Punkt, das muss ich herausfinden. Ich bin anders ins Auto gestiegen als sonst, aufmerksamer, denn egal, was passiert, ich werde etwas über mich lernen, ich bin gespannt, was es ist. Ich fahre langsam, ich irritiere die Wagen hinter mir, ich dehne den Weg, dann bin ich auf einmal da, ganz plötzlich, als ob ich – weil es emotional so anstrengend war herzufahren – erwartet hätte, dass es schwer zu finden wäre, aber das ist es nicht, ich bin schon vorbeigefahren, ein völlig unaufgeregter Ort mit vielen Parkmöglichkeiten, aber ich setze nicht zurück, ich fahre um den Block herum und biege noch langsamer in dieselbe Straße, vorbei an Nummer 22, einem roten Klinkerbau mit einem ganz normalen Eingang, ich fahre noch einmal um den Block, biege zum dritten Mal in die Arne Bruns gate, hinter dem Klinkerbau entdecke ich vor einem ähnlich aussehenden Haus einen Parkplatz, ich fahre daran vorbei, wende auf der Kreuzung, fahre zurück und parke so, dass ich Mutters Haus ungefähr zwanzig Meter weiter auf der rechten Seite sehen kann. Meine Beine zittern, was mache ich hier, ich weiß es nicht, ich warte auf Mutter. Sie lebt, sie atmet weniger als hundert Meter von mir entfernt, wenn sie zu Hause ist, wenn sie am Leben ist, wenn sie tot wäre, hätte ich es erfahren. Das Gebäude schläft. Auf beiden Seiten des Eingangs stehen viereckige blaue hölzerne Blumenkästen, sie signalisieren etwas Förmliches, aber es gibt keine Anzeichen dafür, dass es in diesem fünfstöckigen Gebäude noch etwas anderes als private Wohnungen gibt, ich weiß nicht, in welchem Stock Mutter wohnt. Wenn es einen Fahrstuhl gibt, kann es jeder sein, bestimmt gibt es einen Fahrstuhl, das Haus sieht frisch renoviert aus. Zehn große Balkone schauen auf die Straße, alle voller Blumen. Aber auch an den Seiten gibt es Balkone, der von Mutter kann der Straße zugekehrt sein, wo ich sitze, aber auch einem der Nachbarhäuser, sie scheinen alle ungefähr gleichzeitig gebaut worden zu sein, zu Beginn des zwanzigsten Jahrhunderts, viele Male renoviert, das hier ist eine gute Wohngegend. Ich sehe keine Menschen hinter den Fenstern, aber wer schaut schon um diese Zeit aus dem Fenster hinaus auf eine verschlafene Straße, es ist fünf nach zehn am Morgen. Kein Mensch, keine Autos. Ich verkrieche mich so tief in meinem Sitz, wie ich nur kann, aber das wird bald unbequem, ich setze mich etwas weiter auf, so weit ich es wage, schalte das Radio nicht ein, obwohl ich mir sage, dass das nicht gefährlich wäre, aber es kommt mir gefährlich vor. Ich falte den Stadtplan, der neben mir liegt, nicht auseinander, es gibt keinen Grund, das zu tun. Ich sitze eine Stunde lang angespannt da, höre meinen eigenen Atem, überlege loszufahren, als eine Frau auf mich zukommt. Es ist nicht Mutter, es ist keine Frau über achtzig, das sehe ich sofort, ein einziger Blick, und ich weiß, dass es keine Frau über achtzig ist, dass es nicht Mutter ist, es ist eine Frau in meinem Alter, Ruth? Das kann nicht sein, sie hat keine Ähnlichkeit mit meiner Schwester, und außerdem geht sie an der Arne Bruns gate 22 vorbei, als wüsste sie nicht, dass sie durch Mutters Straße geht. Meine Schwester kennt sich in dieser Straße aus, meine Schwester wohnt siebzehn Minuten zu Fuß von hier entfernt, das habe ich bei der Onlineauskunft überprüft, aber vermutlich fährt sie mit dem Auto wie ich, sie ist jetzt bei der Arbeit. Aber wenn sie wider Erwarten an einem Dienstagvormittag kommt, um aus irgendeinem Grund Mutter zu besuchen, wird sie nicht auf die parkenden Autos achten, sondern auf die freien Parkplätze, wie dem vor mir, aber meine Schwester kommt nicht. Es kommt ein Hund, offenbar allein, er beschnuppert den Laternenpfahl vor mir, pisst und verschwindet. Ich sitze zweieinhalb Stunden hier, dann fahre ich zurück in den Wald, mein Körper fühlt sich schwer an. Ich halte auf der Ebene in der Nähe des dichten Nadelwalds und gehe, bis es dunkel wird, ich verlaufe mich, und ich finde Semmel-Stoppelpilze, die cremegelb leuchten auf dem dunklen Boden, ich finde zurück zum Auto, mit einer Tasche voller Pilze. Als ich auf meinem Parkplatz vor der Hütte halte, ist es so dunkel, dass ich den Pfad zwischen den Bäumen nicht erkenne, ich habe vergessen, die Lampen draußen anzuschalten. Es ist stockfinster, die Luft säuerlich, und das Heidekraut knirscht herbstlich trocken unter meinen Füßen, wenn jemand spioniert, wird er hören, dass ich komme, die Tiere hören mich kommen, ich beleuchte den Pfad mit meinem Telefon, sehe nicht weiter als einen Meter vor mir, ich leuchte nicht zum Wald hin, weil ich mich davor fürchte, menschenähnliche Gestalten zu sehen, vor wem habe ich Angst, Mutter? Erleichtert erreiche ich die Hütte, schließe die Tür auf, mache Feuer im Ofen, mache Feuer im Kamin, ziehe den Mantel erst aus, als das Thermometer achtzehn Grad zeigt, wie Mutter es uns beigebracht hat, immer wenn wir in Rondane ankamen, das habe ich im Blut. Es dauert kaum zehn Minuten. Ich bin so weit weg, dass es nicht wirklich passiert sein kann, trotzdem kommt es mir zugleich so vor, als wäre das Schlimmste vorbei, aber das ist es nicht.

Drei Tage später verlasse ich den Wald um dieselbe Zeit, aber in die Gegenrichtung, ich bin um halb elf da und parke an derselben Stelle, nur mit dem Blick zur anderen Seite, ich hätte die Auswahl zwischen vielen anderen Parkplätzen gehabt, aber ich verstehe diesen ab jetzt als meinen. Ich bezahle die Parkgebühr nicht, obwohl ich das müsste. Wenn jemand kommt, um mich zu kontrollieren, fahre ich los. Es kommt mir weniger dramatisch vor als beim ersten Mal, auch diesmal passiert nichts. Ich überprüfe über die Auskunft, ob ich vor der richtigen Adresse stehe, das tue ich, verbringt sie den ganzen Tag im Haus? Wenn ich bis halb vier hier stehen bleibe, dann muss ich ja – was, ein Ergebnis haben? Hat sie sich den Oberschenkelhals gebrochen? Mein Gehirn macht hier nicht mit, mein Gehirn versagt.

Ich fahre unverrichteter Dinge nach Hause, was sind das für Dinge? Wie können sie verrichtet werden? Das Leben geht so schnell vorbei. Es gibt so viele entscheidende Fragen, die wir nie stellen, nur in unserem tiefsten Herzen, es gibt so viele Dinge, die wir auszusprechen vermeiden, obwohl die Menschen, die zu Klärung und Aufklärung beitragen könnten, noch am Leben sind. Wir könnten sie aufsuchen und eine Antwort von ihnen verlangen, aber das tun wir nicht, warum nicht? Wir würden sowieso keine Antwort bekommen, auch nicht, wenn wir bettelten oder flehten, oder ist es den Preis nicht wert, die Demütigung, den Ärger, das Unangenehme. Wir verzichten auf entscheidende Informationen, um ein Unbehagen zu vermeiden, aber wir haben nur dieses einzige kleine Leben, und das Ungelöste, das Nicht-Gewusste kann uns bis an unser Lebensende quälen, vor allem nachts, nicht wahr?

Es kann sein, dass Mutter unter gar keinen Umständen mit mir sprechen möchte, aber es fällt mir schwer, das zu glauben. Dass Kinder ihre Eltern verleugnen, ist verständlich, dass Eltern ihre Kinder verleugnen, noch dazu so hartnäckig, kommt selten vor.

Ich habe neun Monate lang in ihrem Körper gewohnt, sie hat mich unter Schmerzen geboren und dafür gesorgt, dass ich nicht starb, ich habe Milch aus ihren Brüsten gesaugt, sie hat mich gewaschen und mir saubere Kleider angezogen, hat mich ins Bett gelegt, ich gehe davon aus, dass es ein warmes Bett war. Sie hat mich gewiegt und getragen, auch wenn sie das mit sehr gemischten Gefühlen getan hat, sie hat mir die Zähne geputzt, als sie kamen, hat mich sprechen gelehrt, Ma-ma, damals wurden Mütter damit alleingelassen. Der Mensch, als dessen Teil ich mich einst erlebt habe, mit dem ich in Symbiose verbunden war, von dem ich in jeder Weise abhängig war, der, wenn er mich vernachlässigte, meine Existenz bedrohte und den ich deshalb mit Argusaugen verfolgte, mit gespitzten Ohren, auf den ich meinen gesamten Sinnesapparat ausrichtete, was flüsterte er mir damals ins Ohr, wenn er mich in den Schlaf wiegte, *the hand that rocks the cradle rules the world*, das erste Lied, das ich hörte.

Ein neuer Anfang wäre nicht möglich, auch wenn ich sie dazu bringen könnte, zuzuhören und meine Geschichte auf irgendeine Weise zu akzeptieren, dafür sind wir zu alt, aber vielleicht könnten wir eine Art Frieden hinbekommen. Ein Dämpfen dessen, was ich mir als unaufhörlichen inneren Vorwurf an mich vorstelle, der auch für sie anstrengend sein muss, undankbar, untreu, aufmerksamkeitsheischend, herzlos.

Im Frühling vor dem heißen Sommer sah ich *Die Wildente* im Theater, und ich hatte das Gefühl, mir wurden die Augen geöffnet, und ich konnte das erste Mal in meinem Leben klarsehen. In der Verleugnung zu leben war schwer zu tragen gewesen, aber vor der Wahrheit zu stehen, wie sollte ich damit leben? Manche Menschen müssen eine Lebenslüge leben, um sich als vollwertige Menschen fühlen zu können, aber die Lebenslüge des einen kann die Geißel des anderen sein, so habe ich Gregers Werles Begierde und Drang danach verstanden, den Schleier wegreißen zu müssen, damit die anderen die Augen aufmachen und sehen, wo sie in Wirklichkeit leben, und um die Chance zu haben, ihr Leben zu verändern. Aber das Leben zu verändern erfordert Mut, und es hat einen Preis, manche Menschen haben weder den Mut, noch sind sie gewillt, den Preis zu bezahlen, und auch in der *Wildente* geht es nicht gut aus, und deshalb wollte ich protestieren und aufschreien, als ich begriff, was Hedvig vorhatte, er ist es nicht wert, geh jetzt, leb dein eigenes Leben! Und im selben Sommer ging ich, aber mit Mark als meinem Retter, und jetzt bin ich wieder hier, bin ich Hedvig oder Gregers Werle?

Wann fand Mutter eine Stimme und begrub meine stille Mutter, deren stumme Schreie ich die ganze Zeit höre?

Jeden Morgen ziehe ich meine Arbeitskleidung an, öffne die Ateliertür und trete in den berauschenden Geruch von Farbe, Terpentin, Teer und feuchter Leinwand, aber die Gestalt vor mir bleibt skizzenhaft uninteressant, dem Raum um sie herum fehlt es an Tiefe. Ich sehe sie an und verliere den Mut, vielleicht war es falsch herzukommen, »nach Hause«, vielleicht wird alles, was es in mir an schlafenden Gefühlen und Erinnerungen weckt, mich doch nicht arbeitsfähig machen, ist meine Heimkehr also der Beweis dafür, dass ich recht hatte zu gehen? Zugleich verspüre ich beim Eintreten in mein Atelier die Unruhe, die mich immer überkommt, wenn ich direkt vor einem Durchbruch stehe, sie ist nur so ermüdend und entsetzlich schwer zu ertragen, ich zeichne Mark mit einem Kohlestift, um Gesellschaft zu haben.

Inzwischen kenne ich den Weg und fürchte mich weniger, ich schäme mich weniger, diesmal komme ich vom Meer, aus meiner Wohnung im dreizehnten Stock, ich sitze im Auto, überlege, und heute taucht sie auf, es besteht kein Zweifel, wie konnte ich glauben, dass ich Zweifel haben würde, ich erkenne sie sofort: Mutter!

Ihr Körper ist dreißig Jahre älter, aber ihre Haltung und ihr Gang sind noch immer gleich, als ob etwas eilte, immer, als ob etwas eile, das sie erreichen oder dem sie entkommen muss: Mutter! Leicht vornübergebeugt, mit hellwachem Blick, ihr Kiefer etwas angespannt, ihre Schritte etwas leichter, als ich erwartet hatte, Mutter! Sie kommt in Jeans und Turnschuhen und einer dunklen Allwetterjacke aus der Tür, eine grüne Mütze auf dem Kopf, deshalb sehe ich nicht, ob ihre Haare noch immer rot sind. Sie geht die wenigen Schritte zum Bürgersteig, wendet sich von mir ab und geht in die Gegenrichtung, was hatte ich erwartet. Ich notiere Datum und Uhrzeit.

In der Regel breche ich vom Wald aus auf, aber nicht heute, die Blaubeeren sind da, in den Mooren sehe ich die unreifen Moltebeeren, das gibt mir Kraft. Ich halte an derselben Stelle, aber später am Tag, heute ist es drei Uhr. Ich sitze nicht mehr wie auf glühenden Kohlen, aber ich lese auch nicht, ich bin wie betäubt. Ich erkenne die Autos wieder, die hier stehen, drei schwarze und ein kleines E-Auto, niemand schließt sie auf und fährt weg, die Straße schläft. Ab und zu kommt ein langsames Auto vorbei oder ein Schulkind mit dem Ranzen auf dem Rücken, und dann schnürt es mir die Kehle zu, dann taucht ein zögerlich fahrendes Auto auf, ich sinke in meinen Sitz. Es hält Ausschau nach einer Parkmöglichkeit, ich wende mein Gesicht ab, es fährt vorbei, ich sinke noch tiefer in den Sitz, presse das Gesicht gegen den Sitzrücken, weiß es, ohne es zu wissen, spüre es, höre es anhalten, höre es gegenüber einparken, abwechselnd vor- und zurücksetzen, ehe es anhält, ich höre, wie die Tür zugeschlagen wird, höre das Klicken, mit dem es verriegelt wird, die Schritte über die Straße zum Bürgersteig, weiß es und habe recht, es ist meine Schwester. Ich schaue auf. Der Gang, die ganz besonderen Bewegungen ihres Körpers, die am Leben sind und in meinen eigenen eingebrannt, ich sehe ihr Gesicht nicht, es ist in Richtung Nummer 22 gedreht und in einen Schal gewickelt, aber ich sehe graue Haare daraus hervorschauen, sie geht mit leicht nach innen gekehrten Füßen über den Bürgersteig, so wie sie die Blåsutgate entlang zur Schule gegangen ist, mit dem auf dem Rücken baumelnden Ranzen, ich wusste nicht, dass ich mich daran noch erinnere. Sie hat eine Tasche über der linken Schulter hängen und eine grüne Stofftasche vom Supermarkt Kiwi mit Einkäufen für Mutter in der rechten. Meine Schwester geht mit ruhigen Schritten zum Eingang, sie trägt eine dunkle Hose, eine dunkle Allwetterjacke wie Mutters, sie ähneln einander, und ich, tue ich das auch? Sie geht ruhiger und weniger hektisch als Mutter, sie ist leicht vornübergebeugt und hat den Blick auf den Asphalt gerichtet, sie geht, als ob sie es nicht eilig hätte, vielleicht graust ihr. Das Bild meiner Schwester auf dem Weg zu Mutter versetzt mich nicht in Aufregung, ich bin nicht beschwingt oder erregt, da ist nur ein dumpfes Gefühl von Trauer.

Sie klingelt nicht, schaut kurz auf die Uhr und schließt die Tür auf. Alles ist still. Ich sehe keine Bewegung hinter irgendeinem Fenster, die mir sagen könnte, in welcher Etage Mutter wohnt, ich sehe die Gestalt oder den Schatten meiner Schwester hinter keinem der Fenster, nichts, woran ich erkennen könnte, in welcher Wohnung Mutter wohnt. Soll ich warten, bis sie herauskommt? Ich warte eine Dreiviertelstunde, aufrecht im Sitz, plötzlich ohne Furcht, warte noch eine Viertelstunde länger und dann fünf Minuten, aber vielleicht wird sie den ganzen Abend dort verbringen, die ganze Nacht, ich fahre in den Wald, auch wenn ich das gar nicht vorhatte, um meine neue Trauer zu verdauen.

Die Dunkelheit kommt jetzt spürbar früher, aber ich bin vorbereitet, ich habe eine Taschenlampe. Ich steige aus dem Auto und überquere die Straße, ehe ich abschließe, nach dem Klicken wird es schwarz, keine Sterne, kein Wind und deshalb kein Rauschen der Blätter. Ich stehe lange wie eine Salzsäule da und horche nach Tieren, obwohl ich nicht weiß, ob sie mich beruhigen oder beunruhigen würden, ich muss mich in meiner neuen Situation zurechtfinden. Ich habe weniger Angst, obwohl ich weniger sehe, Trauer verdrängt Angst. Meine Augen gewöhnen sich nicht an die Dunkelheit. Die Dunkelheit kriecht mir in jede Pore und füllt bald meinen ganzen Körper aus, ich öffne den Mund und verschlinge die Dunkelheit, ich werde von innen dunkel, ich werde eins mit der Dunkelheit, und ich kann sehen, dass dort ein Pfad entstanden ist, denn ich trete immer auf genau dieselben Stellen, durch das Gestrüpp, durch das Dickicht, vorbei an dem Stein, der mich begrüßt, am Bach entlang und an der baufälligen grauen Hütte mit den zugenagelten Fenstern und Türen vorbei, noch mal durch Dickicht hin zur Lichtung, die sich trotz der Dunkelheit öffnet, dort wartet meine Hütte unter dem Mond, der aussieht wie eine Muschel. Die vornübergebeugte Gestalt meiner Schwester, ihr Kindheitsgang mit dem Schulranzen auf dem Rücken, sie geht nach Hause zu Mutter.

Ich verschiebe die Besprechung mit dem Kurator. Ich sage, dass ich mit der Arbeit gut vorankomme. Irgendwie stimmt das.

Die Blaubeeren am Hang hinter der Hütte sind reif, in den Mooren weiter oben sind die Moltebeeren noch grün, einige werden schon ein wenig rot, ich behalte jede einzelne im Auge. Ich kleide die Hütte von innen mit Rentierfellen und gewebten Decken aus, ich baue eine Höhle, ich bereite mich auf den Winter vor.

Ich sitze warm angezogen im Auto, Viertel nach elf am Mittwochvormittag. Die Tür der Arne Bruns gate 22 geht auf, Mutter kommt heraus. Kein Zweifel, es ist Mutter. Die Haustür schließt sich hinter ihr, und sie geht die sieben Meter bis zum Bürgersteig, sie biegt nach rechts ab und kommt in meine Richtung, leicht vornübergebeugt wie Ruth, aber entschiedener, ihr Gesicht sieht nicht traurig aus, ihre Schritte energisch und schnell, sie hat ein Ziel. Dunkle Hose, die dunkle Allwetterjacke, ein grüner Schal um den Hals, eine grüne Mütze, die zu roten Haaren passt, ihre Haare kann ich noch immer nicht sehen. Über der Schulter eine dunkelbraune Ledertasche, sie schaut auf die Armbanduhr und verschwindet hinter der Ecke. Ich lasse den Motor an, fahre los und wende in der nächsten Auffahrt, fahre die Straße hinunter und biege um die Ecke, dort geht Mutter. Ich folge ihr in ihrem Tempo, hinter mir fährt kein Auto. Sie biegt um die nächste Ecke, ich folge ihr, Mutter kann gehen, wohin sie will, sie biegt rechts ab, das kann ich nicht, es ist eine Einbahnstraße. Ich fahre so weit, wie ich darf, so dicht am Bürgersteig, wie ich kann, ich halte an, steige aus, folge dem Holzzaun bis zur Ecke und wage einen Blick, Mutter geht zur Straßenbahnhaltestelle, dreht sich in meine Richtung um, hält Ausschau nach der Straßenbahn, nicht nach mir, sie sieht mich nicht, die Straßenbahn kommt, wo will Mutter hin? Mutter steigt ein, und die ohnmächtige Verzweiflung meiner Kindheit überwältigt mich, dieser Gegensatz zwischen ihrem offenkundigen Leiden und ihrem Verhalten, als wäre alles in Ordnung, dieser ganze Unsinn, der immer aus ihrem Mund kam.

Während der nächsten Tage beobachtete ich vier Menschen, zwei oben in den Mooren, vermutlich auf der Suche nach Moltebeeren, und zwei auf der Suche nach den Pilzen unten im Nadelwald, wo ich schon alle weggesammelt hatte. Ich kam nicht zur Ruhe und fuhr durch die inzwischen vertrauten Straßen, es war Sonntagnachmittag Viertel nach sechs, als es langsam dunkel wurde. Kein Mensch war unterwegs, es ist eine Gegend ohne Läden und Lokale, hier wohnen ältere Menschen, die Ruhe suchen, nur selten sah ich ein Kind. Ich hielt dort, wo ich immer hielt, und versank im Sitz, ich machte das Radio nicht an, weil es ein wenig leuchtet. Es war sehr windig. Die Blätter fielen von Ahorn- und Espenbäumen auf die Windschutzscheibe, tief rotbraun, wie Mutters Haare, einzelne feuerrot, einige mit schwarzen Punkten, nach einer Weile bedeckten sie die Windschutzscheibe und verdeckten mir die Sicht, ich fühlte mich sicher. Die Tür der Arne Bruns gate 22 ging auf, und Mutter kam heraus, unerwartet, in einem langen beigen Mantel, den hatte ich noch nie gesehen, er sah aus, als ob sie ihn gestern gekauft hätte, sie war zum Samstagseinkauf mit meiner Schwester gewesen, während ich Pilze gesammelt hatte. Über der Schulter trug sie dieselbe braune Tasche, in der Hand eine

Tüte vom staatlichen Alkoholladen, die sicher eine Flasche Wein enthielt, sie ging zum Sonntagsessen zu wem? Ich schaute durch einen Spalt zwischen den Blättern hindurch, um ihr Gesicht zu sehen. Sie blieb unter einer Straßenlaterne stehen, und ich sah ihr Gesicht, so hell wie in meiner Erinnerung, aber nicht so gequält, wie ich es mir gewünscht oder wie ich es befürchtet hatte, als hätte das Leben sie nicht so verheert, wie ich es erwartet oder sogar gehofft hatte, aber ihr Blick irrte umher wie in meiner Erinnerung, sie überlegte, ob sie etwas vergessen hatte. Sie drehte sich auf einmal um, ging die wenigen Schritte zur Tür zurück, schloss auf, ging hinein. Ich öffnete die Autotür und stieg vorsichtig aus, schlug die Tür hinter mir zu und lief zusammengekrümmt am Zaun entlang, vorbei an den Autos, die vor meinem eigenen standen, duckte mich hinter das Hinterrad des dritten, das gleich der Haustür gegenüberstand. Ich hoffte, dass der Besitzer nicht auftauchen würde, sicher nicht, die Straße schlief, in den wenigen Fenstern, die nicht schwarz waren, war nur das blaue Licht der Fernseher zu sehen.

Es war anstrengend, so zu hocken, aber es ging nicht anders, um nicht gesehen zu werden, ich glitt im feuchten Laub auf die Knie und spürte, wie die Feuchtigkeit durch meine Hose drang, ich lehnte mich an das Rad, ruhte die Wange an dem dunkelgrauen kühlen Metall aus, es roch so, wie Autos vor langer Zeit gerochen haben. Ein Schatten tauchte hinter den viereckigen Fenstern der Haustür auf und bewegte sich, Mutter kam heraus und schaute in meine Richtung, ich hatte etwas angestellt, und jetzt würde es entdeckt werden. Aber sie achtete nicht auf mich, sie dachte nicht an mich, woran dachte sie, sie hatte die Weintüte in der Hand und eine Stofftasche, vielleicht waren ein Paar Schuhe darin. Sie bog in dieselbe Straße ein wie eben, Ruth wohnte in der entgegengesetzten Richtung, siebzehn Minuten zu Fuß entfernt, als Mutter sich der Kreuzung näherte, richtete ich mich auf, ging über die Straße und folgte ihr, sie ging um die Ecke, ich ging nicht lange nach ihr um die Ecke, sie würde sich nicht umdrehen, warum sollte sie sich umdrehen, aufgrund eines plötzlichen starken Impulses? Deshalb ging ich mit gesenktem Kopf weiter, aber ohne sie aus den Augen zu lassen, falls sie sich umdrehte, aufgrund eines plötzlichen starken Impulses, würde ich mich bücken und mir den Schnürsenkel binden, ich trug keine Schuhe mit Schnürsenkeln, um einen Stein aus dem Schuh zu schütteln, ich hatte keinen Stein im Schuh, ich war ein Stein in Mutters Schuh, aber Mutter ging weiter, als wäre nichts, drehte sich nicht um, bog um die Ecke, ging weiter zur Straßenbahnhaltestelle. In der Dämmerung warteten viele Menschen auf die Straßenbahn, sie alle hatten Tüten aus dem Alkoholladen in den Händen, sie wollten zum Sonntagsessen zu ihren Familien, sie freuten sich darauf, oder es graute ihnen davor. Mutter wollte zu Ruth, wollte aber nicht zu Fuß gehen, um sich nicht den Oberschenkelhals zu brechen. Die Straßenbahn kam, nahm Mutter mit sich und fuhr weg, ich trat aus den Schatten heraus und ging zurück zur Tür der Arne Bruns gate 22. Ich studierte die

Namen auf dem Klingelbrett, ich hatte vergessen, dass sie einen eigenen Namen hatte. Ich konnte der Reihenfolge der Klingeln nicht entnehmen, in welchem Stock sie wohnte, ich klingelte bei Mutter, ich hörte nichts und bekam keine Antwort, natürlich nicht.

Ruth wartet auf Mutter. Ruth holt Mutter nicht ab, denn sie steht in der Küche und kocht Hammeleintopf und Zitronencreme. Ruths vier Kinder sind alle über achtzehn und haben einen Führerschein, studieren aber in anderen Städten. Ruths Mann ist verreist, Ruth wartet auf Mutter. Sie kennen einander auswendig. Ruth ist Mutter am nächsten, Ruth ist die, die Mutter am besten kennt, und die, die in ihr tägliches Leben am engsten einbezogen ist, in Mutters Gesundheit. Auch Rigmor weiß Bescheid über Mutters Gesundheit, aber Rigmor hat mit ihrer eigenen Gesundheit genug zu tun, Rigmor ruft Mutter nicht jeden Morgen an und fragt, wie sie geschlafen hat. Und trotzdem stelle ich mir vor, dass Mutter sich zusammen mit Rigmor entspannter fühlt als mit Ruth. Vielleicht, weil das Zusammensein mit Rigmor nicht von Pflicht geprägt ist, weil es zwischen Mutter und Rigmor nicht auf dieselbe Weise ein Aufrechnen gibt. Ich bilde mir ein, dass es zwischen Ruth und Mutter ein Aufrechnen gibt, weil Mutter immer den Überblick darüber hat, was sie getan und beigesteuert hat, nie hat sie eine ihrer aufopfernden Taten vergessen, sie konnte sie jederzeit aufzählen, wie sie es in den Briefen an mich getan hat, die zugegebenermaßen vor Jahrzehnten geschrieben worden waren, aber trotzdem, das waren Listen mit in Klammern gesetzten Summen hinter mehreren Posten, als wären sie Beweis für ihre Fürsorge, während sie gleichzeitig zwischen den Zeilen zeigten, was im Gegenzug erwartet wurde. Mutter und Rigmor teilen kein Trauma. Ich bilde mir ein, dass Ruth und Mutter nicht locker miteinander umgehen können, Ruth war nicht entspannt, ich war es, die Mutters Leichtigkeit geerbt hatte, aber vielleicht ist Ruth mit den Jahren leichter geworden? Trotzdem kann ich mir nicht vorstellen, dass Mutter und Ruth entspannt miteinander umgehen, wenn sie zusammen sind, dazu sind ihre Bande zu komplex, die Vergangenheit zu kompliziert, es muss anstrengend und anspruchsvoll sein, so große Bedeutung für einen anderen Menschen zu haben wie Mutter für Ruth, und umgekehrt, aber egal. Mutter sitzt in der Straßenbahn auf dem Weg zu Ruth und steigt bei Liabråten aus, spaziert die vier Minuten zu Ruths Haus, ich habe bei der Auskunft nachgesehen, ein weißes Einfamilienhaus, durchaus dem ähnlich, in dem wir aufgewachsen sind. Mutter klingelt, Ruth öffnet, und sie umarmen einander. Ruth hilft Mutter aus dem beigen Mantel und sagt, dass er schön ist, ich glaube, sie verwendet das Wort *hübsch,* es war ein guter Kauf. Mutter gibt ihr die Weinflasche, und Ruth sagt, das wäre doch nicht nötig gewesen. Im Haus riecht es nach Lamm, Mutter isst gern Hammeleintopf, Mutter hat ihre Hammeleintopfkünste an Ruth weitergegeben, Mutter hat so viel an Ruth weitergegeben. Mutter zieht ihre Stiefel aus und hat in ihrer Stofftasche ein Paar Hausschuhe, die zieht sie an und geht in die

Küche, sie kennt den Weg. Ruth sieht sich die Weinflasche an, die sie bekommen hat, und öffnet sie, denn es ist ein besserer Wein als der, den sie vorbereitet hat, das sagt sie, und Mutter freut sich. Mutter kennt sich mit Wein aus, das hat sie von Vater gelernt, wie vieles andere. Mutter fragt nach den Kindern, obwohl sie eigentlich Bescheid weiß, aber sie sind ja dauernd unterwegs, diese jungen Menschen heutzutage, so ungefähr. Mutter bekommt ein Glas von dem guten Rotwein, den sie mitgebracht hat, und setzt sich auf einen Küchenstuhl. Jetzt geht es ihr gut. Jetzt sinkt sie auf eine gute Weise in sich zusammen. Ruth steht am Herd und kümmert sich um den Eintopf, sie hat mehr gekocht, als die beiden essen können, den Rest wird sie einfrieren. Sie reden über die Gäste in der Talkshow von Lindmo, Mutter fand, der eine Gast, eine Frau, habe viel dummes Zeug geredet. Ruth ist es gewohnt, dass Mutter die Gäste bei Lindmo kritisiert, vor allem die Frauen, und sie widerspricht normalerweise nicht, wozu sollte das gut sein. Es ist nicht wichtig für Ruth, dass Mutter begreift, wie sie über die Gäste bei Lindmo oder über die dort diskutierten Themen denkt. Da bin ich mir ziemlich sicher. Für Ruth ist Mutter wichtig, aber für Ruth ist es nicht wichtig, dass Mutter begreift, wie sie über komplizierte gesellschaftliche Zusammenhänge denkt, soweit Ruth überhaupt etwas über komplizierte gesellschaftliche Zusammenhänge denkt, ich kenne Ruth nicht. Aber ich bin mir ziemlich sicher, dass Ruth und Mutter, wenn sie zusammen sind, nicht über solche Dinge sprechen, sie essen, Ruhe senkt sich über sie, Ruth hat zum Nachtisch Zitronencreme gemacht, nach dem Rezept von Oma, der viel zu jung verstorbenen Großmutter mütterlicherseits, die weder Ruth noch ich kennengelernt haben. Zum Nachtisch trinken sie Portwein, keinen Kaffee, weil sie bald schlafen gehen, Mutter übernachtet bei Ruth. Ruth hat ein großes Haus mit vielen Zimmern und schickt Mutter mit ihren fünfundachtzig Jahren nicht durch die Dunkelheit und von rotem Ahornlaub glatten Straßen nach Hause. Oberschenkelhals, immer der Oberschenkelhals. Sie sitzen vor dem Kamin.

Es ist Viertel nach zehn, ich habe den Wärmestrahler auf der Terrasse eingeschaltet und draußen ein Feuer angemacht, ich wickle mich in eine Decke und schaue über den Fjord. Hinter mir liegt das Atelier, in dem ich seit langem nicht gearbeitet habe, ich öffne die Tür dorthin nicht, fast als wollte ich meine Gefühle nicht vermischen. Wenn Ruths Haus hoch gelegen ist, können sie von dort aus vielleicht etwas von dem sehen, was ich sehe, nur aus größerer Entfernung, vielleicht sogar den Fjord, aber ich glaube es eigentlich nicht. Mutter und Ruth schauen ins Feuer, Mutter hat die Füße Richtung Feuer gestreckt, sie friert so leicht. Ruth geht in die Küche, um das Gröbste aufzuräumen, Mutter schaut in die Flammen. Es ist noch nicht so lange her, dass sie erfahren hat, dass ich wieder in der Stadt wohne, es war ein Schock. Sie haben erfahren, dass Mark tot ist. Mina hat es jemandem erzählt, der es weitererzählt hat. Vielleicht tue ich Mutter leid, weil ich meinen Mann so früh verloren habe. Nein, es war schlimmer für sie, ihren Mann zu verlieren, mit dem sie so viel länger zusammengelebt hat, und wo war ich in der Zeit gewesen, als sie getrauert hat. Mutter stellt vor dem Feuer ihre Rechnung auf. Wenn ich auf sie und Vater gehört hätte und bei Thorleif geblieben wäre, der laut Auskunft mit einer Frau namens Merete Sofie Hagen in seinem Elternhaus wohnt, würde mein Leben anders aussehen, besser.

Aber *falls* Mutter sich für einen kurzen Augenblick fragt, ob ich mich einsam fühle, kann sie diesen Gedanken mit meiner Schwester teilen? Das ist die entscheidende Frage.

Ruth und Mutter haben einen Pakt geschlossen, ob ausgesprochen oder stillschweigend, dass keine von ihnen Kontakt zu mir haben darf, einen Pakt, den Mutter nicht brechen darf. Mutter ist abhängig von Ruth, sie ist in jeder Hinsicht abhängig. Mutter muss sich Ruth gegenüber dankbar verhalten, Mutter *ist* dankbar, denn Ruth erfüllt ihr alle ausgesprochenen Wünsche, und Mutter erfüllt Ruths Wunsch, keinen Kontakt zu mir zu haben. Wenn ich anrufe, darf Mutter nicht ans Telefon gehen. Wenn Mutter ans Telefon geht, wenn ich anrufe, kann sich das rächen, dann kann Ruth Anstoß nehmen und sich zurückziehen, und das kann Mutter nicht riskieren. Ich stelle mir vor, dass Ruth streng ist. Ruth fragt sich wahrscheinlich, ob Mutter mehr an mich denkt, als sie zum Ausdruck bringt. Vielleicht fürchtet sie, dass Mutter mich vermisst, wie eine Ehefrau, die ihrem Mann seinen Seitensprung verziehen hat, um die Ehe zu retten, danach aber darüber spekuliert, ob er manchmal von seiner Geliebten träumt, *ewig besitzen wir nur das Verlorene.* Wie schmerzhaft muss es für das treue, aufopfernde Kind sein, wenn die Eltern von dem verlorenen Kind träumen. Ich glaube nicht, dass es so ist. Ich glaube, dass Menschen, die viel zusammen sind, in gegenseitiger Abhängigkeit miteinander verwachsen, dass Bande wachsen und gestärkt werden, auch wenn sie hemmen und reiben können, vor allem die, die schwer zu zerreißen sind, reiben am Hals oder am Knöchel, dort, wo die Haut ganz dünn ist.

Mutter sitzt vor dem Kamin meiner Schwester, nur die beiden sind im Zimmer. Ruth fragt, ob Mutter noch ein Glas Portwein möchte, *zum Einschlafen*, Mutter nimmt dankend an, es kann nicht schaden. Sie werden bald zu Bett gehen, morgen wartet ein neuer Tag, vor allem auf Ruth, die zur Arbeit muss. Auf dem Weg dorthin fährt sie Mutter nach Hause in die Arne Bruns gate 22, aber noch herrscht Sonntagsruhe im Haus meiner Schwester, die beiden vor dem Kamin. Können sie sich dort einander öffnen, wie ehrlich können sie sein? Kann Mutter ihr Innerstes mit Ruth teilen, wenn ihr Innerstes sich um mich dreht? Nein. Also gibt es vor dem Kamin zwischen ihnen etwas Ungesagtes, gönne ich ihnen keinen friedlichen Moment vor dem Kamin? Aber wahrscheinlich sind sie sich einig, alles ist harmonisch, es herrscht vollkommener Friede vor dem Kamin, und das ist gut für die beiden.

Fühle ich mich allein auf der Welt? Nein. Nicht so, wie sie es glauben oder sich vorstellen, denn ich habe mich immer allein auf der Welt gefühlt. Das ist mein Grundgefühl. Nicht einmal das Zusammensein mit Mark konnte es vertreiben, obwohl das Gefühl in den Jahren, die ich mit ihm teilte, milder war, weil auch er das Gefühl kannte. Mark fühlte sich auch allein auf der Welt. Nach seinem Tod, nach der wilden Trauer der ersten beiden Jahre, sank ich zurück in mein eigentliches Gefühl, das Gefühl von Kindheit und Jugend, es kam mir fast lieb vor, ich hatte nur eine Pause von ihm gemacht, während ich mit Mark zusammen war. Ich habe Papier, ich habe meine Bleistifte, ich habe Leinwand und Farbtuben und Pinsel, ich bin John so nahe, wie ich es überhaupt jemandem sein kann, so nahe, wie ich es wage, denn ich bin ein verletztes Kind. Mir fehlt niemand, das Einzige, was mir vielleicht fehlt, ist Erkenntnis.

Ich gehe hinein und sehe mich einen kurzen Moment im Spiegel, ich sehe Mutters Gestalt, nach der mein Körper sich jetzt bildet, als wäre ich Ton in einer Form.

Dann gehe ich doch ins Atelier und verbringe dort die Nacht, arbeite mit Kohlestift, nicht offensiv und aufrecht wie vor der Leinwand, sondern gekrümmt und um mich selbst geschlossen über dem groben Papier, das Geräusch des Stifts darauf ist beruhigend. Ich zeichne mich als Mutter im Spiegel und entdecke, dass Mutters Mund spricht, er sagt, dass sie meinetwegen viel gelitten hat.

Am nächsten Tag wache ich spät auf und packe für den Wald, ich will den üblichen Weg nehmen, überlege es mir aber anders, biege rechts ab und fahre zur Arne Bruns gate. Ich parke dort, wo ich immer parke, Montag um halb eins. Die Arbeit der Nacht zittert noch in meinen Händen, auch wenn sie in meinem Schoß liegen, zittern meine Hände. Die Straße liegt still da, warum stehen die Bäume Wache? Ich steige aus dem Auto aus, überquere die Straße und höre nur meinen eigenen hektischen Atem, keine Autos in der Ferne, keine Straßenbahn, ich umrunde das Haus mit wachsamen Augen und Ohren, schleiche mich an der Mauer entlang unter den ersten Balkon und weiter unter den zweiten, meine Schritte sind nicht zu hören, Gras und Boden sind weich, ich gehe um die Ecke, und dort öffnet sich eine Gartenfläche mit Möbeln, Schaukel, Fahrrädern an der Wand und drei riesigen Mülltonnen für Papier, Essensabfälle, nicht näher definierte Reste, dahinter eine grüne Tür. Sie ist nicht abgeschlossen, ich öffne sie und betrete das Treppenhaus, ziehe die Tür hinter mir zu und horche, alles liegt still wie im Grab, auch wenn ich nicht weiß, wie sich das anhört. Ich schleiche mich zu den Briefkästen und finde Mutters zwischen den anderen, ich kann der Anordnung aber nicht entnehmen, in welchem Stock Mutter wohnt. Es gibt einen Fahrstuhl, den benutzt Mutter, ich nehme die Treppe. Ich schleiche, mache kein Geräusch, wenn mir jemand begegnet, werde ich ganz normal nicken, niemand wird fragen, was ich hier will, hier müssen über zwanzig Menschen wohnen, vermutlich sogar mehr, die meisten wohnen ja mit jemandem zusammen, nicht Mutter, nicht ich. Ich finde ihren Namen im dritten Stock, an der Tür rechts, also kann ich vom Auto aus den Balkon sehen, wenn ich zwanzig Meter links von der Haustür stehe, wenn sie die Tür öffnet, drehe ich mich um und laufe nach unten, dann wird sie mich nicht sehen können, bevor ich verschwunden bin. Ich gehe vorbei an ihrer Tür, ich erreiche den vierten Stock und dann den Dachboden, setze mich dort auf die Treppe, worauf warte ich? Ein Knarren von Mutters Tür? Und dann? Kein Knarren, ich gehe wieder nach unten in den dritten Stock und sehe Mutters Tür an. Dahinter ist sie. Ruth hat sie auf dem Weg zur Arbeit hier abgesetzt, jetzt schaut sie sich Naturfilme aus Afrika an oder telefoniert mit Rigmor, ich halte das Ohr an die Tür und lausche, höre aber nichts, ich klingele und laufe wieder hoch zum Dachboden, lege mich auf den Boden und schaue hinunter ins Treppenhaus, Mutters Tür öffnet sich, ich sehe sie nicht, ich höre sie, Mutter sagt ein fragendes Hallo, aber sie bekommt keine Antwort. Sie geht zum Treppenabsatz, greift an das Geländer, ich sehe ihre Hände um das alte Holz, alt und runzlig sind sie, aber ihr Nagellack ist noch derselbe, und da ist der Ring mit dem roten Stein, sie schaut nach unten, ich sehe die Haare, rot, aber am Ansatz grau, ich ziehe mich zurück, für den Fall, dass sie nach oben schaut, atme nicht, höre die Tür zugehen, aber kann nicht sicher sein, vielleicht will sie mich überlisten, so tun als ob, obwohl sie auf der Fußmatte steht und wartet. Ich stehe nicht auf, das war klug, denn nach einigen Sekunden höre ich, wie sich die Tür wieder öffnet, denn es hatte geklingelt, oder nicht, sie hat Angst, sie habe sich dieses Klingeln eingebildet, werde jetzt verwirrt im Kopf, wie es älteren Menschen passiert. Entschuldigung, murmele ich, als sie die Tür abermals geschlossen hat, aber ich bleibe doch noch eine Weile liegen, ehe ich aufstehe, nur um auf der sicheren Seite zu sein, welche Seite ist das? Erst nach zehn, vielleicht zwanzig Minuten schleiche ich mich nach unten, vorbei an ihrer Tür und weiter durch die grüne Hintertür, fast lautlos. Der Garten hinter dem Haus ist leer, ich weiß, welcher Balkon Mutters ist, ich gehe auf der anderen Seite des Hauses zur Straße. Der Wagen steht so da, dass Mutter ihn sehen kann, wenn sie sich über den Balkonrand beugt, aber warum sollte sie das tun? Weil es gerade an ihrer Tür geklingelt hat, ohne dass jemand draußen stand. Mutter weiß, dass ich in der Stadt bin, es war ein Schock. Ich gehe nicht zu meinem Auto, sondern in die Gegenrichtung, einmal um den Block, erreiche die Arne Bruns gate von oben, wickele mir den Schal fest um den Kopf, gehe geduckt am Zaun entlang und an den Autos vorbei, bis ich meins erreiche, ich steige ein, und ich fahre weg.

Ich fahre zum Wald und komme im Dunkeln an, der Mond ist grün und baumelt vom Himmel wie eine Schaukel, ich mache Feuer und lege mich ins Bett und schlafe tief, versinke in mir selbst, nicht ohne Angst, aber doch getröstet, denn du musst das wollen und wagen, was du musst. Am Morgen trinke ich Kaffee, und ich gehe weit, um etwas näher zu kommen. Nebel steigt aus dem Boden und aus den gelben Mooren, die verkrümmten Kiefern leuchten bleich in den leichten Regen, mit Kapuzen aus grauem Nebel und einem Geruch, der mich an Knochenmark erinnert, das Heidekraut glänzt, und der Farn riecht bitter, ich begrüße den nassen Stein und die größte Kiefer, die den blauen Himmelsriss erreicht, der Wind spricht, und Kiefernzapfen fallen, verfaulte Zweige knacken unter meinen Füßen, und die Krähen sammeln sich zu Scharen und krächzen, ich trete aus meinem eigenen Pfad und folge einem anderen, einem schmalen Band mit den seltsamsten Kurven, ich gehe weiter und genieße es, zu Hause lasse ich die Wollunterwäsche über Nacht einweichen, am Morgen spüle ich sie aus, drei Mal, wie ich es von Mutter gelernt habe, das habe ich im Blut.

In dem Moment, in dem ich die Hütte verlasse, habe ich das Gefühl, dass es um mich herum dunkel wird, Oktober, früher Morgen, ich fahre zur Arne Bruns gate und bin gegen neun Uhr dort, parke so, dass das Auto von Mutters Balkon oder Mutters Fenstern aus nicht zu sehen ist, bezahle die Parkgebühr, hänge mir die Tasche über die Schulter, überquere die Straße und gehe vorbei am Gebäude auf der gegenüberliegenden Seite von Mutters Wohnung, in der Luft hängt Nieselregen. Ich bleibe an der Ecke zum Garten hinter dem Haus stehen, er liegt still da, und die Bäume stehen Wache, die Balkontüren sind geschlossen, kein Fenster ist offen, es ist zu früh und zu kalt, ich gehe über den Hof zur Thujahecke am Zaun, der an das Nachbargrundstück grenzt, und krieche hinein. Ich finde eine passende Stelle, um mich einzurichten, ich breite meine Decke aus und rolle mich darauf zusammen. Ich kann die Stille nicht auflösen, ich muss die Stille auflösen, ich kann nicht darauf losgehen, ich muss darauf losgehen. Ich bin in diesem Busch zu Hause, er riecht nach Kindheit und nach Erde, ich habe den besten Ort gefunden, um mich zu verstecken, und ich werde nie gefunden werden, ich halte Winterschlaf und erlebe Zeit, wie jemand, der gerade dabei ist, diese Welt zu verlassen, die Zeit wird hinter mir aufgehoben, und ich liege heimatlos in meinem Zuhause, verwurzelt in einen Zustand des Stillstands. Es ist Sonntag, Sonntag.

Eine Erinnerung: Ich habe *Kein Ort wie Zuhause* gemalt und es Mutter zum Geburtstag geschenkt, am Morgen, als wir sie geweckt hatten, es muss also im Herbst gewesen sein, vielleicht um diese Zeit jetzt, und Ruth war nicht da, glaube ich, also muss es in der ersten Klasse gewesen sein. Als Vater in die Kanzlei gefahren war und ich zur Schule musste, öffnete sie mir die Haustür, und ich ging hinaus auf die Treppe, sie bückte sich und flüsterte mir ins Ohr: mein besonderes Mädchen.

Danach hat sie es noch mindestens drei Mal gesagt, wenn niemand zuhörte, wenn ich etwas gezeichnet hatte, das ihr gefiel, mein besonderes Mädchen, dann hörte es auf, wann und warum weiß ich nicht, jedenfalls hat sie es nie wieder gesagt.

Die grüne Tür knirscht, sie ist schwer und geht langsam auf, heraus kommt ein älterer Mann mit einer Plastiktüte von Kiwi in der Hand, er geht zur Mülltonne für den Restmüll, hebt mühsam den Deckel hoch und schleudert die Tüte über den Rand, ich höre sie zu Boden fallen, als wäre die Tonne leer. Er geht zurück, wie er gekommen ist. Ich liege zusammengerollt in der Thujahecke und sehe alles unwirklich klar. Die kleinen Regentropfen an den grünen Grashalmen, ein Stück des Himmels zwischen dem grünen, wachsähnlichen Laub, wenn ich den Kopf in den Nacken lege, einen Streifen Herbstsonne auf etwas, das in der Erde glitzert: ein Schatz. Ich strecke die Hand aus und grabe den silberfarbenen Kronkorken einer Tuborgflasche aus, er ist alt und vielleicht wertvoll, jedenfalls bedeutet er Glück. Ich presse die Hand darum zusammen und erinnere mich für einen heißen Augenblick an etwas, dann knirscht die Tür, und die Erinnerung gleitet davon, wie die nächtlichen Träume in das Gewölbe zurückgleiten, die es erschafft, Mutter kommt aus der Tür, eine Tüte von Coop in der Hand. Sie trägt keinen Mantel, sie will nur die Tüte wegwerfen, dunkle Hose, grauer Rollkragenpullover aus Lammwolle, die Haare wie früher zu einem Knoten hochgesteckt, sie geht zur Tonne für den Restmüll.

Sie hält die Tüte in der linken Hand und will den Deckel mit der rechten heben, aber er ist zu schwer, und sie kann ihn nicht hoch genug stemmen, um die Tüte über den Rand zu schieben, sie stellt sich auf die Zehenspitzen, aber ihr Arm ist nicht stark genug, sie stellt die Tüte ab, um den Deckel mit beiden Händen zu heben, packt zu, hebt, stellt sich auf die Zehenspitzen, der Deckel zittert, Mutters Arme zittern, sie streckt sich noch ein wenig und noch ein wenig weiter, sie schiebt und lässt los, und der Deckel schwebt dort für einige zitternde Sekunden, ehe er nach hinten fällt, sie hat es geschafft! Sie wirft die Tüte mit trotzigem Schwung über die Kante und geht, ohne den Deckel zurückzulegen.

Ich lasse es einsinken, ich schließe die Augen, um es zu verdauen, ich versinke im Dämmerschlaf und verliere das Zeitgefühl, versinke in mir selbst und sinke in die Erde zu allem Vergrabenen, die grüne Tür öffnet sich, und ein junger Mann kommt heraus, geht zu den Fahrrädern, schließt ein modernes Mountainbike auf und schiebt es weg, ich rolle die Decke zusammen und stecke sie in die Tasche, trete ruhig aus dem Busch hervor und gehe furchtlos zur Mülltonne, ich habe etwas weggeworfen, das ich nicht wegwerfen durfte. Ich ziehe die Tonne fast bis zum Boden und schütte die Tüten in meine Richtung, es ist nur eine von Coop, ich packe sie und richte die Tonne wieder auf, lege den Deckel auf, gehe den Weg zurück, den ich gekommen bin, und entscheide mich, in meine Wohnung zu fahren. Zwanzig Minuten später schließe ich die Tür auf und gehe ins Atelier. Die Coop-Tüte riecht nicht nach Müll, ich kippe den Inhalt auf meinen Arbeitstisch und überlege, ob ich mich der Sache jetzt nähere oder mich eher entferne. Plötzlich regnet es, der Himmel stürzt auf das Oberlicht des Ateliers über dem Klopapier, der Tüte von getrockneten Aprikosen, die streng genommen in den Plastikabfall gehört hätte, Eierschalen, Zwiebelschalen, die in den Biomüll gehört hätten, einer leeren Konservendose, in der Tomatenstücke waren, der Verpackung für ein halbes Pfund Hack, und unser Küchentisch kommt zu mir zurück, und die Gardinen mit dem gelben Blumenmuster, Schulhefte und der Geruch von gebratenen Zwiebeln und der kochende Spaghettitopf, Mutter fischt mit der Gabel eine Spaghetti heraus und klatscht sie gegen die Fliesen hinter der Kochplatte, wenn sie herunterfällt, ist sie noch nicht gar, bleibt sie hängen, ist sie al dente und genau richtig. Zwei ausgebrannte Teelichter und ein voller Staubsaugerbeutel und darunter die Scherben einer chinesischen Porzellantasse, o Gott, die Angst. Ich war elf Jahre alt und allein zu Hause, was sehr selten vorkam, Mutter war immer zu Hause, aber nicht an diesem Tag, ich weiß nicht, warum, vielleicht war sie mit Rigmor in der Stadt. Ich war allein zu Hause, und das Wohnzimmer still, nur der große antike Schrank flüsterte. Dort standen Vaters Abendflaschen und die Pralinen. Durch die großen Fenster sah ich die Auffahrt und die Straße, wenn Mutter zurückkam, würde ich sie rechtzeitig sehen. Ich holte den Küchenhocker, um nicht länger auf Zehenspitzen stehen zu müssen, ich wollte es nicht schnell und ungeduldig tun, ich wollte es genießen. Ich stieg auf den Hocker und öffnete die Tür zum Verbotenen, zur Kristallschale mit den hellrosa und violetten und weißen Pfefferminzstücken, sie hatten sie doch nicht gezählt? Ich steckte mir ein rosa Pfefferminzbonbon in den Mund, um mich nicht durch unnötiges Zögern zu quälen, die Straße war leer. Wenn Mutter in der Kurve auftauchte, würde sie das Tor nicht erreichen, ehe ich fertig war, ich könnte das ganze Pfefferminz auf einmal verschlucken, ich schloss die Augen, um alle störenden Sinneseindrücke auszusperren. Ich lutschte die äußere knusprige Schicht aus Zuckerglasur, dann kam die Schokolade und dann die Pfefferminzmasse, ich nahm mir alle Zeit der Welt, schwankte ein wenig auf dem Hocker und wurde wach, als das Pfefferminzbonbon verschwunden war, obwohl ich den starken Geschmack noch lange in meinem Mund wahrnahm, die Straße war noch immer leer. Im Regal unter der Schale mit den Pfefferminzbonbons stand das chinesische Teeservice, das Vater von seinen Großeltern aus Bergen geerbt hatte, es wurde nur am Heiligen Abend und am Nationalfeiertag benutzt, die Erwachsenen tranken daraus Kaffee, die hauchdünne Teekanne mit den aufgemalten Drachen und den Frauen mit riesigen Blumen im Haar blieb im Schrank. Auf dem Service lagen die Pralinen, ich nahm sie heraus und nahm den Deckel herunter, es waren gerade noch so viele Pralinen übrig, dass es schwer sein müsste zu entdecken, dass eine fehlte, nur wenn sie sie nicht zählten natürlich, ich ließ es darauf ankommen, ich nahm eine mit Karamellfüllung, schloss die Schachtel, stellte sie zurück, schloss die Augen und konzentrierte mich. Ich biss den Schokoladenboden ab und lutschte ihn so langsam, wie ich nur konnte, leckte die Karamellmasse aus dem Schokoladenraum, mit kleinen Bewegungen meiner Zunge, meine Mundhöhle brannte von der Süße, ich schwankte vor Genuss und verlor das Gleichgewicht, ich griff nach dem Schrank, aber ich streifte eine Tasse, die auf den Boden fiel und zerbrach. Ich kam zu mir, die Welt von gestern lag in Stücke zerbrochen zwischen den Hockerbeinen, plötzlich war es kalt. Die Auffahrt war noch immer leer, die lange Straße sonnig und verschlafen, als wäre nichts passiert, ich betete, dass Mutter niemals nach Hause kommen würde. Ich lief mit dem Hocker in die Küche, holte Kehrblech und Handfeger, lief zurück, schaute aus dem Fenster, niemand war zu sehen, ich hob die größten Scherben mit den Händen auf, fegte die kleinen mit hämmerndem Herzen zusammen, ich konnte sie nicht in den Mülleimer werfen, ich fand eine Brottüte, kippte die Scherben hinein, verknotete die Tüte, rannte in mein Zimmer und legte sie unter meine Bettdecke, ich rannte zurück zum Fenster, die Auffahrt noch immer leer, ich zählte die Tassen im Schrank, zwölf, es waren also dreizehn gewesen, ich schnappte mir die dreizehnte Untertasse, ich rannte zurück in mein Zimmer und steckte sie in die Tüte unter der Bettdecke. Ich konnte mich nicht daran erinnern, dass wir jemals dreizehn Personen am Tisch gewesen waren, aber vielleicht würden wir zu meiner Konfirmation in vier Jahren dreizehn sein, wenn es vorher nicht bemerkt würde, spätestens dann. Es war eine lange Zeit, um mich zu fürchten. Aber es konnte auch früher entdeckt werden, schon morgen, sogar heute schon, jederzeit, ich musste jede Minute damit rechnen. Mutter brachte ab und zu Freundinnen mit nach Hause, und obwohl es selten mehr als vier waren, würde es mich nicht wundern, wenn Mutter die Tassen zählte, ehe sie den Tisch deckte, um sich zu beruhigen, so wie ich alles Mögliche zählte, um mich zu beruhigen, die Treppenstufen der Brücke über die große Straße, einundzwanzig, die Treppenstufen vom Erdgeschoss in den ersten Stock, vierzehn, um die Welt an Ort und Stelle und in Ordnung zu halten, was du immer wieder zählst, bleibt in Erinnerung, anders als Pralinen und Pfefferminz, deren Anzahl sich dauernd ändert. Die Auffahrt war leer. Niemand außer mir konnte die Tasse zerbrochen haben, Ruth war zu klein. Aber konnte Ruth in drei Jahren verdächtigt werden? Nein, ich war diejenige, die Tassen zerbrach, Herzen brach, ich war diejenige, die Mutters Haarbürste zerbrochen hatte, sie sagte, ich hätte ihr damit das Herz gebrochen, ich war diejenige, die anderen auf die Nerven ging. Du irritierst mein Gehirn, sagte Vater, dein Gehirn ist verzerrt, sagte Vater. Ich sollte als Hausaufgabe unser Haus zeichnen, alle sollten zeichnen, wo sie wohnten, ich saß am Küchentisch und hatte das Haus gezeichnet und *unser Haus* darunter geschrieben, als Mutter kam; sie beugte sich über meine Schulter und schnappte nach Luft, es war Winter, und es war stockfinster hinter den Fensterscheiben, in denen ich das Spiegelbild von Mutters Gesicht sah, und die Dunkelheit hatte sich über ihre Augen gelegt, zu denen ich verängstigt aufschaute, als Vater kam, er stand plötzlich hinter mir, ich sah ihn im Fenster vor der winterlichen Dunkelheit, größer, als ich ihn je gesehen hatte, riesig wie eine Tanne, Mutter trat einen Schritt zur Seite, Vater hob das Blatt auf, sah es an und fragte, was das sein sollte, die Dunkelheit draußen zwang sich in meinen Kopf und meinen Mund, ich schluckte Dunkelheit. Soll das unser Haus sein, fragte Vater. Sieht so unser Haus aus, fragte Vater, und mir war klar, dass ich sofort rausgeworfen werde, aber ich hatte doch gar keinen Ort, an den ich gehen konnte. Dein Gehirn ist verzerrt, sagte Vater, knüllte das Blatt zusammen und ging hinaus, so ist es in meiner Erinnerung. Mutter hob das Blatt auf und strich es glatt, schickte mich ins Bett, sie würde kommen, wenn ich mich hingelegt hätte. Betäubt wusch ich mir Hände und Gesicht, wie vorgeschrieben, ich putzte mir die Zähne, zog mich aus und legte mich unter die Decke, Mutter kam herein und setzte sich auf die Bettkante, schaltete die Nachttischlampe ein und sagte: Du kannst das Haus jetzt zeichnen, wenn du dich beeilst. Dann kannst du deine Hausaufgaben morgen abgeben. Sie holte einen Zeichenblock und meine Buntstifte, legte mir alles in den Schoß, ich richtete mich im Bett auf, sie setzte sich wieder. Du weißt, dass unser Haus gelb ist, sagte Mutter und reichte mir den gelben Stift, ich zeichnete das Haus, in dem Mutter und Vater zu wohnen glaubten, gelb mit weißen Fensterrahmen und einer weißen Tür und Küchengardinen mit gelbem Blumenmuster, den Apfelbaum, sagte Mutter, ich zeichnete den Apfelbaum, während Mutter meine Hand führte, den Stachelbeerbusch, sagte Mutter, ich zeichnete die Stachelbeerbüsche mit den grünen Früchten und sah, dass Mutters Augen von meiner Hand zum Boden verschwanden, als ob sie ein besonderes Astloch in den Bodenbrettern betrachtete, sie sah unglücklich aus, ich zeichnete ein Kätzchen auf die Treppe und war fertig. Mutter zuckte zusammen, als erwachte sie aus einem traurigen Traum, und setzte wieder ihr normales Gesicht auf, mal sehen, sagte sie, ich gab ihr die Zeichnung, und sie sah zufrieden aus, tippte die Katze mit dem Finger an und fragte, was das sei. Eine Katze, sagte ich, wir haben keine Katze, sagte Mutter, aber vielleicht bekommen wir ja irgendwann eine, sagte ich, ich wünschte mir eine Katze. Mutter sagte, wenn ich eine Katze zeichnete, könnte meine Lehrerin glauben, wir hätten eine und das wäre gelogen, ich sagte, eine Katze könnte zu Besuch gekommen sein, sie gab mir den Radiergummi, und ich radierte die Katze weg. So, sagte Mutter, knipste das Licht aus und ging.

Ich verschob die Tassen so, dass man beim Öffnen des Schrankes nicht sehen konnte, dass eine fehlte, dass keine Lücke durch eine zerbrochene Tasse geblieben war, die Vater ins Auge *springen* würde, wenn er am Samstag Cognac trinken wollte. Noch immer niemand in der Auffahrt. Ich ging in die Diele und zur Tür, ich stand auf der Treppe, schloss die Augen und öffnete sie wieder, wie Mutter, dann ging ich ins Haus wie Mutter, schleuderte Mutters Handtasche in den Sessel, wo sie immer ihre Handtasche hinschleuderte, ging die Treppe hoch wie Mutter, fuhr mir über die Haare, wie Mutter es immer tat, und fühlte mich wie Mutter, wir verschwammen ineinander, ich schaute mich wie Mutter im Wohnzimmer um, und Mutters Augen fielen auf den Schrank, aber der Schrank zeigte sich unbeeindruckt, und auf dem Boden war keine Spur von einem Verbrechen zu sehen, ich sah Mutter unten auf der Straße kommen, aber langsam, weil sie Ruth an der Hand hatte. Ich lief in mein Zimmer und zog die Tüte unter der Decke hervor. Es war Dienstag, und die Betten würden erst am Sonntag neu bezogen werden, ich stopfte die Tüte zwischen Lattenrost und Matratze, setzte mich aufs Bett und hörte, wie die Untertasse zerbrach, hüpfte einige Male auf und ab und glaubte zu hören, wie die

Scherben zu Mehl wurden, in der Nacht würde ich sie herausnehmen und ganz unten in den Ranzen legen, um sie auf dem Weg in die Schule in die Mülltonne an der Bushaltestelle zu werfen. Wenn Mutter sich wider Erwarten an diesem Abend auf meine Bettkante setzte, was sie sonst nicht tat, würde sie die Tüte bemerken? Ich strich die Bettdecke glatt und setzte mich aufs Bett wie Mutter, ich merkte nichts, aber Mutter war vermutlich wie die Prinzessin auf der Erbse. Mir fiel kein besseres Versteck ein, und nun ging unten die Tür auf. Ich legte den Ranzen auf das Bett, zog mein Norwegischbuch hervor und setzte mich an den Schreibtisch, sie kamen langsam die Treppe hoch, weil Mutter Ruth half. Mutter rief meinen Namen, ich sagte, ich mache Hausaufgaben. Sie gingen in die Küche, packten die Einkäufe aus, nach einer Weile ging ich zu ihnen hinunter und sagte, ich wolle zum Tennisplatz und den Spielen zusehen. Mutter fragte, wie der Erdkundetest gelaufen sei, deshalb war ich früh nach Hause gekommen, denn der Erdkundetest war gut gelaufen, und ich war schnell fertig gewesen, ich kannte alle norwegischen Städte zwischen Kristiansand und Hammerfest in der richtigen Reihenfolge. Gut!, sagte ich, und Mutter fragte, ob ich die Städte zwischen Kristiansand und Hammerfest in der richtigen Reihenfolge aufsagen könnte, und das konnte ich, und Ruth saß unter dem Küchentisch und sah mit offenem Mund zu, sie waren beeindruckt, so sehe ich das in meiner Erinnerung, mein Gehirn war nicht verzerrt, komm her, sagte Mutter, ich war ihr besonderes Mädchen, sie flocht mir mit liebevollen Fingern einen Zopf, ich hatte Mutters Haare geerbt, das Feuer aus Hamar.

An dem Abend, als Mutter kam, um mir gute Nacht zu sagen, wie sie das immer tat, sie stand in der Tür und sagte: Gute Nacht, Johanna, wie ein Reim, der sich nicht reimte, ehe sie die Tür schloss, an dem Tag der chinesischen Porzellantasse kam sie in mein Zimmer, mir wurde kalt, sie hatte es entdeckt und musste es Vater sagen, der im Wohnzimmer vor dem Fernseher saß. Sie stand neben meinem Bett, ihr war nicht wohl, ich wollte, dass sie es schnell sagte, damit ich nicht warten müsste, sie setzte sich auf meine Bettkante und wusste nicht, dass sie auf der zu Mehl zerstoßenen fehlenden Tasse saß. Ich dachte an den Tag, an dem ich erfahren hatte, dass Onkel Håkon tot war. Mutter setzte sich damals auf die Bettkante und fragte, ob ich traurig sei, und ich wurde unsicher, was ich antworten sollte, legte den Kopf schräg und versuchte, traurig auszusehen. So ist es manchmal im Leben, sagte Mutter, und dann ging sie, ich erinnere mich wortwörtlich daran, obwohl das, was sie sagte, nicht besonders originell gewesen war. Am Tag der chinesischen Porzellantasse kam sie also auch herein und setzte sich auf meine Bettkante, ohne dass von der Tasse ein Laut zu hören war, aber das konnte auch daran liegen, dass das Blut in meinen Ohren gefroren war, die Tür hinter ihr stand offen, und das Lämpchen auf der Kommode in der Diele brannte noch, das tat es sonst nie, sie knipste es immer aus, ehe sie meine Tür öffnete, um gute Nacht, Johanna, zu sagen, sie wollte nach der dreizehnten Tasse fragen, sie saß auf deren Resten und sagte, ich erinnere mich wortwörtlich daran, obwohl es nicht besonders originell war, was sie sagte: *Heute, als ich aus der Stadt nach Hause kam, habe ich einen großen gelben Vogel gesehen.* Ich begriff nicht, was ich dazu sagen sollte. Sie musterte mich forschend und sagte, als wäre es eine Frage, dass es kein Wellensittich gewesen sein könne, denn er sei so groß gewesen. Ich sagte noch immer nichts, sie blieb still sitzen, für eine, wie mir schien, lange Zeit, dann sagte sie ja, ja, stand auf und ging hinaus.

Damals begriff ich die Reichweite dieser Angelegenheit nicht. Mutter vertraute ihren eigenen Sinnen nicht, Mutter zweifelte an dem, was sie sah, und konnte es nicht mit Vater teilen, denn Vater würde sagen, ihr Gehirn sei verzerrt. Wenn Mutter Vater erzählt hätte, dass sie einen großen gelben Vogel gesehen hatte, hätte Vater gesagt, Mutters Phantasie sei fatal, nicht normal, das reimt sich! Mutter erzählte mir von dem Vogel an dem Tag, an dem die dreizehnte Tasse zerbrochen war.

Jetzt stehen nur noch elf chinesische Porzellantassen in Mutters Schrank, falls nicht weitere Tassen zerbrochen sind, seit ich die dreizehnte zerbrochen habe, vielleicht zerbricht Mutter in regelmäßigen Abständen chinesische Porzellantassen, sie gehören jetzt alle ihr, ich stelle mir vor, wie sie sie mit voller Wucht auf den Boden schleudert, ein befreiender Anblick, Mutter flucht in der Kirche, Mutter macht reinen Tisch, aber gegen wen wütet sie, gegen mich? Mutter hat beim Aufkehren nicht geschlampt, alle Scherben liegen vor mir; mit einer Vergrößerungsbrille und Pinzette klebe ich sie wieder zusammen, bemale die Kleberänder mit flüssigem Blattgold, taufe die Tasse *Gelber Vogel*.

Es folgten einige frostkalte Tage. Der Nebel sickerte über den Fjord und legte sich über die Schiffe, so dass nur die Schornsteine zu sehen waren, er dämpfte alle Geräusche, auch die der Schiffe. Ich sehnte mich nach dem Himmel und wollte auf die Anhöhe gehen, aber ich fuhr in die Arne Bruns gate und hielt auf meinem Parkplatz, der frei war, ich wartete eine Viertelstunde. Die Straße war still, wie immer, Samstagvormittag, grau, trist, kühl, aber war das nicht das Auto meiner Schwester, das weiter vorn auf der rechten Seite stand, oder glaubte ich das nur, weil es rot war. Die Tür zu Mutters Haus wurde geöffnet, und Ruth kam heraus. Sie hielt die Tür für die Person auf, die hinter ihr herauskam Mutter. Ruth nahm Mutters Arm, und langsam gingen sie bis zum Bürgersteig, sie drehten sich gleichzeitig in meine Richtung um, sie wussten, wohin sie wollten, Schritt für Schritt kamen sie näher, auf mich zu, ohne es zu wissen. Ruth mit dem Kopf zu Mutters Kopf gesenkt, sie war viel größer als Mutter, größer als ich, Mutter sah kleiner aus Arm in Arm mit Ruth, Ruth redete. Mutters Gesichtsausdruck nach schien Ruth sie zu ermahnen, aber ich bin keine unparteiische Beobachterin. Arm in Arm mit Ruth sah Mutter aus, als ob sie nicht gehen könnte, ohne sich am Arm eines Menschen festzuhalten, am Arm meiner Schwester. Ein seltsamer Anblick, wohin gingen sie?

Sie kamen an meinem Auto vorbei, ohne zu wissen, dass ich darin saß, gingen, ohne von mir zu wissen, die Straße entlang, ahnten meine Nähe nicht, obwohl ich mich so ungeheuer anwesend fühlte, Ruth und Mutter, Arm in Arm auf dem Bürgersteig, als wäre nichts passiert, während ich ihnen brennende Gedanken sandte, sie bogen auf der Kreuzung nach rechts ab, mir war die Parkgebühr jetzt scheißegal, ich stieg aus, sie wussten, dass ich im Land war, aber sie kamen nicht auf die Idee, dass ich in der Nähe sein könnte, es war ihnen dermaßen gut gelungen, mich aus ihren Herzen und Gedanken zu tilgen, ich folgte ihnen in dreißig Meter Entfernung, es war kalt, es war nichts Ungewöhnliches, dass ich mich in einen Schal wickelte, sie waren selbst in Schals gewickelt, Ruth in einen grauen, Mutter in einen grünen, sie gingen die Straße entlang, wohin, Mutter und Tochter Arm in Arm, die eine die jüngere Version der anderen, wie ich selbst, die Variation eines Themas, in dunklen Allwetterjacken, die meiner Mutter dunkelgrün, die meiner Schwester dunkelgrau, praktische schwarze Stiefel mit flachem Absatz, Mutter mit grüner Mütze, immer grün zu ihren Haaren, den roten, wie meine eigenen. Meine Schwester trug keine Mütze, meine Schwester ist grauhaarig, meine Schwester hat einen Rucksack auf dem Rücken, was ist darin, Arm in Arm die Straße hinunter, eine Straße, in der ich noch nie gewesen bin und deren Namen ich nicht kenne, ich bin die verlorene Tochter, die heimgekehrt ist, aber niemand nimmt sie in Empfang, das ist meine Schuld. Ich bin heimgekehrt, um zu suchen, und die, die suchet, findet, aber nicht das, wonach sie sucht. Die beiden biegen auf der nächsten Kreuzung ab, und jetzt wird es mir klar: Sie wollen zum Friedhof, sie gehen zu Vaters Grab.

Das Schlimmste liegt noch vor mir, aber die lange gedankliche Reise ist überstanden. Vater ist gestorben, und ich hatte gedacht, Mutter sei in mir gestorben, warum will ich sie zum Leben erwecken, ist es das, was ich versuche zu tun? Immer, wenn ich glücklich sein wollte, musste ich Mutter und Vater vergessen. Ich musste mein Herz bitten, sich hinter meinen Rippen zu beruhigen, hör auf, dich so abzustrampeln, Herz! Bald fahre ich nach Hause zu meiner wahren Mutter, dem Wald, wo ich ein Nest gebaut habe.

Ruth und Mutter Arm in Arm fünfunddreißig Meter vor mir wie zwei in Harmonie trauernde Gestalten, wie lange ist es her, dass Vater gestorben ist? Sie gehen, als wäre Vater vorgestern gestorben, gehen, als ob sie in Trauer wären und als ob das nichts mit mir zu tun hätte, sie brauchen eine reine Trauer und haben sich eine reine Trauer nur für sich erschaffen, sie gehen jeden Samstagvormittag zu Vaters Grab, bei jedem Wetter, es ist ein Ritual, das den Pakt bestätigt und befestigt, von dem sie beide abhängig sind, wenn auch auf unterschiedliche Weise, sie haben dem Pakt aus unterschiedlichen Gründen zugestimmt, doch darüber reden sie nicht, über Bedingungen und Grundlagen dieses Paktes reden sie nicht, aber was weiß ich schon. Vater ist gestorben, doch sein Tod machte Mutter nicht frei, und sie wollte nicht frei werden, wagte es nicht, sie hatte immer unter seiner Vormundschaft gestanden, und ließ jetzt auch über sich verfügen, sie war von meiner Schwester abhängig, sie konnte sich nicht von ihr lösen, und sie liebte sie, natürlich, ich sehe das, was ich sehen will. Es liegt Regen in der Luft, der Himmel ist schwer, seine Schwere hängt bis auf den Boden, und die Bäume auf dem Friedhof sehen ohne Blätter armselig aus, die Äste recken sich traurig und hilflos in den Nebel wie verbrannte Finger, Mutter und Ruth schreiten zwischen den Grabsteinen, als ob sie eben erst die traurige Mitteilung von Vaters Tod erhalten hätten, sie brauchen dieses Ritual der Trauer, es bringt sie dazu, etwas zu empfinden, aber was? Etwas wie Zugehörigkeit, eine gemeinsame Geschichte, so war es doch, nicht wahr, ja, so war es.

Der Friedhof ist fast leer, nur am Rand stehen oder gehen Gestalten mit gesenktem Kopf, trauernd, so sehen sie für mich jedenfalls aus. Sie wissen, wohin sie wollen, meine Schwester und meine Mutter, mein Blick irrt vermutlich öfter hin und her als ihrer, auch wenn ich ungewöhnlich konzentriert bin. Es fühlt sich milder an, je weiter wir gehen, desto dichter stehen die großen Bäume, von denen wir wegen des Nebels die obersten Zweige nicht sehen. Die rauen Birkenstämme geben Wärme ab, und das tun auch hohe Büsche mit weinroten Blättern, die den ganzen Winter hindurch weinrot bleiben, und zwischen ihnen liegen alte, teilweise bemooste, gewissermaßen ehrwürdige Gräber, einige mit hohen Säulen und Statuen, Direktor Fredrik Holst liegt rechts von mir, ist Vater *hier* begraben? Ich habe nicht daran gedacht, dass Vater ein Grab hat, ich bin nicht zur Beerdigung gefahren, für mich endete die Geschichte dort, aber jetzt verstehe ich, dass es vielleicht komisch und unnatürlich ist, vielleicht beschämend, dass ich nicht eine Sekunde lang darüber nachgedacht habe, wo Vater begraben liegt, in all diesen Jahren begraben lag, wo ist Vaters Grab? Und deshalb wollen sie keinen Kontakt zu mir, weil ich kein Interesse an Vaters Grab gezeigt habe. Aber ich bin jetzt hier.

Sie sprechen jetzt nicht, sie schauen geradeaus, ihre Gestalten strahlen Konzentration aus, sie nähern sich dem Ziel, werden ein wenig schneller, biegen nach einer Bank um die Ecke, ich bleibe an dem Busch dahinter stehen, ich kann gerade darüber hinweg beobachten, dass sie an einem relativ neuen Grabstein stehen geblieben sind, ich beobachte sie und den Stein von der Seite.

Ruth hat den Rucksack abgenommen, ist in die Hocke gegangen, entfernt Blätter und verwelkte Blumen, sie hat die Handschuhe ausgezogen, wischt Nadeln der umstehenden Bäume weg, beugt sich über den Rucksack und zieht einen kleinen Kranz aus Moos und Heidekraut heraus, nicht rund, nicht wie ein Herz geformt, er sieht aus wie eine große Krawattennadel, wir sind an Vaters Grab. Mutter steht unbeweglich da, den Blick auf den Stein gerichtet, was denkt Mutter? Ruth wickelt ein Grablicht aus, sieht Mutter nicht an, Ruth ist daran gewöhnt, dass Mutter so dasteht, wenn sie Vaters Grab besuchen, Mutter steht da wie versteinert. Ich ertappe mich bei dem Wunsch, dass Mutter streng mit Vater spricht, endlich. Ruth zündet das Grablicht an, stellt es vor den Stein, verschiebt den Kranz, so dass er im Verhältnis zum Grablicht richtig liegt, betrachtet ihr Werk, wischt sich kleine Blätter und Erde von den Händen, hebt die Handschuhe auf, zieht sie aber nicht an, sie schaut zu Mutter hinüber, Mutter steht bewegungslos da, von der Seite sieht es aus, als habe sie die Augen geschlossen. Ich erinnere mich an das eine Mal, als Mutter Vater etwas entgegengesetzt hat, es war während der Phase des besonderen Mädchens, und ich fühlte mich gesehen, wir waren allein in der Küche, Mutter stand am Herd, ich saß am Tisch und zeichnete. Ihr gefiel, was ich zeichnete, sie ermutigte mich zu zeichnen, sie war selbst die beste Zeichnerin gewesen, als sie zur Schule ging, das hatte sie mir erzählt, und sie hatte mir gezeigt, wie man Rosen zeichnet, Blatt für Blatt, von außen nach innen, sie sagte mit einem Blick, den ich als Witz verstand: Kannst du Oma Margrethe zeichnen?

Sie stellte sich hinter mich und beugte sich vor, so dass ich ihren Zopf an meinem Hals spürte wie ein Streicheln. Ich zeichnete den scharfen Mittelscheitel, die strengen Augen, die große Brosche auf der Brust von Vaters Mutter und schließlich die nach unten gezogenen Mundwinkel, dann kam Vater, und Mutter zuckte zusammen. Vater sah die Zeichnung, und seine Miene wurde düster, und Mutter wurde bleich und hatte mit der ganzen Sache nichts zu tun, hast du keinen Respekt, sagte Vater, packte das Blatt und riss es in Fetzen, ich ging in mein Zimmer, hörte Vater reden, dann wurde es still, und ich stellte mir vor, wie Mutter ihre Haare öffnete und nur noch Vater gehörte, aber vielleicht denke ich mir diesen Teil der Geschichte aus, weil ich es brauche.

Ruth schaut Mutter an, es sieht aus, als ob sie seufzte, rasch Atem holt und rasch ausatmet, wie aus einer Art Enttäuschung heraus. Sie packt ihren Rucksack zusammen, sie hat das schon so oft gemacht, einmal pro Woche, vierzehn Jahre lang, zusammen mit Mutter, und sie weiß, wo sie das ausgebrannte Grablicht und die Blätter und Abfälle hinwerfen kann, weniger als einen Meter von mir entfernt, ich höre alles in den Kasten fallen, wenn du nur wüsstest, dass dein besonderes Mädchen hinter dem Busch kauert und dich anschaut. Ruth geht zu Mutter und stellt sich neben sie, sie stehen einige Sekunden zusammen da, und Ruth legt Mutter den Arm um die Schulter, und Mutter scheint gleichzeitig zu sich zu kommen und in sich zusammenzusinken, sie schüttelt den Kopf und sagt dann, so dass auch ich es höre, ja, ja.

Bitte lass mich deine Augen sehen! Deine großen dunklen Augen! Sie sind kalt, ja, das weiß ich! Aber lass sie mich anschauen, lass mich tief in sie hineinsehen und sehen, ob es in der tiefsten Tiefe einen Gedanken für mich gibt, einen kleinen guten Gedanken über mich!

Der Nebel senkt sich, und es fängt an zu regnen. Ruth nimmt den Rucksack ab und zieht einen Taschenschirm heraus, sie hat an alles gedacht. Sie spannt ihn auf, und Mutter tritt darunter, sie gehen jetzt noch dichter und langsamer, und traubengroße Tropfen explodieren an meinem Kopf und laufen an Hals und Nacken unter meine Kleidung, Ruth und Mutter gehen nicht den Weg zurück, den sie gekommen sind, sie gehen um den großen Baum hinter dem Grabstein herum, und der Nebel senkt sich wie ein niedriges Dach auf alles herab. Ruth und Mutter verschwinden unter dem schwarzen, ein wenig schwankenden Regenschirm und sehen aus wie ein Gespenst, sehen aus wie der Tod in einem Film von Ingmar Bergman, ein unbeholfener und ungeschickter, schiefer und erschöpfter Tod, ein um so beängstigender Tod, ich folge dem Tod nicht. Ich setze mich auf den Boden mit dem Rücken zum Busch und spüre, wie die Feuchtigkeit durch meine Hose und meine Unterhose dringt, so wie früher. Ich sitze im Regen auf dem Friedhof, wo Vater begraben ist, und scharre in der Erde nach einer Badezimmerscherbe, am liebsten einer blauen, während der Regen nach unten schlägt und strömt und schwerer ist als normaler Regen, und der Himmel ist grauer als sonst, wenn es regnet.

Als ich zwölf wurde, bekam ich per Post einen Fünfzigkronenschein von Großmutter Margrethe geschickt, die ab und zu aus Bergen auf Königinnenbesuch zu uns kam und das Feuer aus Hamar zum Erröten brachte. Vater sagte, ich solle das Geld in meine Spardose stecken, aber das tat ich nicht. Am nächsten Tag war Schulkonferenz, der Unterricht fiel aus, und Mutter musste zum Arzt, also musste sie mich mitnehmen, und auf dem Weg dorthin gingen wir in die Buchhandlung, denn Mutter wollte Briefpapier kaufen, sie schrieb regelmäßig an Onkel Håkon und Tante Ågot in Hamar. Im Buchladen gab es eine Ecke mit Malsachen, und ich verliebte mich in eine Schachtel mit hundertfünfzig verschiedenen Farbstiften, die neunundvierzig Kronen fünfzig kostete, ich hatte meinen Geldschein bei mir. Mutter sagte dasselbe wie Vater, wenn wir Geld ausgeben und nicht sparen wollten: Wer alles kauft, was ihm gefällt, geht am End als Bettler durch die Welt. Ich war jetzt zwölf und sagte mir, ich sei zwölf, und ich sagte zu Mutter, Oma Margrethe in Bergen habe, als sie anrief, wie an jedem Geburtstag, gesagt, ich könne mit dem Geld machen, was ich will, das stimmte nicht, aber es stimmte doch. Irgendwie war es befreiend, nicht mehr das besondere Mädchen zu sein, egal, wie schön es gewesen war. Mutter wiederholte, als wir aus dem Laden gingen: Wer alles kauft, was ihm gefällt, geht am End als Bettler durch die Welt.

Wenn ich zeichnete, entfernte ich mich von mir selbst, oder vielleicht entfernte ich mich von Mutter.

Wenn ich zeichne, entferne ich mich von mir selbst, oder vielleicht entferne ich mich von Mutter.

Ich gehe über die Landstraße unterhalb der Hütte und spüre einen Stein im Schuh. Ich lasse ihn, wo er ist. Ich habe einen Stein im Wald, der liegt am Ende des Weges, dort, wo sich die Wiese öffnet, und er ist glatt und breit, wenn die Sonne den ganzen Tag darauf geschienen hat, ist er warm, es kommt vor, dass ich mich darauflege und mich ausruhe, als ich weitergehe, spüre ich noch immer den Stein im Schuh, das ist Mutter.

Ich schreibe John: Alles in Ordnung bei dir?

Mehr nicht, ich warte bis Sonntag, Grenzen sind wichtig.

Einmal war ich dreizehn Jahre alt. Ich kam aus der Schule, und im Esszimmer war der Tisch gedeckt, am nächsten Tag erwarteten meine Eltern Gäste, zum Glück nur acht, wichtige Gäste, reich, sagte Mutter ängstlich erregt, ich fand es toll, dass meine Eltern reiche und wichtige Leute kannten. Auf dem Küchentisch lagen viereckige Karten mit Goldrand, Tischkarten, auf die ich die Namen der Gäste schreiben und kleine Blätter zeichnen sollte. Mutter gab mir den Auftrag wie eine Art Befehl, als ob sie mir auftrüge, mein Bett zu machen oder mein Zimmer aufzuräumen, aber darunter zitterte etwas, das mein Herz erwärmte: Mutter findet, dass ich schönere Buchstaben schreibe und hübschere Blätter zeichne als sie, ich fühlte mich geehrt und hatte Mutter sehr lieb. Ich holte die Schachtel mit den hundertfünfzig Farbstiften und dachte, sie könne ihren Spruch aus dem Buchladen bereuen. Sie hatte die Namen der Gäste mit Blockbuchstaben auf ein Blatt Papier geschrieben, ich sollte sie in Schlingenschrift übertragen. Zwei Namen waren amerikanisch, sie waren reich, wenn die Gäste mit Vater zusammenarbeiten wollten, würden wir auch reich werden, es war ein wichtiges Essen, und es waren überaus wichtige Tischkarten. Mutter machte eine Zitronencreme, auf der Fensterbank stand ein Topf mit Zitronenmelisse, ich sollte in die Ecken der Karten die Zitronenmelissenblätter zeichnen. Ich nahm den türkisen Stift, aber sie wollte, dass ich die Namen in Rot schrieb. Ich sagte, türkis wäre schöner, wenn ich die Zitronenmelissenblätter in der Farbe zeichnen sollte, die sie in Wirklichkeit hatten, aber ich könne sie auch rosa zeichnen. Rosa, fragte Mutter, wie aus allen Wolken gefallen, Zitronenmelissenblätter sind grün, sagte sie, hob den Topf von der Fensterbank und stellte ihn vor mich hin, siehst du, ja, sagte ich, aber sind Namen rot? Mutter sah mich unsicher an, wartete einen Moment, dann sagte sie, ich bestimme hier, es ist mein Abendessen. Wir wissen beide, dass Vater hier bestimmt, sagte ich, dreizehn Jahre alt und auf Widerstand gebürstet. Hast du keinen Respekt, fragte sie mit harter Stimme, hast du keinen Respekt vor deiner Mutter, sagte sie scharf wie Vater, ich schrieb die Namen in roter Schlingenschrift. Und die Zitronenmelissenblätter in die Ecken, sagte sie sanfter, ich zeichnete ein Zitronenmelissenblatt in die Ecke, es hat keine Ähnlichkeit, sagte sie, doch, sagte ich, nein, sagte sie, schau nur, sagte sie, riss ein Blatt von der Pflanze und legte es vor mich hin, ich zeichnete Zitronenmelissenblätter, wie Mutter sie wollte, dann stand ich auf. Willst du einen Schokoladenkeks, fragte sie, ich schüttelte den Kopf. Nein? Nein, das will ich nicht, sagte ich, mir hatte etwas im Hals gesteckt, es tat gut, es draußen zu haben.

Nein, ich will nicht, nein, ich will nicht, sagte Mutter, du bist so negativ. Es ist schwer, Menschen zu mögen, die negativ sind. Prinzessin Nein-ich-will-Nicht, sagte Mutter, mit ihr nimmt es kein gutes Ende.

Zu Weihnachten bekam ich einmal hundert Kronen von Großmutter Margrethe Hauk aus Bergen. Ruth bekam fünfzig Kronen, weil sie kleiner war, aber bald würde sie groß genug sein. Als wir während der Feiertage auf den Weihnachtsmarkt gingen und an der Bude des Holzschnitzers vorbeikamen, wollte ich ein kleines Stemmeisen kaufen, Mutter seufzte: Wer alles kauft, was ihm gefällt, geht am End als Bettler durch die Welt.

Es klingt mir jetzt in den Ohren, genau wie damals, aber zuvor war etwas anderes geschehen.

Ich kam eines Tages früh aus der Schule nach Hause, wir hatten einen Test geschrieben, und ich hatte alle Antworten gewusst, denn ich war besonders, ich rannte nach Hause, um mit Mutter allein zu sein, ehe sie Ruth abholte, ich lief die Treppe hoch und sah Mutter auf einem Stuhl vor dem großen antiken Wandschrank stehen, mit der chinesischen Porzellanvase in den Händen, die sie und Vater von Großmutter Margrethe zur Hochzeit bekommen hatten, hallo, sagte ich, Mutter drehte sich um, sah mich und ließ die Vase fallen, so sah es aus, die Vase fiel auf den Boden und zerbrach. Wir blieben beide wie gelähmt stehen, Mutter auf dem Stuhl, ich auf der obersten Treppenstufe, der vierzehnten, es war nicht zu glauben, der wertvollste Gegenstand des Hauses, Vaters Stolz und Königin Margrethes Pfand in unserem Leben.

Mutter auf dem Stuhl, ich mit meiner weißen Hand auf dem Geländer, die Welt still, die Welt war niemals stiller gewesen, mein Blut sank mir wie Blei vom Herzen in die Füße, in meinem Gehirn heulten Sirenen von Polizei, Feuerwehr, Rettungswagen.

Mutter stieg vom Stuhl, sie ging mit, wie ich es erlebte, beherrschten Schritten in die Küche, kam mit Kehrblech und Handfeger zurück, sagte: Ich glaube nicht, dass Vater sich darüber freuen wird. Mutter fegte die Scherben zusammen und warf sie in den Mülleimer, es hätte keinen Sinn gehabt, etwas zu verbergen, was zwangsläufig entdeckt werden und Konsequenzen haben würde, es war nur eine Frage der Zeit und des Strafgesetzbuches.

Ich wurde schon zweimal zuvor geschlagen, ich weiß nicht mehr, warum, ich hatte etwas zerbrochen, freche Antworten gegeben, wenn dein Vater nach Hause kommt, gibt es Prügel. Mutter hatte es diesmal nicht gesagt, aber es lag in der Luft, etwas Schlimmeres hatte ich noch nie verursacht. Ich lag auf dem Bett und wartete, Mutter holte Ruth ab, machte dann vermutlich das Abendessen, Vaters Wagen hielt, Vater öffnete das Tor, Vater ging durch den Garten, ohne dass ich die Schritte hörte, unten wurde die Tür geöffnet, Vater kam nach oben, Mutter lief ihm nicht wie sonst entgegen, ich hatte eine wilde Hoffnung in mir getragen, dass sie mich retten würde, jetzt war klar, dass das nicht passieren würde, Vater ging in die Küche. Mutter erzählte ihm mit so leiser Stimme von der Vase, dass ich es nicht verstehen konnte, aber sie konnte doch nicht sagen, ich hätte die Vase vorsätzlich zerbrochen, was sagte Mutter? Vater fluchte, Vater sagte *Scheiße* und stand plötzlich in meinem Zimmer und befahl mir aufzustehen, ich war nicht einmal halb aufgestanden, da packte er mein Kinn, beugte sich über mich und schrie: Ist dir klar, was du angerichtet hast? Er redete mit Bergenser Akzent, wie Großmutter Margrethe, den Mund zu der Grimasse verzogen, die er immer hatte, wenn sie zu Besuch war, eine Mischung aus Wut und Angst.

Es war meine Schuld. Ich war die Treppe hochgerannt und hatte Mutter gestört, dass der Augenblick der Tat viel länger gedauert hatte, das wussten nur Mutter und ich, obwohl Mutter es weder wissen noch daran erinnert werden wollte. Mutter hatte dagestanden mit der Vase in den Händen, sie musste die Tür unten gehört haben, sie musste meine Schritte auf der Treppe gehört haben, denn sie hatte sich zu mir umgedreht, mit einem Blick, als ob sie mich erwartete, sie hatte meinen Blick einige Sekunden lang festgehalten, ehe sie losließ, eine vorsätzliche Tat, ich sehe es jetzt wie in Zeitlupe vor mir, heraufgeholt aus der Tiefe des Vergessens. Ich habe diesen Vorfall nie vergessen, so etwas kann man nicht vergessen, aber ich hatte ihn in der Kammer meines Gehirns für Scham und Verbrechen verstaut, und jetzt spielte sich der Film wieder ab und bewies Mutters Komplizinnenschaft. Aber ich hatte es ja schon damals gesehen, ich hatte es *gesehen*.

Ich konnte nur zu gut nachvollziehen, warum Mutter die Vase zerbrechen wollte. Ich wollte die Vase auch zerbrechen, vor allem hätte ich es tun wollen, wenn ich Mutter gewesen wäre, was ich irgendwie war. Mutter war mutig genug gewesen, die Vase wirklich zu zerbrechen, das muss ich ihr lassen, endlich eine angemessene Antwort, fast ein Protest, aber Mutter war nicht mutig genug gewesen, es bis zum Ende durchzustehen, und seitdem mochte sie mich nicht mehr, weil ich beides gesehen hatte, ihre Lust und ihre Feigheit.

Vater schrie mich an, Mutter kam nicht herein, und dennoch gab ich die Hoffnung nicht auf?

Habe ich den Vorfall vergessen, um weiter hoffen zu können, was hatte ich sonst noch vergessen, aus demselben Grund?

Ich rief Fred an und fragte ihn, ob er sich vor dem Tod seiner Mutter mit ihr ausgesprochen hat. Er sagte, es habe nichts zu besprechen gegeben. Dass er kein Bedürfnis danach gehabt habe und seine Mutter auch nicht, er habe sie an den Tagen vor ihrem Tod oft besucht, und beide hätten gewusst, dass sie bald sterben würde, und dennoch hätte Stille zwischen ihnen geherrscht, aber nicht auf eine unangenehme Weise. Es herrschte eine Stille zwischen uns, aber nicht auf eine unangenehme Weise, nach einer Weile sagte er, er habe damals nicht begriffen, wie endgültig es war. Er habe erst lange nach ihrem Tod verstanden, dass sie niemals zurückkehren, dass er ihre Stimme niemals wieder hören werde. Nie. Nicht einmal an ihrem Sterbebett hatte er begriffen, was das bedeutete. Wenn er es begriffen hätte, sagte er, hätte er vielleicht, er verstummte. Was hättest du vielleicht, fragte ich, was hättest du? Ihr gedankt, sagte er.

Ich dachte an den Film von Roy Andersson, in dem der Spielzeugverkäufer in einem tristen Hotelzimmer sitzt und wieder und wieder das Lied *Anna, schönste Kleine, bitte, sei die meine* hört, vor allem die letzte Strophe, *wo wir gemeinsam in den Himmel wandern, wo wir Mutter und Vater wiedersehen*, und ihm die Tränen über die Wangen fließen. Der Kollege kommt herein und staunt: Warum weinst du? Weil ich Mutter und Vater im Himmel nicht wiedersehen will.

Einmal war ich vierzehn Jahre alt. In diesem Jahr hörte ich auf zu essen. Ich sah einen Film über ein Mädchen in meinem Alter, das in einer kleinbürgerlichen Gegend in einem englischen Vorort aufwuchs, als einziges Kind ihrer Eltern, die immer um ihren Ruf besorgt waren. Dieses junge Mädchen hatte etwas Wildes in sich, in dem ich mich wiedererkannte, während die Freundin, mit der ich den Film zusammen sah, gehen wollte, da passiert doch nichts, sagte sie, aber ich konnte mich nicht losreißen von dem Mädchen auf der Leinwand, das von ihren Eltern nicht verstanden wurde, die dieses Wilde spürten und fürchteten und die deshalb mit ihr zum Arzt gingen, denn sie musste krank sein, wenn sie nicht machte, was sie sagten, und freche Antworten gab, und der Arzt meinte auch, dass etwas mit dem Mädchen nicht stimmen konnte, das sich einfach abwandte und keine Antwort gab und keinen *Respekt* zeigte, und er verschrieb ihr Pillen, die sie nicht schluckte, und sie konnte es vor ihren Eltern geheim halten, aber als sie entdeckten, dass sie die Medizin nicht nahm, wurde ihr Vater wütend und wollte sie festhalten, damit ihr die Mutter die Pillen in den Mund stopfen konnte, aber das Mädchen spuckte sie aus und riss sich los und stürzte aus dem Haus, und der Vater rief den psychiatrischen Notdienst an, und gemeinsam fassten sie einen Plan, und als die Tochter spät nachts nach Hause kam, nachdem sie wie die begabte Schwester Shakespeares schreiend durch das englische Moor gelaufen war, kamen sie und holten sie mit Gewalt und fuhren sie in ein einsam gelegenes schlossähnliches Gebäude für Mädchen wie sie, und als ihre Eltern sie ein Jahr später wieder abholten, war sie absolut in Ordnung und nahm ihre Pillen ohne Protest ein, es stimmte schon, sie sah total gleichgültig sich selbst und der Welt gegenüber aus, aber ihre Medizin schluckte sie, es gab also eine Art Happy End.

Ich hörte in diesem Jahr auf zu essen, und was ich aß, erbrach ich wieder, als wäre das Essen, das Mutter kochte, persönlichkeitsverändernde Pillen, ich hatte Blasen an den Fingerknöcheln, von dieser beschämenden Kotzerei, und ich nahm fünfundzwanzig Kilo ab, Vater merkte natürlich nichts, aber warum merkte Mutter nichts? Ich war froh darüber, dass ich den Film gesehen hatte, ich wollte nicht unvorbereitet sein, ich hörte in diesem Jahr auf zu essen, ich übte mich in Selbstdisziplin.

Erinnert sich Mutter nicht daran? Schaut Mutter nie zurück?

Die einmal beschlossene Strategie muss beibehalten werden. Mutter hat sich für die Rolle der enttäuschten Mutter entschieden. Die Tochter hat sie in aller Öffentlichkeit beleidigt, indem sie Gemälde mit unmissverständlichen Titeln ausgestellt hat. *Kind und Mutter* 1 und 2, aber weder Kind noch Mutter sehen glücklich aus. Das Schlimmste ist allerdings: Die Tochter ist nicht zur Beerdigung ihres Vaters gekommen.
   So ist sie.

Aber was ist nachts, wenn sie schlafen geht? Was denkt sie dann, welche Selbstgespräche führt Mutter? Befragt Mutter ihr tiefstes Inneres?
   Befrage ich mein tiefstes Inneres?

Ich fuhr nicht zu Vaters Beerdigung, weil ich dazu nicht in der Lage war. Ich predigte das Alltagsevangelium. Hatte immer Schwierigkeiten mit Feiertagen gehabt, mit Festen, Zeremonien, mit Ritualen, wie Mutter sie liebte, zu denen sie sich ankleidete, zu denen sie sich verkleidete, das Leben ist eine Bühne und so weiter, aber zu Hause zählte nicht für Mutter, der Alltag innerhalb unserer vier Wände und mein intensiver Blick zählten nicht. Stumm und eifersüchtig beobachtete ich sie, wie sie aufgeregt vor dem Spiegel stand, weil sie und Vater ausgingen oder zu sich einluden. Ich fuhr nicht zu Vaters Beerdigung, weil ich Mutter in Schwarz vor mir sah, die trauernde Witwe, wie Mutters Gesicht den Ausdruck dieser Rolle annahm, und ich wusste, welche Rolle mir zugeteilt war, die der undankbaren Tochter, der Verräterin, und ich würde nicht ausbrechen können, weil alle anderen sich an das Drehbuch hielten. Ich fuhr nicht nach Hause zu Vaters Beerdigung, weil ich es nicht schaffte, damit umzugehen, und als ich mehrere Jahre später Marks Beerdigung arrangierte, war die so bescheiden wie möglich, nur John und ich, zwei Kollegen, das Alltagsevangelium und so weiter. Ich tat es für John, damit er sich nicht fremd und unter Druck gesetzt fühlte, das hatte ich mir damals eingeredet, aber vermutlich tat ich es für mich selbst. Ich hatte meine innere Mutter befragt und genau das Gegenteil dessen getan, was sie getan hätte.

Ich habe mich oft gefragt, was Mutter sagen würden, wenn sie wider Erwarten einen Psychologen aufsuchte. Aber das wird sie nicht tun. So sehr hat sie sich nicht verändert.

Mutters Strategie erfordert, dass sie sich zusammenreißt, dass Mutter sich gerade hält, aber legt sie sich irgendwann hin und rollt sich zusammen?

Mutter hatte mir beigebracht, wie man Rosen zeichnet, danke, von außen nach innen, danke, Mutter war auch eine gute Zeichnerin, als sie klein war, dann begannen die Blätter der Rosen, die ich zeichnete, zu welken und abzufallen, und dann hörte ich auf, Rosen zu zeichnen, dann hörte ich auf, Mutter zu zeigen, was ich gezeichnet hatte, denn ich wusste ziemlich genau, was sie sagen würde. Deine Besessenheit von Hässlichkeit ist kindisch. Nur kleine Kinder finden es mutig, furzen und Kacke zu sagen.

Ich hielt mich an meinen Plan und fuhr in den Wald, obwohl ich völlig durchnässt war, ich ging davon aus, dass der Himmel weiter oben blau war. Zwanzig Kilometer hinter der Stadt hörte der Regen auf, zwei Kilometer den steilen Kollevei hoch sah ich den Himmel, blau, dort, wo ich den Wagen abstellte, hatte es nicht geregnet, der Weg war trocken. Auf halber Strecke kam die Sonne, und der Morgen, den ich in der Stadt verbracht hatte, gehörte in ein anderes Leben. Ich heizte Ofen und Steinkamin ein, streifte die nasse Kleidung ab, zog trockene an, machte die Tür zu und schloss ab, ich ging über die Wiese zu dem Kolk an der Flussbiegung, aber ich ging nicht so weit, dass ich den Rauch meines Schornsteins nicht mehr sehen konnte. Das Moos war noch frisch und grün, die Erlen trugen dichtes, dunkles Laub, das Wasser des flachen Bachs plätscherte und rieselte beruhigend über die goldenen Steine, und deren kleine Schaumkragen glitzerten in der Sonne, die Luft war kühl. Hinter mir wie eine warme Wand und vor mir wie eine Verheißung lag die einförmig wogende Dunkelheit des großen Nadelwaldes, so ruhig, als ob er tief schliefe, und ich glaubte zu merken, wie langsam sich der Saft in den Bäumen bewegte, und in allem anderen, das wuchs, Heidekraut und Gestrüpp und verspäteten Glockenblumen zwischen den Grashalmen, sie bereiteten sich auf den Frost vor. Es schien, als ob sich das Leben in meinem Körper ebenso schläfrig und lautlos bewegte, als ob meine Trauer in mir versinken würde und einschliefe

Einmal war ich vierundzwanzig und frisch verheiratet. Ich studierte Jura, wie Vater sich das wünschte und wie deshalb auch Mutter sich das wünschte, und ich war weiter von mir selbst entfernt, als ich es mit vierzehn gewesen war, als ich mich aushungerte, ich hatte meine Gedanken und Gefühle eingekapselt, weil ich Angst davor hatte, was sie uneingekapselt anrichten können, ich glaube, ich hatte das von Mutter gelernt.

Es war Sommer, ich saß im Zug nach Arendal, es muss gewesen sein, als Thorleifs Vater seinen sechzigsten Geburtstag feierte, Thorleif war schon vorgefahren, um sich nützlich zu machen. Mutter und Vater wollten am nächsten Tag mit dem Auto kommen, am eigentlichen Geburtstag.

Ich hatte mich allein in ein Abteil gesetzt, um zu lesen, ich hatte meine Bücher dabei, das schrecklich schwere Gesetzbuch von Norwegen, ich studierte es fleißig in diesem Sommer, um voranzukommen, es war ein furchtbarer Kurs, und ich wollte mein Leiden verkürzen. Eine Frau kam herein, setzte sich mir gegenüber und starrte ruhig aus dem Fenster. Ihre Hände lagen ruhig in ihrem

Schoß, sie strahlte Gelassenheit aus, sie konnte nicht viel älter sein als ich, aber so ruhig, ich hatte das Gefühl, dass mir noch nie eine so gelassene Frau begegnet war. Ihre Anwesenheit hellte das Abteil auf, oder es wurde draußen heller, da waren jetzt wogende Getreidefelder und plötzlich immer wieder kleinere Wälder mit kleinen glitzernden blauen Seen mit grünen Inseln, sie lächelte. Ich versuchte zu lesen, aber meine Augen fanden immer wieder den Weg in die Landschaft, und wenn ich nach draußen sah, konnte ich es nicht vermeiden, auch die Frau anzusehen, sie trug ein Sommerkleid, die blonden Haare fielen ihr locker über die Schultern, und sie lächelte. Als meine Augen das Buch wieder verlassen hatten, öffnete sie ihre Tasche, die neben ihr auf dem Sitz stand, nahm eine kleine Flasche Piccolo heraus, so eine, die man im Flugzeug bekommt, wollte sie die jetzt trinken? Sie ging zur Tür, öffnete sie einen Spaltbreit, schaute in beide Richtungen, zwinkerte mir zu und sagte, die Bahn sei frei, als ob das hier ein Spiel wäre. Sie entfernte das Metall vom Flaschenhals und drehte den Korken heraus, ein dumpfes Plopp erklang, ich habe etwas zu feiern, sagt sie, ich habe gerade meinen Traumjob bekommen, im Garten vom Lunde-Museum, ich freue mich so!

Ich sagte nichts dazu, was hätte ich sagen sollen, Prost, sagte sie, und ich schaute auf, und sie sagte, sie sei Gärtnerin, gerade fertig geworden an der Gartenbauschule, ihre Eltern hatten gesagt, sie würde nie im Leben Arbeit finden oder höchstens bei einer Kette von Billigblumenläden, aber nun hatte sie die Verantwortung für achtundzwanzig Obstbäume, zwei Eichen und zehn Blumenbeete im Lunde-Museum, ist das nicht phantastisch, ich nickte. Eltern sind blöd, sagte sie.

Es wurde still, ihre Worte hingen in der Luft, und dann fragte sie mit so ruhiger Stimme, dass ich mit meiner eigenen brüchigen, scharfen Stimme nicht antworten konnte, was ich da las. Ich hob das Buch hoch, damit sie den Titel sehen konnte, sie nickte, und ich legte das Buch wieder hin, sie fragte, ob ich Anwältin werden oder zur Polizei gehen und Leute wie sie verhaften wolle, die in der Bahn illegal Alkohol zechten, ich starrte auf die Buchseiten, auf denen die Buchstaben miteinander verschwammen, ich spürte einen Kloß in meinem Hals und wünschte mir vor Scham, im Boden zu versinken, sie sagte, das sollte nur ein Witz sein, sie beugte sich zu mir vor und tippte mein Knie an, wo fährst du denn hin, fragte sie, um mich zu retten.

Ich, sagte ich mit zitternder Stimme, ich und mein Mann, sagte ich und wurde rot, aber ich konnte nicht gut mein Freund sagen, denn wir waren ja verheiratet, frisch verheiratet, weil der Vater meines Mannes, sagte ich, mein Schwiegervater, ich schluckte, er hat vielleicht Geburtstag, schlug sie vor, ja, sagte ich, sie nickte zu dem Buch hinüber, das auf meinen Knien lag, freust du dich darauf, bald mit dem Studium fertig zu sein?

Mich freuen? Ich muss ein erstauntes Gesicht gemacht haben, sie hatte das Bedürfnis, mir zu erklären, was sie meinte. Ich *freue* mich, sagte sie, und ich sah sie an und hatte das Gefühl, dass ich mich nicht mehr auf irgendetwas gefreut hatte, seit ich erwachsen geworden war, aber wenn ich gerade meinen Traumjob bekommen hätte, vor allem, wenn es einer wäre, den mir meine Eltern niemals zugetraut hätten, dann hätte ich mich vielleicht gefreut? Bei diesem Gedanken fühlte ich sofort wieder eine schreckliche Unruhe.

Nordagutu wurde durchgesagt, das sei ihre Station, sagte sie, leerte die Flasche und stellte sie in den Papierkorb, jetzt glauben alle, du hättest sie getrunken, sagte sie, sollte nur ein Witz sein, sagte sie, und der Zug hielt an, und sie stieg aus, sie ging mit schnellen, aber ruhigen Schritten über den Bahnsteig und verschwand im Sommer, der Zug fuhr weiter, alles ging weiter, *Eltern sind blöd.* Ich sah Vater vor mir, wie er bei meiner noch nicht lange zurückliegenden Hochzeit gewesen war, der perfekte, selbstverständliche Gastgeber, ich sah meine Mutter vor mir, wie sie bei meiner noch nicht lange zurückliegenden Hochzeit gewesen war, die Gastgeberin, die für jedes Detail verantwortlich war, von Anfang bis Ende, es war nicht meine Hochzeit gewesen, das hatte ich begriffen, es war nicht einmal Thorleifs Hochzeit gewesen, obwohl er sich das sicher einbildete, ich hatte mich von Anfang an fern und fremd gefühlt und die Hände fest um die Stuhllehne gekrampft, als mein Vater seine Rede hielt, als er endlich fertig war, waren meine Finger so gefühllos, dass ich das Besteck nicht zum Rentierbraten heben konnte, Hochschule für Brunst und Gemüse, sang es in meinen Ohren, und dann erinnerte ich mich daran, was Mutter gesagt hatte, als sie mich an diesem Morgen anrief, sie hatte mich gebeten, nicht das blau geblümte Kleid anzuziehen, das ich zu Ruths Geburtstag getragen hatte, es wirke so schäbig, Vater sei es ungeheuer peinlich gewesen, als ich es getragen hatte, ich hätte doch so viele nette Röcke und weiße Blusen, und ich packte einen grauen Rock und eine weiße Bluse ein und Thorleifs Fliege, die er vergessen hatte, das war eine Katastrophe und so weiter, ich tat all das gedankenlos wie ein Roboter, mit automatischen Bewegungen, aber was wollte ich? Ich stieg in Arendal aus dem Zug, ich ging durch die Unterführung in Richtung Zentrum und Landungsbrücken, Thorleif war noch nicht da. Ich ging in die Telefonzelle und wählte die Nummer von zu Hause, durch die Glasscheiben konnte ich den Hafen sehen und Thorleif, wenn er kam. Vater war am Apparat, ich sagte, ich sei angekommen, ich wolle gern mit Mutter sprechen, ich hatte gehofft, dass er nicht zu Hause wäre, ich wurde schon mutloser, Mutter kam und fragte, was ich wolle, das war eine gute Frage. Ich riss mich zusammen und sagte, ich wolle mich im Herbst an der Hochschule für Kunst und Gewerbe bewerben. Mutter antwortete nicht, und obwohl ihr Schweigen Bände sprach, wurde es noch schlimmer, als sie den Mund aufmachte. *Hochschule für Kunst und Gewerbe,* wiederholte sie, als wäre es das Lächerlichste, was sie jemals gehört hatte. Willst du für den Rest deines Lebens solche klobigen Tassen, aus denen kein Mensch trinken kann, töpfern, die sie im Sommer in Risør aus den Buden verkaufen, die niemand haben will, mit denen man absolut nichts verdient? Ich gab keine Antwort. *Johanna,* sagte sie mit einem Seufzer, als wäre ich fünf Jahre alt, ich war fünf Jahre alt, und Thorleif kam mit dem Boot und hatte eine blaue Kapitänsmütze auf dem Kopf, ja, dann musst du ein Studiendarlehen aufnehmen, sagte Mutter, und, es ist *dein* Leben, sagte sie, aber das war es nicht. Warum erinnern wir uns an das, was wir nicht verändern können? Mutter legte auf, und ich ging meinem frischgebackenen Ehemann entgegen, ich erzählte ihm nichts von dem Telefongespräch, und als Mutter und Vater am nächsten Tag mit dem Auto kamen, sagten auch sie nichts darüber, Mutter erwähnte nichts, es schien gar nicht stattgefunden zu haben, vermutlich tat sie es, um mich nicht zu beschämen, Mutter wollte mich nicht an meine alberne Dummheit erinnern, meinen kindischen Einfall, wie konnte ich jemals auf Mutters Unterstützung gehofft haben, warum hatte ich sie überhaupt angerufen, andererseits würde sich ja noch zeigen, dass ich Mutter wohl immer anrief, wenn ich das nicht tun sollte.

Aber all das ist verbrannt in mir.

Es kommt vor, dass das, was nicht passiert, das Wichtigste ist, was einem an diesem Tag geschieht. Ich rief Mutter an, sie ging nicht ans Telefon. Das Jahr hat sechzehn Monate. Dezember, Januar, Februar, März, April, Mai, Juni, Juli, August, September, Oktober, November, November, November, November, November.

Meine Schwester weiß nicht, was zwischen einer Mutter und einer Tochter passiert, wenn die Tochter das für sie vorgesehene Leben nicht leben will, sondern ihr eigenes. Dann muss die Mutter mit der Tochter kämpfen, und die Tochter muss mit ihrem eigenen verängstigten Selbst kämpfen, und dann sind Mutter und Tochter verbunden in Schmerz und in Wut, und alles wird zu einer Frage der Intimität, nicht der Liebe. Eine solche Intimität ist gnadenlos, und gnadenlose Intimität ist etwas Erotisches und wird eine der beiden zerstören. Meine Schwester weiß davon nichts, sie hat nicht Mutters rote Haare geerbt, meine Schwester ist kein Feuer aus Hamar. Es ist egal, ob man erwachsen wird.

Ich erinnere mich an ein Bild von Mutter und mir, ein kleines Schwarzweißfoto von damals, als ich das Baby war, ich trage es in meinem Herzen, es liegt in irgendeiner Zigarrenschachtel, ich lächele, und Mutter lächelt, und niemand anderes ist auf dem Foto zu sehen, Mutter ist froh und ganz bei mir, und das Leben kann nicht besser werden, Mutter ist jung und hübsch, und es gibt nur uns zwei.

Die Abende werden kürzer. Von meinem Versteck aus sehe ich das letzte Laub fallen, die Zwergbirken erröten, das Moos ergraut, und das Gras legt sich zur Ruhe, wenn die Dunkelheit sich senkt, die Insekten sterben oder gehen in den Winterschlaf, alles wartet auf den Winter, auf Nächte aus Eisen. Eine einsame Moltebeere zittert im Schatten der hohen Fichten, wo die Erinnerungen warten, die Hand zittert im November. Die Zweige atmen entlang der Dunkelheit, und die Moore säugen die weite Nacht, es rauscht und pocht, und ich klammere mich an das verschlissene Leben, als wäre es ein Schatz.

Die Tür der Arne Bruns gate 22 geht auf, und Mutter kommt heraus. Sie ist nicht mit meiner Schwester verabredet, sie ist nicht mit Rigmor verabredet, sie ist auf eigene Faust unterwegs, das finde ich aufregend, wohin will Mutter? Sonntag um zehn Uhr im Nebel, Schneeregen fällt, Schneeregen schmilzt auf dem Asphalt und wird zu Matsch, Mutter geht zielstrebig durch den Matsch, fast eifrig, wohin geht Mutter hocherhobenen Hauptes, was hat Mutter vor?

Mutter biegt nach rechts ab und geht die Arne Bruns gate hoch, weg von mir, sie ist diesen Weg schon einmal gegangen, bestimmt, als sei sie unterwegs zu etwas, für das sie sich selbst entschieden und von dem sie niemandem etwas erzählt hat, was ist es? Ein Rendezvous? Dann würde sie anders gehen, oder würde sie nicht anders gehen? Menschen von über achtzig kommen online miteinander in Kontakt und finden jemanden für die schönen letzten Jahre, vor allem die, die ihr ganzes Leben lang mit jemandem zusammengelebt haben, jemandem, der plötzlich nicht mehr da ist, die, die nicht daran gewöhnt sind, allein zu sein, die, denen die Gesellschaft fehlt, es muss nicht unbedingt etwas mit Liebe zu tun haben. So könnte es für Mutter sein, nein, das glaube ich nicht. Oder will ich es nicht glauben? Mutter hat Ruth und Ruths Familie, und das ist genug für Mutter, aber was weiß ich schon? Es ist früher Sonntagvormittag. Mutter biegt an der Kreuzung nach rechts ab, ich biege an der Kreuzung nach rechts ab, sie wird sich nicht umdrehen, so zielstrebig, wie sie geht, ich gehe in Mutters Takt dreißig Meter hinter ihr, vorbereitet darauf, mich zu bücken und mir einen Stein aus dem Schuh zu schütteln, Schneeregen fällt, er schmilzt auf meiner Nase und meiner Oberlippe, er bleibt mir in den Wimpern hängen, ehe er schmilzt und zu Tropfen auf meiner Wange wird, das erinnert mich an … und dann ist die Erinnerung verschwunden. Mutter überquert die Straße, ich überquere die Straße, Mutter geht nach links den Bürgersteig hinauf, ich hole auf und versuche, so stark anwesend zu sein, wie ich nur kann, ich versuche, Mutter die Schwingungen meiner Anwesenheit zu senden, aber sie erreichen sie nicht, sie geht unberührt weiter, unberührt von mir, während die junge Frau, die ihr entgegenkommt, meine Nähe fühlt, so, als ob etwas sie in der Brust getroffen hätte, sie sieht mich erschrocken an und macht einen Bogen um mich, ich gehe unberührt weiter, ich ziele auf Mutter, ich hole auf, ich bin weniger als zehn Meter hinter ihr, aber Mutter spürt mich nicht, sie ist mit ihren eigenen Dingen beschäftigt, endlich allein unterwegs, ich gönne es ihr, sie geht so zielstrebig wohin, hin zu was? Sie geht schnell für eine Frau in ihrem Alter, übermütig für eine Frau in ihrem Alter, ich gehe übermütig in Mutters Takt, ich ahme Mutter nach. Sie nähert sich den Ampeln an der vielbefahrenen Hauptstraße, die Fußgänger haben Grün, Mutter geht einfach weiter, es wird Gelb, Mutter wird nicht langsamer, es wird Rot, Mutter wird nicht langsamer, Mutter hat nicht gemerkt, dass die Ampel umgesprungen ist, vielleicht sieht sie schlecht, oder sie glaubt, sie schaffe es auf die andere Seite, ehe die Autos kommen, aber sie fahren jetzt los, Mutter geht weiter, ich stürze los, um sie zurückzuhalten, dann bleibt sie ganz plötzlich stehen, als habe sie mich austricksen wollen, ich stehe auf zitternden Beinen dicht hinter ihr, und der Geruch meiner Kindheit strömt mir in der Kälte entgegen, altmodisches Parfüm vermischt sich mit dem Geruch von Hefebrötchen und Mandelöl, ich weiche zurück, überwältigt von längst vergangenen Gefühlen, Bilder flackern vor meinen Augen, ich präge sie mir ein, hebe sie mir für später auf, für eine innere Einkehr, wie ein Mönch, ich halte den Atem an, mache noch einen Schritt zurück, stoße mit einem Mann zusammen, ich schleiche mich um ihn herum und bleibe hinter ihm stehen, bis es Grün wird. Mutter geht über die Ampel, ich folge ihr bei Gelb, ich höre Kirchturmglocken in der Ferne. Auf dem Bürgersteig sind einige Menschen unterwegs, viele Körper, hinter denen ich mich verstecken kann, Mutter geht weiter in ihrem entschiedenen Tempo an den Langsameren vorbei, an Männern mit Stock und zusammengesunkenen Frauen, es werden immer mehr Leute, je näher wir der Kirche kommen, dort will sie sicher nicht hin? An der Kreuzung biegt sie nach links in den Kirkevei ab, als wollte sie in die Kirche gehen,

Mutter geht durch das Tor der Kirche und weiter zum Haupteingang, das glaube ich nicht, soll ich ihr hinterhergehen?

Dort findet keine Hochzeit statt, das würde ich sehen, auch keine Taufe, das würde ich sehen, es ist ein ganz normaler Gottesdienst, und Mutter geht dort hin? Wir sind nie in die Kirche gegangen. Am Heiligen Abend natürlich, aber das taten alle, das hatte nichts mit Glauben zu tun, es hatte mit Ritual und Brauch zu tun, es war so selbstverständlich wie die Schweinerippen, wir gingen an einem normalen Sonntag nie in die Kirche. Es muss ein Adventskonzert sein, denke ich, um mich zu beruhigen, Mutter geht auf die Treppe zu, ein Adventskonzert, denke ich, um mich zu beruhigen, warum muss ich mich beruhigen? Weil der Gedanke mich verletzt, dass Mutter eine so tiefgreifende Veränderung durchgemacht haben soll, wie sie es getan haben muss, wenn sie sich jetzt als Christin versteht, ohne dass ich davon gewusst oder daran teilgenommen habe. Der Gedanke an den Ernst, den Mutter in diesem Zusammenhang empfunden haben muss, ohne dass ich die geringste Ahnung davon hatte, verletzt mich. Warum? Ich hatte mich immer nach Mutters Ernst gesehnt! Ich hatte an Mutter nie als einen ernsten Menschen gedacht. War Mutter in meiner Abwesenheit zu einem ernsten Menschen geworden? Mutter hatte meinetwegen so gelitten, dass sie Trost im Glauben suchte? Nein, wenn sie zu einem zutiefst ernsten Menschen geworden wäre, wäre sie ans Telefon gegangen, als ich anrief. Alles andere war unmöglich. Mutter kann keine so ernsthafte Person geworden sein und zugleich keinen Kontakt zu mir wollen! Das ist unmöglich. Mutter? Die halb abgewandte Gestalt wurde zu einer mythischen, überdimensionierten Gestalt, die meine ganze Kindheit und Jugend bestimmt hatte, hatte sie sich zu etwas so Allumfassendem und Ernsthaftem wie dem christlichen Glauben bekehrt, und wollte mich trotzdem nicht sehen? Das war eine harte Strafe.

Mutter geht zusammen mit anderen ähnlich winterlich verpackten Adventsgestalten die Kirchentreppe hoch, das sind vor allem ältere Frauen, die Männer sterben, die Frauen werden Witwen und gehen in die Kirche, weil es ein Adventskonzert gibt, so muss es sein. Niemand unter vierzig. Mutter geht hinein, und ich folge ihr, bleibe im Vorraum stehen, um zu sehen, wohin sie sich setzt. Nichts weist auf ein Konzert hin, keine Instrumente, keine technische Ausrüstung, niemand scheint zu bemerken, dass ich im Vorraum stehe und meine Augen die Kirche absuchen. Die wenigen Menschen, die hereinkommen, sind auf die Treppenstufen konzentriert und erleichtert, wenn sie sie geschafft haben, sie werden immer ängstlicher, je älter sie werden, haben Angst, das Nötigste nicht mehr zu schaffen, Arzttermine, die Bahn, den Gottesdienst, sie lockern ihren Schal, nehmen die Mütze ab, ziehen die Handschuhe aus, stecken sie in Mantel- und Handtaschen, Mutter steht noch immer im Kirchenschiff, mit der Mütze auf dem Kopf, sie setzt sich als Einzige in die neunte Reihe rechts unter der Kanzel, das ist ein sehr prominenter Platz, sie kann sich vor dem Pastor nicht verstecken. Die meisten setzen sich weit nach vorn, um besser hören zu können, zwölf Menschen insgesamt, zehn Frauen, zwei Männer, ich bin die Letzte, die eintritt, ich bin die Dreizehnte am Tisch, Gregers Werle mit seinem idealistischen Anspruch, Mutter nimmt die grüne Mütze ab, und die Haare sind rot und hochgesteckt, wie sie es in meiner Erinnerung immer waren, mit einer breiten zinnfarbenen Spange am Hinterkopf, Mutter, Mutter. Ich gehe auf der linken Seite an der Wand entlang und entscheide mich für die achte Reihe, wo eine Frau neben dem Mittelgang sitzt, sie verdeckt mir den Blick auf Mutter, sie deckt mich, aber wenn ich mich vorbeuge und den Kopf drehe, kann ich hoffentlich Mutters Gesicht sehen. Ich nehme den Schal nicht ab, ich versenke mich in meinem Schal, ich bin erkältet. Ich zähle struppige Hinterköpfe, die alten Menschen vergessen, sich den Hinterkopf zu kämmen, oder sie kommen mit dem Kamm nicht mehr hin, aber Mutters Haare sind wie immer hochgesteckt, gefärbt vielleicht, aber rot. Sie wartet voller Spannung, im Gegensatz zu den anderen, die aus Gewohnheit hier sind, Mutter ist gespannt, aber worauf? Der Pastor kommt herein, weiß gekleidet und mit einer Kordel um den Körper, Mitte fünfzig und uncharismatisch, sie kann nicht seinetwegen hier sein? Er sagt, was Pastoren sagen, Wörter und Wendungen aus Gottesdiensten in der Schule, ein Hintergrundrauschen, der Herr segne und bewahre dich, der Herr lasse sein Licht über dir leuchten und sei dir gnädig, bla, bla. Orgelklänge strömen von der Empore, und alles verändert sich, wird warm, ich kenne den Choral nicht, niemand singt, ich beuge mich vor, ich sehe Mutter. Ihr Mund bewegt sich nicht, sie ist blass, aber gefasst, ihr Gesicht ungewöhnlich offen, ihr Blick fast hungrig, so wie ich ihn noch nie gesehen habe, aber ich habe ihn so lange nicht mehr gesehen. Der Pastor betet, der Pastor bittet um Vergebung der Sünden für die Anwesenden, auch für mich, ein betäubendes Gemurmel, der Pastor steigt auf die Kanzel, die Anwesenden heben ihm die Gesichter entgegen, er beugt sich vor und spricht über den Beginn des Leidens, mit tonloser weicher Stimme. *Wenn ihr von Kriegen hört und es Gerüchte über Krieg gibt, lasst euch nicht erschrecken. Es muss geschehen, aber noch ist das Ende nicht gekommen. Es wird an vielen Orten Erdbeben geben, und es wird Hungersnöte geben. Das hier ist der Beginn der Geburtswehen.* Die Frau neben mir nickt ein, Mutter hört aufmerksam zu. *Seid auf der Hut. Sie werden euch vor Gericht stellen, sie werden euch in den Synagogen geißeln. Bruder wird Bruder in den Tod schicken, und ein Vater sein Kind, und Kinder werden sich gegen ihre Eltern erheben und deren Tod verursachen,* sagt er mit ruhiger, neutraler Stimme. *Aber wer bis zum Ende aushält, wird erlöst werden.* Mutters braune Augen sind auf die vorgebeugte schläfrige Gestalt des Geistlichen gerichtet, ich verstehe es nicht. *Wenn ihr das Widerwärtige seht, das zerstört, dann müssen die, die in Judäa weilen, in die Berge fliehen. Der auf dem Dach ist, darf nicht nach unten und ins Haus gehen und etwas mitnehmen, und der draußen auf dem Feld ist, darf nicht nach Hause eilen, um den Umhang zu holen. Bittet aber, dass eure Flucht nicht geschehe im Winter.* Der Winter kommt, die Kirchenbank ist kalt, die Kälte dringt mir durch die Kleider und durch die Haut, sie dringt mir bis ins Mark und bis in den Kopf und legt sich über mein Gehirn wie ein Helm. *Denn in diesen Tagen wird eine Zeit der Not kommen, wie es noch nie eine gegeben hat und wie es nie wieder eine geben wird.* Der Pastor blättert um, er blättert, muss zurückblättern, nimmt seine Brille, findet die richtige Stelle und macht weiter, während der Schneeregen von draußen auf die Bleiglasfenster trifft.

Die Sonne wird sich verfinstern
und der Mond blutrot scheinen,
und die Sterne werden ihr Licht verhalten
und die Kräfte der Himmel werden sich bewegen.
Sie werden den Menschensohn mit großer Macht und Herrlichkeit in die Wolken treten sehen.

Wieder schaue ich zu Mutter hinüber, Mutter weint, Tränen fallen aus Mutters Augen, es ist unglaublich, Mutter weint. Elisabeth war alt und hatte die Hoffnung auf ein Kind aufgegeben, aber ein Engel des Herrn kam zu Zacharias und sagte, Elisabeth werde ihm einen Sohn gebären und er solle ihn Johannes nennen, Mutter weint. Zacharias konnte es nicht glauben, denn er war alt, und auch Elisabeth war alt, aber der Engel erwiderte, er sei Gabriel, der für Gottes Antlitz stehe, und dass Zacharias, weil er nicht glaubte, verstummen würde, und Zacharias verstummte, aber Elisabeth wurde schwanger und gebar einen Sohn, und alle, die kamen, meinten, er müsse Zacharias heißen wie sein Vater, aber Elisabeth sagte, er solle Johannes heißen, Mutter weint. Die Leute sagten, niemand in der Sippe habe jemals Johannes geheißen, und gaben dem Vater, Zacharias, Zeichen, um zu erfahren, wie das Kind seiner Ansicht nach heißen sollte, er bat um eine Tafel und schrieb: Sein Name sei Johannes. Und alle staunten, und im selben Moment löste sich das Band seiner Zunge, und er begann, Gott zu lobpreisen. Mutters schmale Schultern beben, Mutters erbärmliche Gestalt bebt, und ich verstehe: Sie geht in die Kirche, um zu weinen.

Ich hätte nicht sehen dürfen, was ich gesehen habe. Ich bin eingedrungen, ich bin die Nichtwillkommene, die Unbefugte, die Dreizehnte am Tisch, für die es keine chinesische Tasse mehr gibt, und trotzdem gehe ich nicht, denn das Leid ist eine Kette, die die magische Wollust bringt, die das Glück niemals schenken kann. Ich umklammere die Bank, senke den Kopf, schließe die Ohren, sperre die Geräusche des Kirchenraums aus, lasse es dunkel werden hinter meiner kalten Stirn, ich zähle, und es gelingt mir. Wie lange ich so sitze, weiß ich nicht, plötzlich höre ich die Orgel, *Bleib bei mir*. Es ist Abend, es ist Adventszeit, der Winter kommt, die Nacht kommt, und es gibt keine andere Hilfe. Ich schlinge mir die Arme um den Leib und beuge mich vor, Mutter weint, ach, du Helfer der Hilflosen, Mutters Augen laufen über, *und bald verschwindet der Tag des Lebens, es will Abend werden, es wird finster, das Licht der Welt verschwindet,* Mutter hebt die Hand und wischt sich die Tränen ab, mein Hals brennt, ich wehre mich dagegen, *der Schatten der Veränderung begleitet dich auf deinem Weg, aber du veränderst dich nicht, du veränderst dich nicht, du veränderst dich nicht, bleib bei mir.*

Die Menschen um mich herum erheben sich, die Frau neben mir ist aufgestanden, bewegt sich langsam auf den Mittelgang zu, Mutter bleibt sitzen, öffnet ihre Tasche, nimmt ein Taschentuch heraus, wischt sich rasch das Gesicht ab und legt das Taschentuch zurück, sie streckt ihren Rücken, sie schüttelt etwas ab mit einer Bewegung ihrer Schulter, die mich an etwas erinnert, aber dann ist die Erinnerung weg. Mutter hebt den Kopf und geht mit derselben Entschlossenheit hinaus, mit der sie hereingekommen ist, ich bleibe sitzen. Der Küster kommt zu mir und fragt, ob ich mit dem Pastor sprechen möchte, ich schüttele den Kopf und stehe auf, gehe hinaus in den Vorraum, der ist leer, niemand wartet. Mutter wird bald zu Hause sein, die grüne Mütze tief ins Gesicht gezogen. Ich sehe sie vor mir in der Arne Bruns gate 22, es ist Zeit aufzuhören.

Draußen hängt der Himmel grau bis auf die Straße, sie ist schwarz und blank und voller verfaulender Blätter, es ist dunkel, und die Menschen tragen dunkle Kleidung, um mit der Dunkelheit zu verschwimmen und nicht gesehen zu werden, und sie haben dunkle Ringe unter den Augen, und ihre Herzen sind dunkel unter den dunklen Kleidern. Das Auto steht dunkel zwischen den anderen dunklen Autos, ich steige ein und lasse den Motor an, das Armaturenbrett leuchtet auf, na gut. Ich halte mich an die Verkehrsregeln, blinke in jedem Kreisverkehr, halte mich an die Geschwindigkeitsbegrenzung, folge den Schildern *sklavisch,* das erfordert Aufmerksamkeit, bald bin ich oben. Oben im Kollevei schneit es weiß, noch weiter oben liegt Schnee, weiß, noch weiter oben ist er wie eine weiche wärmende Decke, die alles Scharfe weich werden lässt. Ich bin da, die Straße ist freigeräumt, aber der Weg ist verschneit, ich sinke ein bis an die Knie, ich sinke bis zur Hüfte ein, mein Rucksack ist schwer, und ich spiele mit dem Gedanken, die Hälfte herauszunehmen und zweimal zu gehen, wie auf einer Polarexpedition, aber ich rechne aus, dass ich keine Zeit sparen würde, ich brauche auch keine Zeit sparen, ich kämpfe mich durch den Schnee, und mein Kopf kann sich ausruhen, ich finde einen Rhythmus, ich bin eine dicke Ente. Ich überquere die Wiese nicht, sondern gehe am Rand entlang in den Wald, wo die Kiefern so dicht stehen, dass zwischen ihnen kein Schnee liegt, die Erde atmet, ich kreise um die Hütte und sehe sie nach jedem Schritt in einem neuen Winkel, ich durchquere den Schnee erst dort, wo die Entfernung die kleinste ist, es sind nur dreißig Meter, ich komme von der Rückseite, stelle den Rucksack auf die Steinplatte und schiebe die Türschwelle frei, so, ja, geschafft. Ich heize den Ofen ein, heize den Steinkamin, öffne die Flasche Rotwein, sie ist nicht kalt geworden. Ich sitze auf dem Küchenhocker und warte auf Mutters achtzehn Grad, sehe hinaus auf die Wiese ohne Fußspuren, sie liegt glitzernd im kleinen gelben Licht meiner Fenster, der Mond hängt am Himmel wie ein umgekehrter Suppenteller. Sonntag, erster Dezember, es ist zehn Uhr, ich rufe Mutter an, sie geht nicht ans Telefon.

Dezember, Adventskalender. Morgens öffnete ich das Türchen und war gespannt, weil das der Sinn der Sache war. Dahinter lagen eine gelbe Plastikfigur, ein Schaf oder ein Hirte. Hinter Türchen einundzwanzig lag ein gelber Plastikring, auf den freute ich mich, aber ich musste bis zum einundzwanzigsten Dezember warten, ich hatte verbotenerweise nachgeschaut und hielt den Ring für ein Lockmittel, denn was hatte der Ring mit dem Jesuskind zu tun? Ruths Zimmer war neben meinem, wie machte Ruth es mit dem Kalender und den gelben Plastikschafen, ich wusste es nicht. Am Heiligen Abend gab es Maria mit dem Jesuskind, das wusste ich, denn ich hatte nachgeschaut, obwohl das nicht erlaubt war. Ich hatte nicht gehofft, etwas Interessanteres hinter den Türchen zu finden, wenn ich sie öffnete, verbotenerweise oder nicht. Mit dem Kalender ging eine Angst davor einher, dass mein Spinksen entdeckt werden könnte. Spinkste Ruth heimlich nach? Was wusste ich schon. Die Morgen waren dunkel und kalt, die Tage kurz und traurig, die Bäume standen schwarz, die Büsche hingen zerzaust, die Gartenzäune sanken mutlos in sich zusammen, das Tor quietschte in den Angeln, die wenigen Vögel, die nicht weggeflogen und geflohen waren, zwitscherten wehmütig, aber eines Morgens, als ich das Rollo hochzog, war die Welt hell und neu, reiner Schnee war gefallen, das kühle weiße Laken des Himmels hatte sich über Beerensträucher und schmiedeeiserne Tore gesenkt, auch der große Apfelbaum war eingeschneit.

Die Nacht ist eisenblau und eisengrau, am Morgen war noch mehr Schnee gefallen, die Welt ist weiß, und es taucht ein Spalt auf im Jetzt, es öffnet sich ein Loch in der Zeit, es war Sonntag, wir wollten einen Ausflug machen. Jeden Sonntag machten wir einen Ausflug, zu Fuß oder auf Skiern, wenn das Wetter war wie heute, an diesem Sonntag. Vater und Mutter und Ruth und ich auf Skitour von Vassbuseter nach Trovann, aber an diesem Sonntag war Mutter krank. Ich lag noch im Bett, Ruth und ich lagen beide noch in unseren Betten, wie wir es Sonntagmorgen immer taten, wenn Mutter und Vater in der Küche saßen und Kaffee tranken. Der Kaffeeduft füllte das ganze Haus, und all unsere Bewegungen waren langsamer als an den anderen Morgen der Woche, ich hatte wie immer die Tür angelehnt und lauschte, als Mutter sagte: Ich bin nicht ganz in Form. Ich streckte die Hand aus und öffnete die Tür noch etwas weiter, meine Ohren strengten sich an, Mutter sagte: Ich habe es schon gestern gemerkt, ich war nicht ganz in Form, der Kopf, du weißt, und mir ist ganz schwummrig. Das war etwas, das ich mir merken wollte: *der Kopf, du weißt, und mir ist ganz schwummrig.* Ich hatte in der Nacht Albträume gehabt und war zu ihnen ins Wohnzimmer gegangen und hatte gehofft, dass Mutter mich in mein Zimmer bringen würde, wie es manchmal vorkam, wenn ich zu ihnen ging, nachdem ich einen Albtraum gehabt hatte, aber sie sagte: Geh ins Bett, Johanna. Und trotzdem blieb ich stehen, in der Hoffnung, dass sie doch mitkommen und mich ins Bett bringen und die Bettdecke feststopfen würde, so dass die roten Haare, die sie abends offen trug, wenn Vater zu Hause war, mich im Gesicht kitzelten und nach Mandeln dufteten, weil sie ihr eigenes besonderes Shampoo hatte, das die Haare fülliger und glänzender machte, das ich manchmal stahl, woraufhin ich Angst bekam, dass sie den Diebstahl an meinen Haaren riechen würde. Geh ins Bett, sagte sie, und ich ging ins Bett, aber vom Bett aus hörte ich Vater sagen: *Nicht sie schon wieder.* Vater hörte sich an, als hätte Mutter meinetwegen Kopfschmerzen bekommen und als wäre ihr meinetwegen ganz schwummrig.

Wenn man wüsste, wenn man in jungen Jahren verstünde, wie entscheidend die Kindheit ist, würde man niemals wagen, selbst Kinder zu bekommen.

Mutter konnte krank werden wie alle anderen auch. Vater konnte nicht darauf bestehen, dass Mutter mit Kopfschmerzen auf Skiern von Vassbuseter nach Trovann fuhr. Als ich hörte, dass Mutter krank war, wurde ich krank, und mir war ganz schwummrig. Ich lag unter der blau karierten Decke, deshalb hatte der blau karierte Bettbezug alle Umzüge überlebt, das wurde mir jetzt klar, Mutter hustete, ich hustete, Vater stand auf und ging hinaus auf den Flur, öffnete Ruths Tür und fragte: Ruth? Er wartete keine Antwort ab, er öffnete meine Tür und fragte: Johanna? Er wartete keine Antwort ab, er sagte zu uns beiden, wir müssten aufstehen und uns warm anziehen, weil wir nach Vassbuseter und von dort nach Trovann wollten. Ich hustete und sagte, ich hätte Kopfschmerzen und mir sei ganz schwummrig. Vater kam herein, machte Licht, ging zum Fenster und zog das Rollo hoch, die Sonne schien hell, das geht gerade um, sagte ich. Vater ging hinaus in die Küche und sagte zu Mutter, ich hätte gesagt, ich sei krank. Ich stellte mir vor, wie Mutter auf dem Stuhl etwas kleiner wurde, sie hatte sich darauf gefreut, einen ganzen Tag allein zu sein, und jetzt hatte ich durch mein Kranksein alles verdorben. Vater fragte, ob sie finde, wir alle sollten zu Hause bleiben, auf den Ausflug verzichten, aber Mutter sagte, nein, nein, sie bestand darauf, dass Vater Ski fuhr, mit einer Stimme, die nicht krank war. Ich lag mucksmäuschenstill da. Mutter stand auf, der Holzstuhl knackte, dann stand sie in meiner Tür: Vater *sagt,* du bist krank? Ich habe Kopfschmerzen, und mir ist ganz schwummrig, sagte ich, das geht gerade um, sagte ich. Sie antwortete nicht. Ich glaube, es ist besser, ich bleibe den ganzen Tag im Bett liegen, sagte ich, damit sie begriff, dass ich sie nicht stören würde. Ich hoffte und fürchtete, sie würde mir die Hand auf die Stirn legen, um festzustellen, ob sie heiß war, und dann festzustellen, dass sie kalt war, aber das passierte nicht, sie ging.

Ich war erst in Sicherheit, als sie gegangen waren. Ruth war aufgestanden und hatte sich angezogen, Mutter hatte Frühstück gemacht, obwohl sie krank war, hatte Brote geschmiert und Kakao in die Thermoskanne gefüllt, die Vater in den Rucksack packte, ich hörte alles, dann gingen sie alle nach unten, die Haustür ging auf, und ich glaubte, die kalte Winterluft zu spüren, ich hörte Mutter sagen: Viel Vergnügen, ich hörte Vater antworten: Das wird wunderbar, und ich dachte, er freute sich darüber, dass ich krank war. Denn weil erst Mutter krank geworden war und ich dann auch krank geworden war, konnte er allein mit Ruth von Vassbuseter nach Trovann fahren. Die Haustür fiel zu, ich wartete auf Mutter, sie kam nicht. Sie räumte auf, sie war allein, sie wünschte sich einen strahlenden Wintersonntagvormittag ganz für sich allein. Sie hatte am Vortag den Wetterbericht gesehen und sich einen

Plan gemacht, aber dann ging ihr Plan nicht auf, denn ich wurde krank. Und vielleicht hatte sie den Verdacht, dass ich nur behauptet hatte, ich sei krank, ohne es zu sein, nur um ihr alles zu ruinieren, aber dieser Gedanke durfte nicht gedacht werden, ich verdrängte den Gedanken. Mutter glaubte, ich sei krank, und ich musste sie in diesem Glauben lassen, den ganzen Tag schlapp und stumm unter der Decke liegen. Aber warum wurde ich krank, wenn Mutter krank wurde, wenn ich vorhatte, den ganzen Tag stumm unter der Decke zu liegen, wozu war meine Krankheit dann gut, ich weiß es nicht. Ich hörte Mutter auf der Treppe, mit schweren Schritten, denn ich lag in meinem Zimmer und hinderte sie an ihrer Freude. Ich wollte mucksmäuschenstill liegen, damit Mutter aus ihrem Tag allein so viel herausholen könnte, um sich später vielleicht danach zu sehnen, mit jemandem zusammen zu sein, zum Beispiel mit mir, ich schloss die Augen, um besser zu hören. Sie ging ins Schlafzimmer und legte sich hin. Das hatte ich nicht erwartet. Sie wollte schlafen. Ich versuchte auch zu schlafen, aber das konnte ich nicht, ich hörte die Bettwäsche knistern, wenn ich atmete, ich hörte auf zu atmen, um es nicht zu hören, ich schob mir die Bettdecke bis zur Hüfte, damit sie sich nicht bewegte, wenn ich atmete, nun hörte ich eine Art Summen in meinem Kopf, ich schlug ihn gegen die Wand, damit es aufhörte, das ging, es wurde warm hinter meinen Augen, auf eine gute Weise, dann hörte ich Tiere in der Wand kratzen und den Schnee von den Zweigen des Apfelbaumes draußen fallen, Mutter schlief. Oder Mutter konnte meinetwegen nicht schlafen, so wie ich ihretwegen nicht schlafen konnte? Ich musste pinkeln, aber ich wollte nicht pinkeln gehen, um Mutter nicht zu wecken, wenn sie trotz allem, was ich machte, eingeschlafen war. Ich weiß nicht, wie lange es dauerte, bis ich Mutters Tür und ihre zaghaften Schritte im Gang hörte. Mutter kostete die Sonntagsstille und das Alleinsein aus und versuchte zu vergessen, dass ich in der Nähe war, vielleicht gelang ihr das. Ich wollte und wollte nicht, dass sie es schaffte. Mutter ging ins Badezimmer und schloss die Tür ab, wenn sie allein gewesen wäre, hätte sie die Tür nicht abgeschlossen, dann wäre sie bei offener Tür aufs Klo gegangen, worauf sie sich gefreut hatte, doch das konnte sie nicht tun, meinetwegen. Meine Nähe war ihr also bewusst, das war gut. Mutter spülte, ging hinaus und in die Küche. Das Wasser lief, sie würde Kaffee kochen und zu mir kommen. Das Wasser lief nicht mehr, der Kaffee war aufgesetzt, Mutter kam nicht zu mir. Der Kaffee war fertig, es duftete nach Kaffee, Kaffeeduft dämpft Angst, Mutter kam nicht. Sie goss Kaffee in die grüne Tasse mit dem Goldrand, die Mutter meiner Kindheit war grün. Sie öffnete den Schrank, Kekspapier knisterte, sie würde zum Kaffee Schokoladenkekse essen, weil Sonntag war und weil sie vergessen hatte, dass ich auch noch da war. Mutter saß auf Vaters Platz und schaute hinaus auf die weißen Wiesen mit den weißen Birken am Rand, auf den Apfelbaum am Tor, der so hohe Zweige hatte, dass ich sie vom Fenster aus hätte berühren können. Mutter war ganz schwummrig. Sie saß auf Vaters Platz und schaute hinaus in die Landschaft, auf die sie beschränkt war, der sie nicht entkommen konnte, zwei Kinder und ein Mann, um die sie sich kümmern musste, das war ihre Aufgabe, Mutter starrte mit leerem Blick auf die Wiese: Wer hätte gedacht, dass das mein Leben ist! Ich empfand so großes Mitleid mit Mutter, ich brannte darauf, es ihr zu zeigen, ich hatte den Drang, hinauszulaufen und Mutter zu umarmen und zu trösten, ihr zu danken, weil sie blieb, obwohl sie natürlich am liebsten weggegangen wäre. Aber es war vielleicht meine eigene Unmöglichkeit, die ich damals in Mutter hineinprojizierte, denke ich heute, mein eigener Wunsch zu entkommen, den ich nicht wahrzunehmen wagte, weil ich noch viel mehr in dem viereckigen gelben Haus eingeschlossen war als Mutter. Aber vielleicht lag ich auch falsch, vielleicht war Mutter zufrieden, vielleicht saß Mutter vollkommen glücklich in der Küche und schaute hinaus auf etwas, das sie als vertraut und liebgewonnen betrachtete, das heißt, sie wäre vollkommen glücklich gewesen, wenn ihre ältere Tochter nicht krank im Nebenzimmer gelegen hätte. Wie ging es Mutter? Ich wollte hinauslaufen und die Arme um sie legen, in der Hoffnung, dass sie mich an sich ziehen, ihr trauriges Gesicht an meins schmiegen und sagen würde: mein Mädchen, so dass wir zusammen traurig sein könnten, nicht jede für sich allein. Ich tat es nicht, ich wagte es nicht, aufs Klo zu gehen, um keine Enttäuschung in Mutters braunen Augen zu sehen bei meinem Anblick, beim Anblick dieser unmöglichen, ermüdenden Fürsorgeaufgabe, von der sie befreit werden wollte. Mutter holte sich noch einen

Schokoladenkeks, und ich konnte es nicht mehr aushalten, stand, so lautlos ich konnte, aus dem Bett auf und schlich ins Badezimmer, Mutter hörte mich nicht oder wollte mich nicht hören, sie saß, wie ich es mir vorgestellt hatte, auf Vaters Platz, mit dem Rücken zu mir und den übrigen Zimmern, das Gesicht der Wiese und den Bäumen zugekehrt, ich schloss die Tür, legte Klopapier in die Schüssel, um das Geräusch zu dämpfen, aber ich musste trotzdem spülen, als ich fertig war, es rauschte und rauschte, als es still wurde, horchte ich auf Mutter, öffnete vorsichtig die Tür und sah sie genauso dasitzen wie vorher, bewegungslos das Gesicht zum Fenster gerichtet, ich schlich mich zurück und legte mich in mein Bett, mein Herz zitterte. Vielleicht war Mutter wirklich todkrank. Wieder wollte ich hinausstürzen und die Arme um sie schlingen, wieder tat ich es nicht. Wenn Mutter starb, würde ich auch sterben, daran gab es keinen Zweifel. Von meiner Stirn aus verbreitete sich eine Kälte bis zu meinen Schultern, als ich Mutters Schritte im Gang hörte, und das Herz schlug mir bis zum Hals, so dass ich kaum noch atmen konnte, ich kniff die Augen zusammen. Sie stand in der Tür, es roch nach Mutternacht und Morgenrock. Du bist also krank, sagte sie, ich nickte. Sie schwieg, sie fragte sich, was sie sagen sollte, ich fragte mich das auch. Was hätte sie getan, wenn ich nicht da gewesen wäre, wenn es mich nicht gäbe?

Sie sagte: Bist du gesund genug, um in der Küche zu frühstücken. Was war jetzt die richtige Antwort? Ich vermutete, dass sie allein frühstücken wollte. Ich antwortete, es wäre bestimmt besser, wenn ich in meinem Zimmer bliebe, sie ging. Es hörte sich an, als ob sie mehr Kaffee in die grüne Tasse mit dem Goldrand gösse und sich auf Vaters Platz setzte, vielleicht hatte ich die falsche Antwort gegeben. Sie zog eine Schublade heraus und öffnete den Küchenschrank, ich lag mit geschlossenen Augen da und lauschte dem Wasser, das lief, einem Topf auf dem Herd, einem Messer auf einem Teller und Schritten in meine Richtung, sie stieß die Tür mit dem Fuß auf, kam mit einem Tablett herein und sagte, ich solle mich hinsetzen, stellte mir das Tablett auf die Knie, jetzt kannst du Prinzessin sein, dann ging sie. Auf dem Tablett waren ein gekochtes Ei, ein Salzstreuer, Messer, Teelöffel, ein Teller mit zwei Scheiben Brot, eine mit Ziegenkäse, eine mit Marmelade, ein Glas Milch, eine Serviette mit goldenen Sternen, die Weihnachten übrig geblieben war.

Ich lauschte nach ihr, hörte nichts, saß sie in der Küche und lauschte nach mir? Wie viel isst jemand, der so krank ist wie ich? Wenn wir erkältet waren, verquirlte Mutter ein Eidotter in Sahne und presste eine Apfelsine für uns aus, denn wer krank ist, braucht Nährstoffe, um gesund zu werden, ich wollte das Ei essen. Ich schlug ihm den Kopf ab, aber zu hart und zu weit unten, das Dotter floss über das Glas und die Serviette, ich leckte so viel Dotter ab, wie ich schaffte, und aß den Rest des Eis, wischte alles mit der Serviette auf, faltete sie zu einem Viereck zusammen und stopfte sie in die leere Schale, ich trank einen Schluck Milch, und dann wartete ich.

Schritte auf dem Gang und Mutter in der Tür, ihrem Gesicht nach zu urteilen, hatte ich die richtige Menge gegessen, sie trug das Tablett hinaus und kam mit ihrer Silberbürste zurück, sie setzte sich auf meine Bettkante und fragte, ob ich ihre Haare bürsten wolle. Ich hatte die Silberbürste heimlich benutzt, das wusste sie, ich konnte sie nicht nehmen. Sie drehte sich fragend zu mir um, ich nahm die Bürste, berührte damit vorsichtig ihren Kopf und zog sie vorsichtig nach unten, hob sie, du machst es nicht richtig, sagte Mutter, ich wagte nicht, stärker aufzudrücken, die Bürste war zu schwer, mir war wirklich ganz schwummrig. Mutter seufzte, nahm mir die Bürste ab und ging damit hinaus, sie legte sie auf die Kommode unter dem Spiegel im Schlafzimmer von Mutter und Vater, wo sie normalerweise lag, kam wieder herein und sagte, ich solle aufstehen und den Bademantel anziehen, sie wartete, während ich das tat, sagte, ich solle mit in die Küche kommen, sie nahm die Kiste mit den Zeichensachen der Familie hervor, zog einen Stuhl heran, setzte sich und sagte, ich solle sie zeichnen, sie musste wirklich schrecklich krank sein.

Ich war eine gute Zeichnerin. Das musste man mir lassen. Vater hielt nichts vom Zeichnen, es gibt Fotoapparate, sagte Vater, wenn Mutter sagte, als Kind sei sie sehr gut darin gewesen, Blumen zu zeichnen, er schenkte Mutter zum Geburtstag einen Fotoapparat, sie benutzte ihn nie, aber als ich im Biologieunterricht Hummeln gezeichnet hatte und Mutter Vater die Zeichnungen zeigte, sagte er:

Die Kleine ist eine gute Zeichnerin, das muss man ihr lassen. Ich setzte mich an den Tisch und schlug den Block auf. Wenn ich nachts nicht schlafen konnte, stellte ich mir vor, dass Mutter von Räubern entführt wurde, aber wenn ich sie so zeichnen könnte, dass sie zu erkennen wäre, würde sie freigelassen werden, ich durfte nur drei Farben benutzen, entschied mich für Schwarz, Rot, Braun. Ich strichelte Mutters herzförmiges Gesicht und Mutters Augen mit Schwarz, zeichnete große ellipsenförmige Pupillen in die braunen Augen, den Mund wie ein rotes Herz im Herzgesicht, am Ende die offenen Haare, so wie es den Räubern gefiel, zuerst mit Rot, dann darüber Braun, und Mutter wurde freigelassen und war dankbar, weil ich sie gerettet hatte, und ich schlief ein, ich zeichnete Mutter im Schlaf.

Ich fragte, wie viele Farben ich nehmen dürfe, so viele ich wollte, sie sah mich mit etwas an, das Ähnlichkeit mit herausfordernder Erwartung hatte, schmale, zusammengekniffene Augen und ein Grinsen um den Mund, das ich nicht deuten konnte, ich hing in der losen Luft, die Angst des Tormanns beim Elfmeter.

Was wollte Mutter? Fragte sie sich wirklich, wie sie in meinen Augen aussah? Das war ein verlockender Gedanke. Ich nahm den braunen Stift und zeichnete ihre schmalen Augen, ich musste ehrlich und wahrhaftig sein. Unser Lehrer sagte, der Zweite Weltkrieg hätte sich vermeiden lassen, wenn die Leute ehrlich und wahrhaftig gewesen und ihren Herzen gefolgt wären, trotz der Androhungen von Strafen, *Repressalien*. Ich begriff, was er meinte, nahm den roten Stift und zeichnete den Mund, der sagte: Hast du keinen Respekt vor deiner Mutter? Gesagt wie eine Anklage, aber in der Grammatik einer Frage, denn ich hatte nicht den Respekt vor ihr, den ich ihrer Meinung nach haben sollte. Ich begriff zu viel, ohne es zu begreifen, ich hatte es in der Hand, zeichnete Mutters für Vater offene Haare, an denen Vater mit geschlossenen Augen roch, Vater liebte Mutters Haare, aber er hatte keinen Respekt vor Mutter oder Hamar, wo sie aufgewachsen war, vielleicht ohne als vollwertiges Familienmitglied respektiert zu werden, ich zeichnete den kleinen Hof im Hintergrund, Mutter wünschte sich von mir den Respekt, den sie von anderen nicht bekommen hatte, sie konnte es selbst nicht erkennen, sie hatte blinde Flecken, die zeichnete ich, ich zeichnete das, was ich ahnte, was ich unklar fühlte, sie fragte, ob ich bald fertig sei, ich zeichnete eine Gedankenblase über ihren Kopf, dann blieben nur noch die Hände, ich ließ sie die Hände in die Taschen stecken.

Mutter wurde blass. Das Feuer aus Hamar erlosch. Mutter hob das Blatt an ihr Gesicht und besiegte den Drang, es zusammenzuknüllen, sie hatte ja geahnt, dass ich mich verraten würde.

Sie legte das Blatt auf den Herd, aber die Platten waren ausgeschaltet. Sie fragte, ob ich meine, sie solle es Vater zeigen, ich schüttelte den Kopf. Sie fragte, ob sie es einrahmen und ins Wohnzimmer hängen solle. Ich schüttelte den Kopf. Sie sagte, ich könne es in die Zigarrenkiste legen, die ich unter dem Bett versteckt hatte. Mir stieg das Blut in den Kopf, sie wusste von der Kiste, hatte sie sie geöffnet? Sie ging an mir vorbei aus der Küche ins Schlafzimmer und schloss die Tür, ab hier gab es keinen Ausweg. Ich hatte in Geheimschrift geschrieben, aber hatte sie sie entschlüsselt? Dann müsste ich sterben. Wenn ich Gefühle in den Beinen gehabt hätte, wäre ich hinausgelaufen und hätte mich in den Fluss gestürzt, dann stand sie plötzlich vor mir mit den Händen hinter dem Rücken: links oder rechts?

Was hatte sie vor? Sie starrte mich an, ich hob einen tauben Arm zu ihrer linken Seite, und sie streckte die Hand aus, darin lag eine Blechdose, ich schaute auf, sie nickte energisch, und ich griff unsicher danach. Aufmachen, sagte sie, und ich machte sie auf, darin lagen Papierfetzen. Das bin ich, sagte sie und zeigte auf die Blechdose, holte die Zeichnung vom Herd, zeigte darauf und sagte: Das bist du! Leg das in deine Schatzkiste und versteck sie besser, sagte sie, schob mich hinaus, ich ging mit der Dose in mein Zimmer und setzte mich aufs Bett, sie musste sehr krank sein.

Sie ließ Wasser in die Badewanne laufen, ich wartete, bis ich hörte, dass sie hineinstieg, kroch unter das Bett, nahm die Zigarrenkiste und öffnete sie mit Mutters Augen. Es war nicht so schrecklich, wie ich es mir vorgestellt hatte. Viele Zeichnungen stellten sie dar, aber sie waren für die Räuber gezeichnet, ein Schreibheft mit Geheimschrift, die konnte sie nicht geknackt haben, ich begriff sie selbst nicht mehr, eine kleine Seite beschrieben in normaler Schrift, da stand nicht, dass Mutter gemein war, ein Fünförestück, das ich auf der Straße gefunden hatte und das Glück bringen sollte. Ich legte die Blechdose und die Zeichnungen in die Kiste und stellte sie wieder unter das Bett, ich lag darauf wie ein Baumstamm, zählte viereckige Klötze vor meinen Augen, schob sie von der einen Seite vor meiner Stirn auf die andere, war bis dreihundertvierundachtzig gekommen, als ich das Auto hörte, ich ging zum Fenster und sah sie aussteigen. Sie sahen aus wie immer, als wäre alles wie immer. Vater hob die Skier vom Dach und stellte sie in die Garage, Ruth wartete, dann nahm er sie an der Hand, und sie gingen zusammen ins Haus, schauten nicht zu meinem Fenster hoch, als wäre alles wie immer. Ich legte mich hin und lauschte nach Mutter. Auch sie hatte das Auto gehört, sie öffnete die Tür für die beiden und war gesund. Es sollte Spaghetti zum Essen geben, obwohl Sonntag war, weil sie krank gewesen war. Verschleierte Bauernmädchen zum Nachtisch, denn die waren auch leicht zuzubereiten, wenn man die Zutaten im Haus hatte. Ich hörte Mutter Spaghetti kochen, während Ruth unter dem Tisch saß wie in einem Roman, Mutter fischte eine Spaghetti aus dem Kochtopf und schleuderte sie gegen die Fliesen hinter dem Herd, sie war gar. Ich saß mit den anderen zusammen am Tisch, ich war auch gesund, angesteckt von Mutter, und sollte am nächsten Morgen in die Schule gehen, den Vormittag schien es gar nicht gegeben zu haben. Für den Rest des Abends bügelte Mutter.

Die Winterkälte ist gekommen und mit ihr der Schneeregen, ich schaue auf den bleigrauen Fjord und frage mich: Was mache ich hier? Die Hügel sehen mich mit kalten Augen an, ich bin hier nicht mehr zu Hause als anderswo, was will ich hier? Wer weggelaufen ist, findet nicht mehr nach Hause, warum fahre ich nicht an einen Ort, an dem ich noch nie gewesen bin, und verstecke mich dort? Ich fahre zur Hütte auf der mageren Lichtung und schließe die Tür, aber der Wind brüllt und reißt, der Regen prasselt auf das Dach, meine Gedanken wirbeln durcheinander, und ich winde mich, weil ich allein bin. Mein Herz tut weh und zuckt gefangen hinter meinen Rippen. Heimatlos habe ich mich gemacht, und heimatlos bin ich, und die Unruhe legt sich nicht. Der Hagel peitscht gegen die Fensterscheibe, und Zähne nagen an den Wänden, Stahlknöchel an den Türen, Pfoten trotten, Wesen seufzen und wollen herein, und das Entsetzen kommt, und die große Dunkelheit steigt aus dem Wald auf, und über mir hängt der Himmel tief wie ein Stein.

Wenn sie die Geheimschrift gelesen hätte, hätte sie nachts nicht ruhig schlafen können, aber sie schlief. Ich lag wach und hörte die Schlafgeräusche aus dem Zimmer der beiden. Ich wollte tun, was sie gesagt hatte, vielleicht war das wichtiger, als dass ich sie verstand, es war etwas in ihrem Blick gewesen, als sie mich angesehen hatte, und ich wollte die Kiste auch selbst loswerden. Ich holte sie unter dem Bett hervor und legte sie zusammen mit einer Taschenlampe, dem Stemmeisen und einem Löffel, den ich vom Nachtisch mitgeschmuggelt hatte, in meinen Turnbeutel, ich zog Wollpullover und Wollstrumpfhose und dicke Socken an, schlich mich zum Fenster und öffnete es, kalter Wind in meinem Gesicht, es war still, kein Geräusch, es war wegen des Schnees nicht so dunkel wie letzte Nacht, ich hatte das schon oft getan. Ich kletterte am Apfelbaum hinunter und ging dicht an der Wand entlang, um keine Spuren zu hinterlassen, von der Treppe aus sprang ich zu den Büschen am Zaun von Frau Benzen, sie hatten Dornen, die auch im Winter stachen, aber ich war dick angezogen. Ich kroch in mein heimliches Versteck, wo niemand mich finden konnte. Dort, wo der Maschendrahtzaun zwischen den Gärten nicht ganz bis zum Boden reichte, grub ich ein Loch in den Boden, das groß genug war für die Zigarrenkiste, auf Frau Benzens Seite, sicherheitshalber, ich legte die Erde, die ich ausgegraben hatte, auf die Schachtel, klopfte sie fest und legte Blätter als Tarnung darüber, ich kroch hinaus und ging denselben Weg zurück, den ich gekommen war, ich kletterte nach oben, schloss das Fenster, legte mich ins Bett und hatte das Gefühl, mich von einer schweren Last befreit zu haben.

Ich fahre in die Stadt und ziehe mich warm an, ich will spazieren gehen. Es ist halb neun, ich will um zehn oder später dort sein, und die Leute werden vor dem Fernseher sitzen oder gerade ins Bett gehen. Ich könnte auch bis nachts warten, aber das kann *unheimlich* werden. Ich gehe durch den Abend. Es ist dunkel, aber das Zentrum ist erleuchtet, die Weihnachtsdekoration glitzert und funkelt, ich gehe durch den Teil der Stadt, der neu und deshalb ungefährlich ist, durch Schneematsch und Pfützen, ich gehe, aber ich habe dicke Stiefel an, einen dicken Mantel, Mütze, Handschuhe, die Menschen eilen niedergedrückt und niedergeschlagen von ihren Tüten über die Straßen, ich komme in den Teil der Innenstadt, in dem die Gebäude teilweise unverändert geblieben, aber Schilder, Läden, Cafés neu sind, die Menschen, die sie bevölkern, sind grau gekleidet, haben gesenkte Köpfe, sie warten mit Gesichtern, die in eine größere Stadt gehören als die, in der ich aufgewachsen bin, die Bäume sind dieselben, schwarz und gespreizt, der Park ist wie immer, und alles scheint mir fast zu vertraut. Hinter dem Park liegt die Schule, zum Glück so ausgebaut, dass sie nicht wiederzuerkennen ist, der Hof ist kleiner als in meiner Erinnerung, vermutlich, weil die Kindheit eine so große Ausdehnung hat. Ich bleibe vor der Schule nicht stehen, obwohl ich versucht bin, ich gehe meinen Schulweg nach Hause, vorbei an dem, was einmal Arbeiterwohnungen waren, die jetzt von Studierenden und modernen jungen Menschen mit Kindern bewohnt werden, in den Fenstern hängen Weihnachtssterne. Ich folge der vielbefahrenen Straße, die zu überqueren Mutter uns verboten hatte, komme zu dem, was mal ein Kiosk war, dort hat jetzt eine Beraterfirma ihr Büro, ich gehe in die stillen Straßen, wo geräumige Villen in Gärten stehen, umgeben von mit Lichtern geschmückten Büschen und Bäumen, von Schaukeln und Wäschestangen, Autos stehen draußen, sie sind zu Hause, hinter den Fenstern brennt Licht, aber ich sehe niemanden. Ich komme an dem Haus vorbei, in dem Bente Bærdal gewohnt hat, auf dem Briefkasten steht nicht Bærdal, aber vielleicht hat es das nie getan, ich gehe langsam. Auf Thoresens Briefkasten steht Thoresen, ich muss ganz vorsichtig sein. Vielleicht wohnt Bror Thoresen in dem kleinen neugebauten Anbau, während seine Kinder mit ihren Kindern das Haupthaus bewohnen, Bror Thoresen ist klein geworden, die Kindheit zu groß.

Ich biege um die Ecke, aber ich sehe nicht nach vorn, ich sehe hinunter auf den Bürgersteig wie damals, um nicht auf die Ritzen zwischen den Steinen zu treten, ich hielt mich an den Riemen meines Ranzens fest und dachte, woran? Ich gehe einen Umweg durch die Godthåpsgate, dorthin, wo die Schlittschuhbahn war, wo nun aber ein Kindergarten ist, wie ich sehe, ich gehe einen Bogen und sehe das Haus, es ist immer noch gelb, aber die Giebel sind nicht mehr weiß, nicht wie damals, sie sind jetzt grün, und die Fenster nach Osten wurden gegen größere ausgetauscht, schön für die, die drinnen sind, und auch für die, die draußen sind. Ich gehe über den Fußweg, der schräg über die Wiese führt, er kommt mir viel kürzer vor als früher, denn alle Entfernungen haben sich verändert, und das Wäldchen liegt nicht da, wo es früher lag, und der Tennisplatz ist verschwunden, ich bleibe stehen, wo der Fußweg endet, und gehe durch die Straße meiner Kindheit, beim Anblick des Straßenschildes zucke ich zusammen, aber alles schläft, die Häuser, die Bäume schlafen, die Straße schläft, es ist nicht zu glauben, dass sie einmal so wach war, dass sie sich in Großbuchstaben in mich eingebrannt hat, sie schläft jetzt, kann aber plötzlich erwachen, das ist ja das Problem. Das schmiedeeiserne Tor kommt auf mich zu, zusammen mit dem Garten, der kleiner ist als in meiner Erinnerung, aber der Apfelbaum steht so dicht vor dem Fenster, das meins war, wie damals, es muss noch immer einfach sein herauszuklettern, falls das jemand müsste. Die Garage ist dieselbe, zum Glück, wäre die Garage abgerissen worden, wäre es schwer, sich zu orientieren, wäre sie abgerissen und wiederaufgebaut worden, bestünde das Risiko, dass eine Garage auf der Stelle stünde, um die es mir geht, andererseits würde Frau Benzen nicht zulassen, dass jemand auf ihrem Grundstück baut, aber Frau Benzen ist tot, doch Mutter nicht, wie es aussieht.

Wie betäubt gehe ich an dem Haus vorbei, das ich einmal meins genannt habe, unseres. Licht brennt in dem Fenster, was einmal unser Küchenfenster gewesen ist, das sicher noch immer ein Küchenfenster ist, ich stelle mir Mutter am Herd vor, mit einer Spaghetti auf der Gabel. Hinter dem Fenster steht ein Mann, der den Kopf hebt und mich im Licht der Straßenlaterne vorübergehen sieht, aber er kann nicht wissen, wer ich bin oder warum ich hier bin, eine zufällig Vorübergehende, unterwegs zu einem Haus weiter hinten, eine unruhige Seele auf ihrem Abendspaziergang, das Lied meiner Kindheit fängt trotzdem an zu spielen, und ich fürchte den Mann im Fenster, wie ich in der Kindheit Frau Benzen gefürchtet habe und sie noch immer fürchte, obwohl sie tot ist, die Angst unserer Kindheit stirbt nicht. Hinter Frau Benzens Fenstern brennt kein Licht, es brennt nur das Lämpchen über der Treppe, das Haus sieht heruntergekommen und verlassen aus, vor dem Haus, das einmal meins war, unseres, steht kein Auto. Frau Benzens Haus sieht traurig und unbewohnt aus, ich muss es von Frau Benzens Seite aus angehen. Ich öffne das Tor und gehe hinter den Büschen vorbei am Lattenzaun bis zum Metallzaun, aber mir wird beim näheren Hinschauen klar, dass ich hinübergehen muss, um an den Ort zu kommen, um den es mir geht. Von dort, wo ich stehe, sehe ich das Dielenfenster im Erdgeschoss, dasselbe wie vor langer Zeit, aus buntem Bleiglas, durch das niemand hindurchblicken kann, ich klettere über den Zaun und lande in den Büschen, die Dornen haben, die auch im Winter stechen, ich lande auf vertrautem Boden. Es ist totenstill. Ich gehe zur Garagentür neben dem schmiedeeisernen Tor, wo der Mann in der Küche mich im Prinzip sehen kann, aber die Garage hat kein Licht. Die Garagenwand war acht Schritte lang, als ich ein Kind war. Mit meinen fast sechzig Jahre alten Beinen ist sie fünfeinhalb Schritte lang, ich gehe an der Garagenwand entlang, bis ich die Schrittlänge derer gefunden habe, die ich einmal war, und mache siebzehn solche Schritte, biege nach rechts ab und dränge mich durch das stechende Gebüsch, ich bin genau richtig angezogen. Ich erreiche den Zaun und errichte mir ein Lager, ich packe die Isoporunterlage aus und setze mich, ziehe die Handschuhe aus und betaste die Erde, sie ist kalt, aber warm, trocken, aber feucht, ich hänge die Taschenlampe an einen Ast, so dass sie die Stelle beleuchtet, zu der ich mich vorgemessen habe, ich ziehe die Handschuhe an und grabe, ich habe eine Schaufel und eine eiserne Schöpfkelle. Wie viel Erde produzieren Regenwürmer im Laufe einer Nacht, eines Jahres, im Laufe von fünfzig Jahren, wie tief muss ich gehen, ich grabe, ich ziehe Wurzeln heraus, ich durchschneide Wurzeln, ich stoße nicht auf Steine, es ist ein guter Ort, um zu graben.

Lebte sie ihre besten Jahre, wie man so sagt, in diesem Haus, in diesem Garten? Wie jung sie gewesen sein muss.

Ich habe eine tiefe Grube gegraben. Ich häufe die Erde hinter mir zu kleinen Haufen, hinter keinem von Frau Benzens Fenstern brennt Licht, Frau Benzen schläft jetzt in einem Bett oder in der Erde, ich grabe, aber nicht um mein Leben, aber ich lebe intensiv, während ich im Geruch der Erde grabe, im Geruch der Wintererde im Dezember neben der Garage meiner Kindheit, verbotenerweise auf dem Grundstück der strengen Frau Benzen, tot oder lebendig, ich grabe, als ob ich die Erde von mir abwerfen und mich davon befreien würde, die Erde meiner Kindheit hinter meinen Rücken werfend, ich grabe, während die Welt still daliegt und das Haus, in dem ich einmal gewohnt habe, dunkel daliegt, und die Häuser, in denen Arnesen und Buberg wohnten, dunkel daliegen, ich grabe dunkle Erde aus, und je tiefer ich grabe, desto dunkler wird sie, und ich will bis zum Ende der Dunkelheit graben, aber atme ruhig, denn es eilt jetzt nicht, ich trinke die tiefe Nacht, während ich grabe, ich grabe mit offenem Mund, dann macht der Spaten ein Geräusch, Metall auf Metall, und ich erwache aus der Dunkelheit, und es ist, als sei ein Licht aufgegangen.

Ich lege den Spaten weg, ich ziehe die Handschuhe aus und wische mit den Händen Erde weg, vorsichtig wie eine Archäologin, es sieht aus wie der Deckel einer Zigarrenkiste. Ich wische die Erde mit der Pilzbürste weg, wische die Erde auf den Seiten weg, ich nehme das Stemmeisen, um die Kiste zu öffnen.

Ich packe die Kiste in einen Kissenbezug und lege ihn zusammen mit dem Werkzeug in den Rucksack, ich gehe jetzt durch das Tor, hinter keinem Fenster brennt Licht, ich gehe zum Kindergarten, der früher einmal eine Schlittschuhbahn war, und ich rufe ein Taxi, es fährt mich nach Hause.

Es ist ein Uhr dreißig, als ich die Tür aufschließe, der Fjord ist dunkel, ich bin froh, weil ich so weit oben wohne. Ich gehe zum Arbeitstisch und schalte die Lampe an, ich setze mich mit einem seltsamen Gefühl der Andacht, packe die Kiste aus dem Kissenbezug, ich muss den Deckel aufstochern. Oben die Zeichnung von dem Sonntag, als Mutter krank war, vergilbt, aber unversehrt und unerwartet scharf, ich werde plötzlich überwältigt, ich bin gerührt von uns beiden, die Gestalt ist gewaltig, bis zum Rand des Blattes gezeichnet, als ob nicht genug Platz für Mutter und ihre vielen Haare wäre, aber das Gesicht ist mager und hungrig und voller Sehnsucht, die Arme sind lang und bewegungslos. Mutter hatte auf die Zeichnung gezeigt und mit verzerrtem Gesicht gesagt: Das bist du!

Ich dachte, ich zeichnete Mutter, aber ich zeichnete mich selbst, ich dachte, ich untersuchte Mutter, aber ich untersuchte mich selbst, ich näherte mich nicht Mutter oder Mutters Welt mit meinen Buntstiften, sondern nur meiner eigenen? Das war natürlich keine originelle Beobachtung, aber sie war plötzlich so konkret und klaustrophobisch, würde ich anderen niemals nahekommen können? Unter den vier Räuberzeichnungen, die Prinzessinnen von Glanzbildern und Märchenbüchern nachahmen, total uninteressant, auf einer ist eine Sprechblase gezeichnet mit Zeichen, die aussehen wie die, die bei Donald Duck für Verwünschungen benutzt werden, die Geheimsprache, die ich nicht mehr entziffern kann. Darunter ein Tagebuch, in dem ich nur die erste Seite beschrieben habe, meine Handschrift von damals unerwartet sicher: *Heute hat Mutter gefragt, warum ich mich die ganze Zeit so komisch räuspere, wenn ich Hausaufgaben mache. Aber ich konnte es ihr nicht erklären. Sie wurde sauer. Als ich schlafen ging, dachte ich daran. Ich glaube, es liegt daran, dass der Hals zwischen Kopf und Herz sitzt. Und wenn ich Hausaufgaben machen soll, darf ich mein Herz nicht spüren. Deshalb verschließe ich meinen Hals so, dass das Herz nicht in den Kopf steigt. Aber wenn ich Mutter das erkläre, sagt sie, dass ich dumm bin.* Das hatte Mutter eines Vormittags gelesen, als ich in der Schule war, aber so schlimm war das doch nicht? Oder es war schlimmer, denn Mutter hatte auch einen verschlossenen Hals, und deshalb musste das Buch zusammen mit einer gelben Blechdose Partagas Club 10 vergraben werden, die war von Großvater! Das hatte ich vergessen oder verdrängt oder nicht zu verstehen gewagt. Mutters Vater rauchte Partagas-Club-10-Zigarillos, wenn er uns ab und zu besuchte, sehr selten, weil er ein Säufer war, Vaters Worte, weil Opa sich betrank und mit dem Taxi geholt werden musste, und Vater sagte jedes Mal, das war das letzte Mal, und er beklagte sich darüber, dass der Geruch der Partagas-Club-10-Zigarillos noch lange in der Luft hing, wenn Opa wieder weg war, und doch kam Opa im nächsten Jahr wieder, und ich hatte ebenso große Angst vor ihm wie im Jahr davor, vor dem Geruch der Partagas-Club-10-Zigarillos, den Vater verabscheute, und vor Opas schwimmenden Augen und Mutters Enttäuschung, weil Opa sich wieder so betrank wie im Jahr zuvor und mit dem Taxi geholt werden musste, nie wieder, sagte Vater, und dass Opa etwas in der Tasche haben müsse, ich dachte, er meinte damit so etwas wie eine Pistole. Tante Grethe erzählte mir einmal, als Opa mit dem Taxi geholt worden war, es muss Weihnachten gewesen sein, weil sie bei uns war, dass Opa während des Krieges zur See gefahren war und Schreckliches erlebt hatte und dass Opa trank, um *sein Päckchen zu tragen,* sagte sie, und dass es daran lag, dass Opa während des Krieges auf See gewesen war und dass Oma eine Lungenkrankheit gehabt hatte und dass Mutter bei Onkel Håkon in Hamar aufgewachsen war. Ich sitze mit der gelben Partagas-Club-10-Blechdose in der Hand da und begreife, dass auch Mutter eine Kindheit hatte.

Das erste Lied, das ich jemals hörte, war Mutters Weinen an meiner Wiege.

In der Blechkiste liegen Papierfetzen mit Zeichen, die ich damals nicht verstanden habe, sie sind noch immer lesbar, ich kippe sie auf den Tisch und zähle sie, sechzehn Schnipsel, die ich zu einem zerrissenen Flugticket nach Yellowstone, Montana, zusammensetze.

Mutter hatte einen einfachen Flug nach Yellowstone, Montana, gebucht, was wollte sie da? Vater fand das Ticket und riss es in Stücke, und Mutter wurde krank und konnte nicht Skilaufen? Mutter bügelte. Was muss sie in all den Jahren alles geglättet haben! Es gab viele Geheimnisse in dem gelben Haus, das merkte ich, das merkte Mutter, aber wir kniffen die Augen zu, denn wir konnten nicht mit dem umgehen, was wir sehen würden, wenn wir zu sehen wagten, denn wenn es gesehen und in Worte gefasst würde, würde die Blase platzen, und wir wüssten nicht, was herauslaufen würde, aller Wahrscheinlichkeit nach etwas, das den Teppichboden ruinieren würde, und jemand würde auf die Knie fallen und aufwischen müssen, Mutter.

Ich stehe um sieben auf, aber ich rufe erst um neun an. Sie geht nicht ans Telefon. Ich rufe von einer unterdrückten Nummer aus an, sie geht nicht ans Telefon, sie weiß, dass ich es bin. Ich muss einen Brief schreiben. Liebe Mutter?

Angeblich können ältere Menschen sich besser an das erinnern, was vor langer Zeit passiert ist, als an Geschehnisse vom Vortag. Denkt Mutter also heute öfter an ihre Jugend als an die Zeit damals vor dreißig Jahren, als ich gegangen bin? Mutter sitzt oft allein am Küchentisch oder vor dem Fernseher, und ihre Gedanken wandern zu dem gelben Haus und dem Leben, das sie dort gelebt hat? Aber wenn sie damals nicht glücklich war, was sie wahrscheinlich nicht war, warum sollte sie dann an diese Jahre denken? Vielleicht sind die Jahre mit der Zeit besser geworden?

Liebe Mutter?

Vielleicht wäre es dumm, die Geschichte des Flugtickets nach Yellowstone, Montana, wieder aufzuwühlen, denn jetzt ist sie froh darüber, dass sie nicht gegangen ist. Aber das könnte sie mir doch sagen! Ist es das, was ich hören will? Nein. Warum will ich mit ihr sprechen? Weil sie mir nie ihre Version der Geschichte erzählt hat. Ich will ihre Geschichte hören, in ihren eigenen Worten.

Liebe Mutter!

Wie du sicher weißt, bin ich wieder im Lande, und ich würde dich gern treffen. Glaubst du nicht, es wäre gut für uns beide, wenn wir miteinander reden würden? Ein Gespräch zwischen uns braucht nicht lange zu dauern oder tief zu gehen, ich meine damit nicht, dass wir über die Vergangenheit sprechen oder Situationen wiedererleben sollten, die sicher bitter und unangenehm für uns beide waren, aber wir könnten einander doch etwas von unserem Leben erzählen, das wir jetzt leben? Kürzlich fiel mir ein Zigarettenetui in die Hände, das Opa gehört hat, glaube ich, du hast es mir einmal geschenkt. Es war an einem Sonntag, du warst krank und konntest nicht zum Skifahren gehen, und ich war auch krank und konnte nicht zum Skifahren gehen, wir waren allein zu Hause, und ich habe dich gezeichnet, und du hast mir eine gelbe Blechdose gegeben, auf der Partagas-Club-10-Zigarillos stand, ich glaube, die muss Opa gehört haben? In meiner Erinnerung war das ein schöner Tag.

Liebe Grüße, deine Tochter Johanna.

Darunter schrieb ich meine Telefonnummer und meine Adresse.

Ich war ungeduldig und unruhig, spielte mit dem Gedanken, zu ihrer Wohnung zu fahren, mich zur grünen Tür auf der Rückseite des Hauses zu schleichen und den Brief in ihren Briefkasten zu werfen, aber wenn sie ihn unfrankiert und ohne Stempel fand, würde sie verstehen, dass ich in ihr Revier eingedrungen war, und mich abweisen. Ich fuhr zur nächsten Postfiliale und gab den Brief auf, sie sagten, er würde wahrscheinlich am nächsten Tag ankommen. Ich fuhr zur Hütte, um mich zu beruhigen.

Ich bekam keine Antwort. Das Telefon klingelte nicht, kein Piepen, weil ich eine SMS bekommen hatte. Keine Mail. Ich blieb fünf Tage in der Hütte, um realistischerweise einen Brief in meinem Briefkasten zu Hause erwarten zu können, als ich zurück in die Stadt kam, war er leer.

Es kommt vor, dass normale Briefe in den vielen Werbeprospekten verschwinden. Mutter ist nicht an Briefe gewöhnt, sie erwartet keinen Brief, außer Rechnungen in langen Fensterumschlägen, und deshalb lässt sie alles aus dem Briefkasten sofort in die Mülltonne fallen, ohne nachzusehen, ob sich ein kleiner normaler Brief zwischen den Broschüren von XXL und Rema 1000 verkrochen hat. Ich schreibe eine SMS, ich habe dir einen Brief geschrieben, hast du ihn bekommen?
    Sie antwortet nicht.

Und warum sollte sie das auch tun. Ich hatte mir viele Jahre lang verboten, an sie zu denken, meine Gefühle für sie zu bemerken und anzuerkennen, aber weil ich jetzt das Bedürfnis hatte, sie zu entdecken, erwartete ich, dass sie zur Verfügung stand und mich anrief?

Ich hatte den Verdacht, dass mein Bild von ihr erstarrt war, dass ich ihr einen besonderen Platz in meiner Psyche zugewiesen, ihr eine Rolle zugeschrieben hatte, für die es keine Grundlage gab, und jetzt wollte ich gerne einen richtigeren Ort für sie finden, aber wie sollte das möglich sein, wenn sie es verweigerte, mit mir zu sprechen?

Aber ihr ist es scheißegal, welches Bild du von ihr hast und welche Rolle du ihr in deiner selbstzentrierten Psyche zugeschrieben hast! Komm damit klar! Du könntest ihr nicht egaler sein!

Ich wünsche mir Mutters ungefilterten Wortstrom, ihren Bewusstseinsstrom. Wie war es für dich, Mutter, erzähl es mir ohne Angst, Mutter, schütte mir dein Herz aus, Mutter. Warum sollte sie das tun, natürlich würde sie das nicht tun, sie hat kein Vertrauen zu mir, sie denkt vielleicht, dass ich etwas vorhabe, dass ich sie gleich nach einer Begegnung malen und das schreckliche Bild auf der Retrospektive ausstellen werde, aber so arbeite ich nicht! Aber glaubt sie das wirklich? Es *muss* doch Fragen geben, die sie mir stellen möchte! Zu Mark! Zu John! Oder sie will wütend auf etwas sein? Sie muss sich doch etwas von der Seele reden wollen, meine Anwesenheit auf dieser Welt muss doch viel zu sehr ihr Dasein geprägt haben, es *muss* doch Dinge geben, zu denen sie eine Meinung hat und die sie mir sagen will, aber das ist ihr verboten worden, von meiner Schwester, die die Vorstellung hasst, dass ich Raum einnehme in Mutter, und deshalb kann Mutter ihren Wunsch, mit ihr über mich zu sprechen, nicht formulieren, nicht einmal ihr Bedürfnis, wütend auf mich zu sein, kann sie geltend machen, und deshalb hat sie es, um meine Schwester zufriedenzustellen und ihr zu gefallen, viele Jahre lang verdrängt, und so hat meine Schwester es geschafft, mich vollständig zu begraben, bin ich für Mutter tot?

Schiebe ich es auf meine Schwester, um es mir leichtzumachen? Ich habe Freundinnen, die regelmäßig Kontakt zu ihren älteren Müttern haben, und trotzdem quälen sie sich mit den entscheidenden Fragen, sie stellen sie nicht, weil sie das Entsetzen, den Zorn oder die Zurückweisung ihrer Mütter fürchten, denn sie glauben, sie bekämen sowieso keine Antworten, wenn sie es wagten, diese Fragen zu stellen, und die Wenigen, die die Fragen gestellt haben und nicht auf Zorn oder Abweisung gestoßen sind, haben nichtssagende Antworten bekommen, so etwas wie: Ach, schwer zu sagen, das Leben ist nicht leicht, und so weiter. Warum hat Vater sich das Leben genommen? Warum haben Tante Erika und Onkel Geir nie miteinander geredet, warum hast du keinen Kontakt zu deinem Bruder, warum wurde Tante Augusta nicht zur Konfirmation eingeladen? Ach, schwer zu sagen, das Leben ist nicht leicht. Ich sehne mich nach etwas, das unerreichbar ist. Die Wahrscheinlichkeit, dass ich nach einem Treffen mit Mutter genauso viel weiß wie jetzt, ist hoch, es ist sogar wahrscheinlich, dass ich noch frustrierter wäre, wenn Mutter und ich nur über das Wetter gesprochen hätten. Aber vielleicht wäre sogar das ein Fortschritt?

Nein, vermutlich würde ich ein Treffen mit Mutter in einer tieferen, lähmenderen Enttäuschung verlassen, als ich sie jetzt spüre, warum kann ich mich also mit der Lage nicht abfinden, eigentlich habe ich das getan, aber die Unvernunft hat mich dazu gebracht, an Mutter zu schreiben, ich verstehe mich selbst nicht. Bisher habe ich geglaubt, meine Schwierigkeiten verstanden zu haben, meine Trauer, auch wenn sie absolut lähmend war, so wie nach Marks Tod, ich habe mich darin trotzdem erkannt, aber jetzt verstehe ich mich nicht. Dehne ich den Abschied von Mutter bewusst so lange aus? Sie hat mich als Kind herausgefordert und besiegt, als Erwachsene habe ich sie herausgefordert und besiegt, und jetzt kann ich aus Trotz oder Verbissenheit das Schlachtfeld nicht verlassen?

Wie immer, wenn ich verloren war, ging ich ins Atelier, ich nahm einen Pinsel und malte eine Walstatt, wie sie jahrhundertelang dargestellt worden war, tote und verstümmelte Soldaten, Zivilisten, die sich über die Toten und Halbtoten hermachten, um Waffen, Wasser, Schmuck an sich zu reißen, Verletzte, die versuchten, sich selbst zu verbinden. Als ich den Pinsel hinlege, denke ich: Versuche ich, das Kriegstrauma ihrer Kindheit zu erforschen?

Darüber muss ich mit ihr reden!

Als ich an der Tür geklingelt habe, hat sie geöffnet.

Ich glaube nicht, dass Mutter als Kind glücklich war, ich kann mich nicht daran erinnern, dass Mutter jemals etwas Schönes aus ihrer Kindheit erzählt hätte. Ich glaube nicht, dass Mutter als junges Mädchen glücklich war, ich kann mich nicht erinnern, dass Mutter jemals etwas Witziges oder Helles aus ihrer Jugend erzählt hätte. Mutter wohnte ihre ganze Kindheit und Jugend hindurch bei Onkel Håkon und Tante Ågot in Hamar, weil Opa ein Säufer war und Oma zuerst lungenkrank und dann tot, vielleicht hatte sie das Gefühl, bei Håkon und Ågot nur geduldet zu sein, aber darüber hat sie nicht gesprochen. Håkon und Ågot kamen nie zu Besuch zu uns, es kam vor, dass wir sie in der Vorweihnachtszeit besuchten, wenn der November am schlimmsten war, am kältesten, am grauesten, wir kauften ein ekelhaftes halbes Schwein, und Vater wollte schnell wieder nach Hause, Vater war nicht gern auf dem kleinen Hof, der ihn daran erinnerte, woher Mutter kam, Vater wollte aus Mutter eine Hauk machen. Außerhalb der ärmlichen Klitsche bei Hamar konnte Mutter Ähnlichkeit mit einem Filmstar haben, die langen kupferroten Haare, die weiße Porzellanhaut, die hellbraunen Augen, und Mutter wollte lieber Filmstar bei Vater sein als geduldet in Hamar. Håkon und Ågot starben ohne Aufruhr, der Lauf des Lebens, ich habe eine vage Erinnerung daran, dass Mutter mit dem Zug nach Hamar fuhr, um an der Beerdigung teilzunehmen, vielleicht trügt mich meine Erinnerung. Vater wollte Mutter für sich haben, und Mutter wollte Vater gehören, denn Vater war ein feiner Mann aus einer ehrwürdigen Familie, und sie sollte dankbar dafür sein, dort aufgenommen zu werden, Mutter versuchte, dankbar zu sein, aber der Schmerz und die Trauer ihrer Kindheit verschwanden nicht, bloß weil sie nun Vater gehörte, wie sollte sie das ertragen? Mutter ertrug es nicht, ertrug sich selbst nicht, aber wem sollte sie ihr Herz ausschütten? Sie redete mit niemandem, nicht einmal mit sich selbst. Verbannt in die Häuslichkeit, in die Küche und die Dunkelheit der Waschküche, vor allem an den frösteligen Novembermorgen spürte Mutter ihr Herz anschwellen, erfüllt von verwirrter Unruhe, nachdem sie mich in die Schule geschickt und Ruth in den Kindergarten gebracht hatte, Mutter am Küchentisch, ehe sie sich an ihre tägliche, langweilige, demütigende Pflicht machte. Ich verstehe Stück für Stück, aber zu spät. Mutter!

Oder ich erfinde dich mit Wörtern.

Ich darf nicht von unten aus klingeln, dann fragt sie über die Gegensprechanlage, wer dort ist, und wenn sie hört, dass ich es bin, macht sie nicht auf, sie darf es nicht. Ich muss an der Tür im dritten Stock klingeln, morgen, um halb elf, nachdem Ruth angerufen und gefragt hat, wie sie geschlafen hat und ob sie ihre Medikamente genommen hat, wenn sie gefrühstückt hat und mit der Zeitung am Küchentisch sitzt. Dezember ist der Monat der dunklen Morgen, aber auch der Monat für Einkaufsrunden mit Rigmor, man braucht so viele Weihnachtsgeschenke, aber halb elf ist noch zu früh zum Einkaufen, halb elf ist der richtige Zeitpunkt.

Ich fahre los, finde eine Parklücke, bezahle die Gebühr für drei Stunden, sicherheitshalber. Ich darf nicht zögern, ich darf nicht denken, ich muss einfach durchführen, was ich beschlossen habe. Ich gehe denselben Weg zur grünen Tür wie beim letzten Mal, sie ist abgeschlossen. Das hatte ich nicht erwartet, ich hatte mich emotional gerade perfekt vorbereitet. Ich schaue mich um, da ist niemand, krieche in den Thujabusch am Zaun zum Nachbarhaus, in dem ich schon einmal gewesen bin, ich gebe der Sache eine halbe Stunde, ich darf aber nicht wie beim letzten

Mal in einen Dämmerschlaf sinken, ich muss hellwach sein. Zehn Minuten vergehen, alles liegt still, die Spatzen fliegen um ein Vogelbrett im zweiten Stock herum, wenn Mutter auf dem Balkon ein Vogelbrett hat, sitzt sie sicher davor und studiert die Spatzen, ich sitze geborgen in einem Busch und höre keinen Vogelgesang, keine Autos, nur meinen eigenen entschiedenen Atem. Die grüne Tür öffnet sich, und heraus kommt der junge Mann, der vor kurzem, vor einer Ewigkeit, herausgekommen war und sein Fahrrad abgeschlossen hatte, er kommt heraus, ohne die Tür hinter sich zuzuziehen, nimmt sein Fahrrad, das Winterreifen hat, schiebt es weg, ich gehe zur Tür, öffne sie und gehe hinein, ich würde gern abschließen, aber ich habe keinen Schlüssel. Ich nehme nicht den Fahrstuhl, ich gehe die Treppe in den dritten Stock, ich stehe vor Mutters Tür und sehe das Namensschild an. An den anderen Türen steht auch nur ein einzelner Name. Die Tür unten wird geöffnet, ich gehe leise nach oben bis zum Dachboden, zwei Männer kommen redend herein und gehen die Treppe zum ersten Stock hoch, so hört es sich an, dort schließen sie eine Tür auf, ich gehe wieder nach unten zu Mutters Tür, das ist nicht verboten, ich kann es einfach tun, ich klingele. Ich höre drinnen das Geräusch der Klingel, aber keine Schritte. Irgendwie erleichtert denke ich, dass sie doch nicht zu Hause ist, ich klingele trotzdem noch einmal, warte, glaube, Schritte zu hören, höre ein Klirren, die Tür wird vorsichtig geöffnet, sie hat die Sicherheitskette vorgelegt, dahinter sehe ich ihr Gesicht heftig zurückzucken, als sie mich sieht, sie verzieht das Gesicht erschrocken, sie weicht zurück, als wäre ich ein Monster, blankes Entsetzen jagt durch die weit aufgerissenen Augen, sie knallt die Tür zu, Mutter, rufe ich, ich klopfe an die Tür, ich will nur reden, rufe ich, sonst nichts, sage ich, ruhiger, ich klopfe an die Tür, aber vergebens, sie hat schon Ruth oder den Hausmeister angerufen, ich bin gescheitert.

Ich gehe die Treppen hinunter und nach draußen, ruhig, wie man es macht, wenn Grenzen überschritten und Tabus gebrochen worden sind. Ich bin nicht mehr so ängstlich, ich habe nichts Verbotenes getan, ich gehe zum Auto, setze mich hinein, ziehe mein Telefon hervor, schreibe eine SMS: Ich wollte dich nicht erschrecken. Ich wollte nur reden.

Ich merke, dass meine Hände zittern.

Es kommt keine Antwort. Ich sitze eine Weile da und warte auf eine, aber nein.

Ich merke, dass mein Herz heftig pocht, aber es ist nicht wie vorher, ich bin jetzt wütend.

Ich fahre zur Hütte, es ist eine gute Entscheidung.

Oben hat es geschneit, alles ist weiß. Mutters weit aufgerissene verängstigte Augen, ich hätte mir fast gesagt: Aber ich habe ihr doch nichts getan. Das Telefon liegt lautlos gestellt unten in meinem Rucksack, ich habe Wein mitgebracht. Ich wische Schnee vom Stein und setze mich, flache Steine sind zum Sitzen da, ich sehe alles Weiße, Glitzernde, Unberührte um mich herum an, wie unendlich schön es ist, und trotzdem ist es nicht genug. Mutter war so weit entfernt von mir, dass sie mich nicht sehen konnte, und sie hat ein Gespenst dorthin gestellt, wo sie mich annahm, und vor diesem Gespenst hatte sie schreckliche Angst. Ich gehe weiter, als ich bisher je gegangen war, denn ich hatte noch nie einen so schweren Gedanken gehabt, dass ich ihn nicht hätte weggehen können, und wenn ich einfach weiterginge, würde es schon werden, ich nehme den Umweg durch den Nadelwald, wo der Boden dunkel ist, und als ich daraus hervorkomme, sehe ich die Spur des Elchs auf der Wiese vor meinen Fenstern, ich schließe die Tür auf und bin nicht allein auf der Welt, ich mache Feuer im Steinkamin und im Eisenofen, öffne den Wein, gieße mir ein Glas ein und trinke, ich warte mit dem Ausziehen, bis das Thermometer die vorgeschriebenen achtzehn Grad anzeigt, ich habe es im Blut, es dämmert.

Achtzehn Grad, ich ziehe die dicke Jacke aus und fische das Telefon aus dem Rucksack, eine Mitteilung von Ruth: Hast du nicht begriffen, dass Mutter nichts mit dir zu tun haben will? Sie verbittet es sich, dass du an ihre Tür kommst. Sie findet das grob und erschreckend. Sie will von dir weder SMS noch Post oder Besuch. Wenn du das nicht respektierst, wird es Konsequenzen haben.

Wenn ich das nicht respektiere, wird es Konsequenzen haben. Welche Konsequenzen? Alles hat Konsequenzen. Die Situation, so wie sie jetzt ist, hat Konsequenzen, dass Ruth eine solche Mitteilung schreibt, hat Konsequenzen. Es schwelt.

Es geht darum, dass sie in keiner Weise anerkennt, dass die Situation schwierig ist, dass wir uns in einer herausfordernden existenziellen Situation befinden. Sie schreibt, als ob sie niemals gezweifelt hätten, als ob sie nie verletzt gewesen wären, sie schreibt, als wäre alles ganz klar und logisch, als ob sie auf einer rationalen und moralischen Grundlage gehandelt hätten, der ihrer Rechnung zugrunde liegt: Wenn Johanna dies tut, reagieren wir auf jene Weise, das ist unser gutes Recht.

Aber ich weiß, dass das nicht stimmt! Jedenfalls nicht für Mutter, also gebt es doch zu: die Qual, die Tränen und die Trauer, in der es nicht nur darum geht, was die Nachbarn und die Leute denken, sondern um die Beziehung zu mir. Aber Ruth will Mutters Trauer über den Bruch mit mir nicht sehen oder an sich heranlassen, denn dann wäre die Situation für sie weniger leicht zu bewältigen, und dennoch verrät sich die Komplexität in dem Wort *erschreckend,* denn wenn es so schlicht und einfach wäre, wäre das Unbehagen nicht so groß, wäre die Tür nicht so schnell zugeschlagen worden, so hart und voller Panik, darin liegt ein Schmerz, gebt es zu, und vielleicht können wir damit anfangen?

Anfangen, womit denn?

Was hätte sie denn deiner Ansicht nach schreiben sollen?

Dass sie die Situation anstrengend findet, dass sie Verständnis für meinen Wunsch nach Kontakt hat, aber dass sie sich nicht sicher ist.

Hätte es geholfen, wenn sie aus Rücksicht auf Mutter nein gesagt hätte?

Ja! Und wenn sie nicht das Wort *grob* benutzt hätte! Als ob auf der Hand läge, dass meine bescheidene Frage ungehörig und unethisch ist! Und wenn sie es wirklich schädlich für Mutters psychische Gesundheit findet, dass ich ihr schreibe oder sie anrufe, dann hätte sie doch sagen können, Mutter *gerät einfach außer sich,* und dann wäre es ein Eingeständnis von Teilhabe und Verantwortung gewesen. Aber sie schreibt, als habe Mutter immer nur ihr Bestes getan, und wenn etwas schiefgegangen ist, dann liegt das an Zufällen oder ist die Schuld anderer, vor allem meine, kann ich also nicht meine egoistischen Bedürfnisse zurückhalten und aufhören, Mutter damit zu quälen, nein, das kann ich nicht! Und übrigens kann ich dieselben Vorwürfe gegen Ruth richten, denn wenn sie Mutter von mir weghalten will, dann geschieht das aus Rücksicht auf ihre eigenen Bedürfnisse, da bin ich mir ziemlich sicher, denn ich kann nicht glauben, dass Mutter tief in ihrem Herzen nicht wissen will, was ich ihr über mein Leben erzählen könnte, über Mark, vor allem über John, der einen Sohn hat, Erik, ihren Urenkel! Wenn Mutter Angst bekommt, wenn ich mich an sie wende, dann, weil sie sich jetzt genauso gefangen fühlt, wie sie sich immer schon gefangen gefühlt hat, weil ihre Wächter immer alle Macht hatten und haben, obwohl sie aus den besten Absichten gehandelt haben und handeln, wenn sie das Flugticket nach Yellowstone, Montana, in Fetzen reißen, meine Nummer in ihrem Telefon löschen, aber eine Person, der das Flugticket zerrissen oder in deren Telefon Nummern gelöscht werden, fühlt sich eingesperrt und kann deshalb sogar ihren Mitgefangenen Schaden zufügen, zum Beispiel ihren Kindern, denn eine Person, deren Flugticket nach Yellowstone, Montana, zerrissen wird und die nicht arbeitet und kein Geld verdient und nicht Auto fährt und deshalb von Leuten abhängig ist, die das alles für sie tun, fühlt sich entmündigt und gedemütigt, denn es ist entmündigend und demütigend, wie ein Kind behandelt zu werden, wenn man erwachsen ist. Und wenn das passiert, kehrt die Person in die Kindheit zurück, wie ein rückfälliger Straftäter, in die harte Kindheit, die die Person vielleicht dazu prädestiniert hat, in den Armen eines Menschen zu landen, der dein Flugticket zerreißen wird, und wenn dir das passiert, wirst du zu dem Kind, das du warst, dann passiert es, dass die Wunde, die du vielleicht dein Leben lang immer wieder mit großer Mühe zusammengenäht hast, wieder aufgekratzt wird und du wieder zu bluten beginnst. Du stehst in der Macht eines anderen Menschen, in der Gewalt eines anderen Menschen, und deshalb rast dein Herz, deshalb brennt dein Gehirn, und wenn du das Herzrasen, das Gehirnbrennen nicht ertragen kannst, sondern gegen dein eingeschlossenes Dasein und die verschlossenen Türen und die Flugticketzerstörung und den Menschen wütest, der Nummern in deinem Telefon löscht, wenn du mit dem Kopf gegen die Wand schlägst, wird dir erzählt, dass du es bist, die verrückt ist, deren Gehirn verzerrt ist. Ich verstehe das mit dem Kopf, ich verstehe auch das mit dem Herzen. Eine Frau bringt ein Kind zur Welt und weiß nicht, wie sie mit dem hilflosen Wesen umgehen soll, das ihr in die Arme gelegt worden und von ihr abhängig ist, davon, dass sich die Frau darum kümmert. Aber wie sollst du dich um sie kümmern, wenn du nicht einmal auf dich selbst aufpassen kannst? Das Kind wird zu einer Last, das Kind wird zu einer unmöglichen Herausforderung, denn wie sollst du die Last tragen, das Kind, wenn du nicht einmal das Kind tragen kannst, das du warst, das Kind, das in jedem von uns wohnt, vor allem in denen, die die Mutter so früh verloren haben, dass sie sich kaum an sie erinnern können, und die die Mutter deshalb wie ein Loch in ihrer Seele mit sich herumtragen, so wie wir alle unsere Mütter wie ein Loch in unserer Seele mit uns herumtragen, ob klein oder groß, lebendig oder tot, und deshalb versuchen wir alle, diese Löcher zu füllen, um leben zu können oder unsere Mütter zu verlassen, und wenn wir glauben, das geschafft zu haben, müssen wir mit der Schuld leben, sie verlassen zu haben. Es gibt keine Freiheit ohne Schuld, und übrigens wurdest du schon schuldig geboren, du hast dich schon als Kind schuldig gemacht, wegen deines familiären Traumas, der Schmerzverschiebung, weil du deinen

Schmerz auf deine Schwester übertragen hast oder auf deine Puppe, die Schaden davontrug, mit dir zusammen zu sein, eingeschlossen in einem Zimmer in einem Haus mit einer zu kleinen Tür, um hinauszugelangen, so dass jeder Versuch zu einer blutigen, vermutlich verhängnisvollen Angelegenheit werden müsste, aber ich habe die Tür gesprengt, und es wurde blutig, und jetzt bin ich hier, in einer Hütte im Wald mit einem Elch.

Also bilde ich mir ein, dass es mir gelungen ist, meine Mutter zu verlassen, ha, ha.

Als ich vierzehn war und aufgehört hatte zu essen, kam es vor, dass ich mir mit Mutter über Politik uneinig war, sie hatte immer dieselbe Meinung wie Vater, konnte ihre Ansichten aber nicht verteidigen, wenn er nicht dabei war, sie fand mich respektlos, weil ich ihr widersprach, fragte: Hast du denn gar kein Herz?

Eine andere Variante war: Dein Herz ist so hart geworden.

Und weil sie meine Mutter war, bereitete mir das Unbehagliche, was sie sagte, noch mehr Unbehagen, als wenn jemand anderes es gesagt hätte.

Ich kann mich nicht erinnern, was ich damals in meinem Tagebuch über Herz und Kopf und Hals geschrieben habe und was längst in Frau Benzens Garten vergraben war, die Jahre lagen damals weit auseinander. Mein Tagebuch und alles, was mit ihm zusammenlag, waren längst und aus großer Notwendigkeit verdrängt worden. Mit zehn ist man klüger als mit vierzehn.

Ich dachte viel an mein hartes Herz, denn ich spürte ja, dass es hart war, und ich hätte gern gewusst, wie es wäre, ein weiches zu haben, und ich sprach mit Fred darüber, und er hatte irgendwo gelesen, sagte er, dass jemand behauptet hatte, bei ihm sitze der Verstand im tiefsten Herzen, und Fred sagte, das gelte vielleicht auch für mich, und ich dachte, ich hätte vielleicht, weil ich mich in letzter Zeit so oft erbrochen hatte, die Passage zwischen Herz und Kopf geöffnet, und nun hätten sie Kontakt miteinander, und es sei natürlich gefährlich für meine Eltern, wenn Herz und Kopf anfingen zusammenzuarbeiten, während Mutters Hals noch immer verschlossen war und sie deshalb nur das konsultierte, was sie ihr Herz nannte, und das log.

Ich schrieb:

Liebe Ruth! Ich kann verstehen, dass Mutter unvorbereitet war, als ich heute bei ihr geklingelt habe. Aber das habe ich nur getan, weil sie auf meine anderen höflichen Versuche nicht geantwortet hat. Ich will Mutter nicht quälen oder ein Gespräch beginnen, das ihr auf irgendeine Weise unbehaglich ist. Aber ich bilde mir ein, dass wir viel zu besprechen haben, dass Mutter Fragen zu meinem Leben und meiner Arbeit haben muss, die nur ich beantworten kann und will, und umgekehrt. Mehr will ich doch nicht.

Freundliche Grüße, Johanna

Ich schickte diese Mitteilung um zwanzig Uhr dreißig ab und hoffte auf Antwort am selben Abend, als ich bis zweiundzwanzig Uhr dreißig nichts gehört hatte, war mir klar, dass ich keine Antwort bekommen würde.

Die Eulen fliegen, wenn sich die Dämmerung senkt, die Dunkelheit wird dichter, und der Wind schüttelt den Wald. Ich lösche das Licht und gehe zu Bett und lausche dem Rauschen der wogenden Bäume, das immer stärker wird, es weht so heftig, dass ich denke, die Vogelnester müssten sich von den Zweigen losreißen und zu Boden fallen, dass es Vogelnester regnet. Bäume ächzen, und ihre weit ausgestreckten Wurzeln knarren in der wilden Tiefe unter meiner Hütte, die Erde bebt, und mein Bett segelt, und die Dunkelheit wird dunkler, aber nicht dunkel genug für das Mysterium, das zu dicht ist, zu undurchdringlich, die dunkle Materie existiert, obwohl sie mit keinem Messgerät vermessen werden kann, ich kann sie in meinem Körper fühlen.

Wir alle teilen das Menschsein, wir alle teilen seine Bedingungen. Wir alle sind verloren in einer Existenz, die keinen Sinn und keine Bedeutung hat, egal, wie viel Mühe wir uns geben, wir entgehen nie der Unsicherheit, den drohenden Gefahren, den Krankheiten, die kommen werden, den Verlusten und der Trauer, die auf uns warten, dem verlorenen Kind, dem Bruder oder der Schwester, der Vergangenheit, die plötzlich zurückkehrt und an die Tür klopft. Wir werden es alle erleben, haben es alle erlebt, dass ein Mensch, den wir lieben und ohne den wir nicht leben können, krank wird und stirbt, und wir können nichts anderes tun, als am Krankenbett zu sitzen, am Sterbebett, ohnmächtig und gelähmt, und wenn die, ohne die wir nicht leben können, sterben, müssen wir über sie wachen, während sie langsam kälter und blasser werden, und dann müssen wir wieder hinaus in den Lärm der Straße, in die Geschäftigkeit, in das Blinken der Ampeln und zwischen die Schreie der Krähen in den Bäumen, und wir werden niedergedrückt von all den praktischen Dingen, die wir für die Beerdigung in die Wege leiten müssen, und wir dürfen nicht vergessen, eine Todesanzeige zu verfassen. Wir haben das alle erlebt, und wir werden es wieder erleben, und nach der Beerdigung trauern wir wochenlang, jahrelang, vielleicht, bis wir selbst den Augenblick des Zunichtewerdens erleben. Aber wenn der Mensch, der dir weh getan hat, stirbt, oder wenn der Mensch, dem du weh getan hast, stirbt, bevor ihr eure Beziehung gelöst habt, weil ihr niemals aufrichtig miteinander gesprochen habt, weil der Mensch nicht geschaffen ist für diese Gespräche, wird es vermutlich schlimmer sein und dir noch mehr Steine aufbürden, als es der Fall wäre, wenn ihr dieses aufrichtige Gespräch geführt hättet, versucht hättet, einander zu verstehen, so weit es eben möglich ist, ein klärendes Gespräch würde wahrscheinlich die Sinnlosigkeit, die Sprachlosigkeit lindern, unseren grundlegendsten Zustand als Menschen erleichtern; es gibt so wenig, das in unserer Macht liegt, so wenig, das wir erreichen können, aber diese eine Sache tut es.

Ich lebe ein heimliches Leben in Mutters Bewusstsein, und Mutter lebt ein heimliches in meinem, aber ich bin dabei, sie aus der Dunkelheit zu heben, sie ans Licht zu ziehen, und langsam kommt sie heraus, weil ich will, dass das passiert.

Ich erinnere mich an ein Foto, vermutlich an meinem achtzehnten oder neunzehnten Geburtstag aufgenommen, nein, es war bei meiner Immatrikulation, so war das, als ich einen Studienplatz für Jura bekommen hatte, so war das, ich war also neunzehneinhalb. Mutter und ich standen auf dem Platz vor der Universität, Vater machte das Bild, das Universitätsgebäude im Hintergrund, ich trug ein veilchenblaues Kleid, glaube ich, ich weiß nicht, ob ich mich nur wegen des Fotos daran erinnere, das ich in das Album einklebte, in das für offizielle Bilder, Klassenbilder, Konfirmationsbilder natürlich, Fotografien von Heiligabend, von Geburtstagen und dem Nationalfeiertag, Fotografien, die Vater mir gab, Vater war der Fotograf. Ich warf das Album weg, ehe ich mit Mark wegging, ich weiß noch, dass ich Kleider, Kosmetiksachen, Zeichensachen einpackte, sonst nichts, ich nahm sonst nichts mit, ich hatte sonst nichts, ich ließ den Rest in Vaters Wohnung liegen, nichts von alldem gehörte mir, nicht die Teekanne, nicht die Handtücher, nicht einmal die Bücher gehörten mir, ich stand da mit dem Album in den Händen, wägte ab, ging hinaus zum Müllschacht und ließ es hineinfallen.

Das Universitätsgebäude im Hintergrund, Mutter in einem moosgrünen Hosenanzug, wie sie damals modern waren, schlank, mit offenen Haaren und dunkelblauem Haarband, Arm in Arm mit mir, ich war blass und hatte nicht ganz so rote Haare, zum Zopf gebunden, ich, sehr ernst neben Mutter, die den Fotografen, Vater, anlächelt, aber jetzt gehe ich in meinem Inneren ganz nahe an uns heran. Ich war neunzehneinhalb und begriff nichts, aber ich hatte ein vorsichtiges Gespräch mit mir selbst begonnen, ich hatte einen Diskurs angefangen. Mutter war über vierzig, ihre Zukunft war vorherbestimmt, das wusste sie, aber wie ging sie mit der Erkenntnis um, mit der Unterdrückung, in die sie verbannt war, sie gab das Gespräch mit sich selbst auf? Bewusst zu leben ist sehr belastend. Mutter war von ihren wahren Gefühlen abgeschnitten, sie lernte in allgemeinen Redeweisen zu kommunizieren, in Floskeln und konventionellen Gesten: Wer alles kauft, was ihm gefällt, geht am End als Bettler durch die Welt. Es sieht aus, als stünden wir zusammen auf der Universitätstreppe, aber ich hatte aufgehört, auf ihre moralischen Erwägungen zu hören, ihr »das tut man nicht«, ihre Regeln, jahrelang war meine Aufmerksamkeit auf sie gerichtet gewesen, ich hatte mich gefragt, was sie *wollte,* was sie empfand, im Grunde ihres Herzens, wie man sagt, aber auf dem Platz vor der Universität hatte ich es aufgegeben, wenn ich ganz nahe an uns herangehe, sehe ich ein neunzehnjähriges Mädchen mit gebrochenem Herzen, und das Objekt meines Kummers steht im Hosenanzug neben mir, und nach all den Jahren tut sie mir leid, arme Mutter.

Aber vielleicht trügt mich meine Erinnerung, vielleicht verzerre, verfälsche, verdrehe ich meine Erinnerung in dem Versuch, mich heute zu verstehen, vielleicht erfinde ich sie neu, damit ich sie ertrage, vielleicht entwerfe ich sie anders, damit es weniger weh tut? Führe ich einen inneren Kampf, führe ich ein inneres Gespräch mit Mutter, verhandle ich mit ihr darüber, was passiert ist und ob und warum es gerecht war?

Ich wachte damit auf: Du verstehst offenbar nicht, welchen Schmerz und welche Schwermut du deiner Familie mit deinen grotesken Bildern zugemutet hast. Du hast nie irgendeine Form der Dankbarkeit gezeigt, für alles, was Mutter und Vater dir in all diesen Jahren gegeben und für dich getan haben, für die unzähligen Geschenke, die Mutter dir gemacht hat, bevor du deinen Ehemann und deine Eltern einfach verlassen hast, im Gegenteil, du hast sie auf zutiefst kränkende Weise karikiert, um dich interessant zu machen, dich mit einer schlimmen Kindheit zu schmücken, weil das zu einer »Künstlerin« dazugehört. Wie, glaubst du, war es für Mutter und Vater damals, als *Kind und Mutter* bei Gråtveit ausgestellt wurde? Mutter ist danach ein halbes Jahr lang nicht mehr aus dem Haus gegangen, weil sie die Blicke und das Gerede der Leute mitbekommen hat, und sie hat nichts gehabt, um sich zu wehren. Du hast Mutters Leben gestohlen, du hast der Welt eine Erzählung über Mutter geliefert, für die es keinen Beweis und keine Grundlage gibt, aber woher sollen die Leute wissen, wie du alles verdrehst, damit es in dein Lebensprojekt passt, ohne daran zu denken, dass die Lebensprojekte anderer Menschen genauso wertvoll sind wie deine. Und du bist nicht nach Hause gekommen, als

Vater krank war, du bist nicht zu Vaters Beerdigung nach Hause gekommen. Wenn du wüsstest, wie traurig und schockierend das für Mutter war. Bis die Kirchentüren hinter uns zuschlugen, hat sie gehofft, dass du auftauchen und in diesem ganz besonderen Augenblick mit uns zusammen sein würdest, als Familie. Mutter hat damals mit dem Gedanken gespielt, sich das Leben zu nehmen, und ich fürchte, sie könnte es diesmal wirklich tun, wenn du nicht aufhörst, sie zu belästigen. Du handelst mit einer unverzeihlichen Rücksichtslosigkeit. Wir beide bitten dich wegzubleiben. Du hast kein Recht auf irgendetwas, weder von Mutter noch von mir.

Sie unterschrieb nicht mit ihrem Namen. Über diesen Punkt waren wir hinaus. *Ehemann und Eltern zu verlassen,* schrieb sie, erwähnte sich selbst nicht, die Schwester, weil es ihr egal war oder weil es in keinem meiner Bilder auch nur die Spur einer Schwester gibt.

Der Wald ist weißer und stiller als gestern, eine dämpfende, beruhigende Decke Schnee war in der Nacht gefallen, als der Sturm nachgelassen hatte und ich tief schlief, es ist besser, ich bleibe hier.

Es stimmt. Ich habe kein Recht auf irgendetwas, ich kann nur zur Kenntnis nehmen, wie sie das Ganze verstehen, meine Bilder, die sie als indirekte, nein, als direkte Kritik an der Familie verstehen, so kommt es mir vor, aber sind sie nicht selbst dafür verantwortlich, dass sie die Bilder so subjektiv deuten? Darf eine Künstlerin ihre Werke nicht mit Wörtern wie Kind, Mutter, Vater, Familie benennen, weil ihre tatsächliche Mutter, ihr Vater, ihre Familie die Werke dann für Abbildungen ihrer selbst halten?

Doch, natürlich, aber sei ehrlich, hast du nicht an deine eigene Mutter gedacht, als diese Werke entstanden sind? Nein, ich habe versucht, das Gefühl, ein Kind zu sein, zum Ausdruck zu bringen, das ich vermutlich mit vielen anderen teile, aber das natürlich unlöslich verbunden ist mit den Menschen, denen das Kind preisgegeben ist, was ich auszudrücken versuche, ist die Abhängigkeit des Kindes, alle Kinder sind abhängig, diese Abhängigkeit wollte ich zeigen, als ich noch mit ihr kämpfte. Hätte ich darauf verzichten sollen, eine komplexe Eltern-Kind-Beziehung zum Ausdruck zu bringen, in der sich viele Menschen wiedererkennen können, weil *eine* spezifische Mutter sich in dieses Bild hineinlesen und sich davon verletzt fühlen könnte?

Aber eine Künstlerin muss damit rechnen, dass eine spezifische Mutter von einem Werk verletzt und gekränkt sein kann, und sie darf davon nicht überrascht sein, vor allem, wenn die Mutter auf dem Bild rote Haare hat, genau wie die Mutter der Künstlerin? Aber ich bin selbst rothaarig, ich bin selbst Mutter, ich war gerade Mutter geworden, als ich das Bild gemalt habe, vielleicht habe ich es deshalb gemalt, es kann auch ein Selbstporträt sein, denn ein Bild erzählt immer mehr über seine Urheberin als über andere, sehen sie das nicht? Sind sie so kurzsichtig und narzisstisch, dass sie nur sich selbst in das Bild hineinlesen können und sich zugleich falsch dargestellt fühlen, das sind wir, aber wir sind nicht so! Können sie nicht das Allgemeine sehen, fühlen sie sich dermaßen gekränkt, dass sie gefühllos werden, dass sie über *Mutters Geschenke* reden, wenn wir doch über Mutters Krisen sprechen sollten? Ich hatte schon als kleines Kind eine offene Wunde und eine offene Tür, über die ich keine Kontrolle hatte, und durch diese kam Mutter herein und infizierte mich mit ihrem Unglück, und haben das nicht alle Kinder, tun das nicht alle Mütter, ich selbst eingeschlossen.

Warum protestierst du so heftig? Sie verlangen nichts anderes von dir, als zur Kenntnis zu nehmen, dass deine Wahl von damals, als du zugestimmt hast, *Kind und Mutter 1* und *2* hier in der Stadt auszustellen, für sie einen Preis hatte, und den musst du jetzt bezahlen.

Nein, ich akzeptiere es nicht, ich kann es nicht ohne Einwand und Widerspruch hinnehmen, aus Prinzip nicht, genau wie wenn jemand an seinem Hass festhält, sich nicht traut, seinen Hass aufzugeben, um keinen Schmerz fühlen zu müssen. Denn ich glaube nicht, dass Mutter nicht verzweifelt ist, weil sie keinen Kontakt zu mir hat, und wenn sie nicht verzweifelt ist, sondern nur empört und wütend, dann sind Empörung und Wut nur verdrängter Schmerz.

Mutter hat mich mit ihrem geerbten Unglück infiziert, habe ich wiederum John mit meinem infiziert? Aber wenn dem so ist, werde ich ihm entgegenkommen, ich werde mich dem öffnen, egal wie, ich würde ihn bitten, mit mir zu sprechen, und alles versuchen, damit ich die Dinge aus seiner Sicht sehen kann.

Ich rufe John an, es ist Sonntagnachmittag, er geht nicht ans Telefon.

Wir sahen uns zusammen *Billy Elliot* an. John war vielleicht sechzehn. Mark war noch nicht tot, John hatte keine Sorgen, keine, von denen ich wusste, aber Mark war nicht zu Hause, John und ich waren allein, wir lagen auf den Sofas und sahen zufällig *Billy Elliott,* vermutlich an einem Sonntag. Als der kleine Billy den Brief seiner toten Mutter las, kam von John ein Geräusch, das er zu unterdrücken versuchte. Ich schaute zu ihm hinüber und sah aus seinem linken Auge eine Träne kommen, und ich schaute sofort wieder weg, begriff, dass er sie nicht wegwischte, weil er mich nicht darauf aufmerksam machen wollte. Was durfte ich nicht sehen? Tat ihm Billy leid, der keine Mutter hatte, um mit ihr über seine Probleme zu sprechen? Oder identifizierte er sich mit Billy, obwohl er mich hatte, hatte er das Gefühl, mit mir nicht über seine Probleme sprechen zu können, ich wusste nicht einmal, ob er welche hatte. Aber selbst wenn Billys Mutter am Leben gewesen wäre, sagte ich mir, steht nicht fest, dass er sich ihr anvertraut hätte, wie er sich das jetzt einbildete, weil sie tot war, denn es ist leichter, sich eine tote Mutter vorzustellen als eine lebende, und trotzdem stellen wir uns die tote und die lebende Mutter gleichermaßen als von Grund auf gut vor.

Ich schaue mir *Kind und Mutter 1* und 2 auf dem Bildschirm an, und alles, wovor ich geflohen bin, kommt zurück, das Gefühl, ein Kind zu sein, aber als Form, das Leiden kommt zurück, aber als Form, das ist Kunst.

Die Kunst formt die Künstlerin, diszipliniert sie.

Die Künstlerin verhält sich nicht zur Wirklichkeit als solcher, sondern zu dem, was künstlerisch interessant ist. Die Wirklichkeit ist Waschpulver und Klopapier einkaufen, Bus fahren, sie besteht aus Rechnungen, Zähneputzen und Verdauungsstörungen, daraus, die Spülmaschine ein- und auszuräumen, aber sie ist schwer zu fassen, einzukreisen, festzuhalten.

Das Verhältnis eines Werkes zur Wirklichkeit ist uninteressant, das Verhältnis eines Werkes zur Wahrheit ist entscheidend, der Wahrheitswert eines Werkes liegt nicht in seinem Verhältnis zur sogenannten Wirklichkeit, sondern in seiner Wirkung auf die, die es betrachten.

Vielleicht hat sich Mutter nach *Kind und Mutter 1* und *2* professionelle Hilfe gesucht, um den psychischen Schmerz, den ich ihr nach Ruths Worten zugefügt hatte, besser ertragen zu können. Ich will nicht bagatellisieren, wie sie es erlebt haben muss, *Kind und Mutter* als plötzliche Mitteilung von der ansonsten stummen Tochter aus Übersee, aber das war nicht das Schlimmste, vermutlich hatte sie keine Illusionen, was meine Beziehung zu ihr anging, hätte ich ihr *Kind und Mutter 1* und *2* privat zugeschickt, wäre sie sicher erschüttert gewesen, mehr aber nicht, was sie viel mehr quälte, war, dass die Bilder öffentlich zugänglich aufgehängt worden waren. Dennoch glaube ich nicht, dass sie damals einen Psychologen aufgesucht hat, denn einen Psychologen aufzusuchen wäre ein Eingeständnis gewesen, dass sie Hilfe in etwas anderem als in praktischen Dingen brauchte, und das wäre Mutter ungeheuer schwergefallen zuzugeben, denn diese Dinge saßen tief, vermutlich kamen sie aus ihrer Kindheit. Aus demselben Grund wäre sie auch nie auf die Idee gekommen, einen Psychologen aufzusuchen, um sich professionelle Hilfe in der neuen Situation zu holen, die dadurch entstanden ist, dass die verlorene Tochter zurückgekehrt ist und Kontakt haben will, denn ein Psychologe würde fragen, warum sie so energisch und schroff alle Annäherungen zurückweist, und was antwortet sie dann.

Sie hat sich in eine Situation gebracht oder ist in eine Situation gebracht worden, in der sie die Trauer über den Verlust eines Kindes nicht artikulieren kann.

Ich bilde mir ein, dass sie lieber mit Leuten zusammen ist, die ihr nach dem Mund reden, und es ist leicht, ihr nach dem Mund zu reden, weil sie vermutlich verletzlich scheint, weil Mutter, jedenfalls damals, als ich sie gekannt habe, eine Expertin darin war, ein trauriges und beleidigtes Gesicht zu machen, das Gesicht einer Person, die sich ihren Kränkungen ergeben und sie zu ihrer Identität gemacht hat. Außerdem ist sie alt, und alte Menschen haben grundsätzlich Anspruch auf Mitleid, appellieren instinktiv an unser Mitleid. Die junge Friseurin und die junge Ärztin werden Mitgefühl zeigen, wenn Mutter erzählt, wie ihre ältere Tochter plötzlich verschwunden ist und sich jahrelang nicht gemeldet hat, und nun ist sie plötzlich wieder da und *fordert,* und sie werden über Mutters Version der Geschichte nicht nachdenken, und sie werden sie sicher nicht kritisch kommentieren, die Wahrheit ist nicht von Bedeutung, wenn man einem so schmerzhaften Eingeständnis begegnet, und was soll das auch sein, die Wahrheit. Wenn eine ältere Frau mit trauriger Miene und zitternder Stimme von schwerwiegenden Problemen in ihrem Leben erzählt, stellt man keine kritischen Fragen und bittet nicht zu einem philosophischen Gespräch über die Veredelung von Schuld, man macht es nicht wie Gregers Werle, man tröstet intuitiv.

Ich schäme mich dafür, dass ein so durchschnittlicher Mensch eine solche Macht über mich hat, ich halte mir vor Augen, dass sie meinen Körper aus ihrem Körper gepresst hat und mich, auf eigene Initiative oder fremdes Geheiß, an ihre Brust gelegt hat, an der ich mich mit meinem kleinen Kiefer festbiss und aus der ich lebenswichtige Flüssigkeit saugte, und ich hatte wahrscheinlich schon damals Angst davor, dass sie sich wegen meiner Gier an mir rächen würde, indem sie ihre eigene Nachkommenschaft verschlingt, aber das passierte nicht, stattdessen wurde ich zur Trägerin des Schmerzes, den sie verdrängen konnte.

Ruth hat Yellowstone, Montana, nicht erwähnt. Mutter hat von meinen Annäherungsversuchen erzählt, aber hat sie ihr den Brief gezeigt, in dem ich über Yellowstone, Montana, schreibe? Mutter hält Yellowstone, Montana, vor Ruth versteckt, sie hält ihr eine naht- und bruchlose Geschichte hin.

Es gab Taufbilder. Sie fielen mir während des Morgenkaffees wieder ein, während ich auf die unberührte weiße Decke draußen hinausschaute, schwarz-weiß. Eins von Vaters Familie vor der Steinkirche und eins nur von Mutter und mir, Mutter hält das Kind, mich, an ihre Wange, Mutters Wange an meiner, und wir sehen glücklich aus, aber für Mutter muss dieser Anlass auch die Erinnerung daran bedeutet haben, dass sie, nicht lange nachdem sie selbst getauft worden war, zu Onkel Håkon und Tante Ågot nach Hamar gegeben wurde, die schon ein Kind hatten, um das sie sich kümmern mussten. Mutter steht mit ihrer Wange an meiner vor der Steinkirche und sieht glücklich aus, aber woran denkt Mutter. Vielleicht gibt es ein Taufbild von Großmutter, die ihre Wange an Mutters hält, irgendwo vor einer Kirche, aber ich habe es nie gesehen, und es wurde nie über Großmutter gesprochen und selten über Onkel Håkon und Tante Ågot in Hamar, denn es gab nichts, womit man sich hätte brüsten können.

Als Kind habe ich sie intensiv studiert, ich habe jede kleinste ihrer Bewegungen überwacht, ich habe versucht, sie zu lesen, und ich habe ihre Sehnsucht gespürt, sie war unerreichbar für mich. Als ich älter wurde, näherte ich mich ihr mit einer anderen, einer sprachlichen Neugier, zuerst reagierte sie mit Unverständnis, dann mit Distanz, aber das Schlimmste von allem: Sie reagierte mit Floskeln. Indem sie den Mund aufmachte, machte sie mich zu einem einsamen und fremden Kind. Zu Ostern kam eine junge Frau bei einer Schneelawine in Rondane ums Leben, ich konnte nicht aufhören, daran zu denken und darüber zu sprechen. Mutter: Sie hätte nicht so weit rausgehen dürfen. Man sollte aufhören, wenn es am schönsten ist. Wie ich immer sage: Die Menschen wissen nicht, was gut für sie ist. Es kam vor, dass ich sie beobachtete, wenn sie mit anderen zusammen war, und dachte, vielleicht hätte ich sie gern als Tante, als Kollegin oder als Freundin, aber als Mutter war sie nicht gut für mich, sie gab mir ihre inneren Verletzungen weiter. Mutters Schwere, Mutter erdrückt mich. Und trotzdem hoffe ich auf ein ruhiges, klärendes Gespräch mit ihr, woher kommt diese Hoffnung? Aus meiner Kindheit?

Das Schlimmste zwischen uns passierte immer dann, wenn eine oder beide verzweifelt waren, mit dem Rücken zur Wand standen. Aber wenn wir uns an einem nicht verzweifelten Ort träfen, würden wir uns dann sicher fühlen, oder würde dieser Ort zu einem verzweifelten Ort werden, sobald wir ihn beträten?

Die allegorische Verkörperung der Gerechtigkeit, Justitia, ist eine Frau. Weil die Frau Mutter ist und weil es eine Vorstellung gibt, in der die Mutter alle ihre Kinder gleich innig liebt und deshalb keinen Unterschied zwischen ihnen macht, keins bevorzugt, eine Mutter besitzt die Fähigkeit, Gerechtigkeit auszuüben.

Das ist Wunschdenken. Eine Mutter behandelt ihre Kinder unterschiedlich, denn eine Mutter reagiert auf die Ansprache ihrer Kinder, und die Kinder sprechen sie auf unterschiedliche Weise an. Vermutlich ist es leichter für eine Mutter, das Kind zu mögen und auszuhalten, das sie, auch wenn es kein kleines Kind mehr ist, liebevoll, ehrerbietig und bewundernd anspricht, das die Mutter nicht mit kritischem oder anklagendem Blick ansieht, sondern mit verständnisvollem, und in dem Moment, in dem die Mutter das liebevolle Kind mit einem milden Blick und das kritische Kind mit einem strengen Blick ansieht, beginnt der Kampf. Geschwister ringen schon früh um die Liebe der Mutter, und die Mutter bemerkt den Kampf der Kinder um ihre Liebe, unabhängig davon, ob die Mutter gut oder nicht gut zu ihnen ist, ist es ein Kampf um sie, vor allem wenn die Kinder klein sind, wird blutig um Mutter gekämpft, wird die Familie zum Schlachtfeld, die Mutter ist die Königin, und die Mutter, die nur in der Familie und nirgendwo sonst Königin ist, genießt ihren Königinnenstatus und nutzt ihn aus. Vielleicht ist die Schlacht blutiger und brutaler, je weniger fähig die Mutter ist, weshalb die Kinder energisch um die seltene Gunst kämpfen müssen, und viele Mütter lieben diesen Kampf und die überwältigte Zuneigung, die er bei manchen Kindern hervorruft, sie nähren sich am Ausdruck ihrer Sehnsucht nach Wärme und Aufmerksamkeit und bilden sich ein, all das sei der Beweis für ihren Wert als Mutter und als Mensch, und sie sorgen deshalb bewusst oder unbewusst dafür, den Kampf anzustacheln und ihn auszuweiten, und die Kinder erkennen das nicht, sondern wollen nur mehr von Mutter, so wie Ruth, seit ich wieder im Land bin, mehr von Mutter will als vorher, das bilde ich mir ein; sie hat Mutter gewonnen und will ihren Gewinn behalten und nicht teilen. Ich erfinde Ruth, das ist das Erschreckende, und Ruth erfindet mich, und wir beide erfinden Mutter.

Ich darf nicht vergessen, dass es viele Arten von Liebe gibt und dass sich die Liebesobjekte der Menschen im Laufe ihres Lebens verändern. Ein älterer Mann findet eine neue Freundin und vergisst die Frau, mit der er vierzig Jahre lang zusammengelebt hat. Als ich einen Sommerjob im Pflegeheim hatte, habe ich gesehen, dass manche der alten Menschen das Pflegepersonal lieber mochten als ihre erwachsenen Kinder. Wenn der Sohn von Frau Ås zu Besuch gewesen war, war sie enttäuscht, weil sie Blumen bekam, obwohl sie sich doch Pralinen wünschte, und umgekehrt, und sie war enttäuscht, weil die Schwiegertochter mitgekommen oder nicht mitgekommen war, und auf jeden Fall hatte ihr Sohn einen Fehler gemacht, als er diese Frau geheiratet hatte, und die Kinder taugten auch nichts. Aber Frau Ås liebte Nina. Über ihren Sohn sprach sie nie, abgesehen von den Vorwürfen nach seinen Besuchen, aber über Nina redete sie ununterbrochen in den höchsten Tönen, fragte nach Nina, wenn sie keinen Dienst hatte, und strahlte, wenn sie kam. Wenn Frau Ås geklingelt hatte und ich zu ihr musste, dann wusste ich, dass sie lieber auf Nina warten würde, egal, wie lange es dauerte. Auch Großmutter Margrethe hing offenbar am Personal ihres privaten Pflegeheims, wo sie zuletzt wohnte, ich erinnere mich an ihre Beerdigung. Es war während meiner Hungerphase, und während des Kaffees nach der Trauerfeier lockten mich die Kuchen, aber ich widerstand der Versuchung, und ich weiß noch, wie Vater reagierte, als eine Pflegerin aus dem Heim das Wort ergriff und seine Mutter beim Vornamen nannte, Margrethe. Sie erzählte, dass Margrethe ins Stationszimmer kam, wenn sie nachts nicht schlafen konnte, und dass es dann lustig wurde, sie spielten Karten und erzählten sich Geschichten, denn Margrethe konnte so schön aus ihrem Leben erzählen, Vater biss sich in die Lippe. Margrethe schummelte beim Pokern, erzählte die Pflegerin lachend und mit westnorwegischem Akzent, und Vater rutschte an seinem Tischende hin und her und gab dem Toastmaster ein Zeichen, die Frau zu unterbrechen, ich kannte diese Handbewegung, aber der Toastmaster gehorchte nicht, deshalb durfte die Pflegerin ein Bild von Margrethe Hauk zeichnen, das mir und vermutlich auch Vater unendlich fremd war, so sah er jedenfalls aus. Ich war ihr zwar nur selten begegnet, aber ich erinnerte mich aus den Telefongesprächen an jedem Geburtstag an ihre Stimme, tief, schroff, autoritär, während diese Frau über Margrethe sprach, als wäre sie eine lockere, bezaubernde und offene Person gewesen, und Vater wurde kindisch, er redete auf der ganzen Heimfahrt darüber, wie unpassend es sei, dass eine dicke Frau ohne besondere Ausbildung behauptet hatte, Frau Margrethe Hauk habe beim Kartenspielen geschummelt, wir fuhren mit dem Auto von Bergen nach Hause.

Alle Kinder sind abhängig von ihrer Mutter und sind ihr gegenüber deshalb immer verletzlich, körperlich und seelisch, aus diesem Grund haben wir Müttern gegenüber ambivalente Gefühle, und aus diesem Grund tauchen in Wohlfühlfilmen auch so selten Mütter auf. Die Mutterfigur weckt zu komplizierte Gefühle, um sich wohl zu fühlen. Im Wohlfühlfilm der Wohlfühlfilme, *Tatsächlich ... Liebe,* treten Mütter nur als kleinste Nebenfiguren auf, trotz all der unterschiedlichen Liebes- und Familienverhältnisse, auf die der Film ansonsten eingeht. Die wichtigste Mutterfigur, die darin vorkommt, ist tot, die zweitwichtigste ist eine betrogene Ehefrau, die wahrscheinlich deshalb betrogen wurde, weil sie so sehr Mutter ist, dass sie es nicht schafft, ihren untreuen Mann zu verlassen. Es hätte den Film ruiniert, den Müttern den ambivalenten Raum zu geben, den sie im wirklichen Leben einnehmen, ich schreibe das als eine Mutter. In *Hedda Gabler* gibt es keine Mutter, während General Gabler mit seinen Pistolen viel Raum bekommt. Jørgen Tesmans Vater Jochum ist tot, erfahren wir, aber die Mutter wird nicht erwähnt, in Ibsens Stücken, in denen die Mutter im Mittelpunkt steht, ist sie oft das, was wir früher und heute als Rabenmutter bezeichnen. In Søren

Kierkegaards großem Werk, die vielen Episteln, Briefe, Tagebücher eingerechnet, erscheint der Vater als Wurzel der Qualen, der Psyche, des Glaubens und des Schreibens des Sohnes, während die Mutter nicht ein einziges Mal erwähnt wird, an keiner einzigen Stelle.

Die Mutter der Wirklichkeit, unsere Erfahrung der einzelnen, konkreten Mutter, ist verwoben mit dem Mythos Mutter, arme Mutter und alle Mütter und ich selbst, die das Kreuz des Mythos tragen.

Ich hatte versucht, mir vorzustellen, wie ich reagieren würde, wenn John plötzlich weit wegginge, ohne ein Wort. Ich würde es kaum aushalten, ich würde mich fragen, was ich falsch gemacht habe. Nicht weil er gegangen wäre, schon gar nicht, wenn es wegen einer Frau wäre, in die er sich verliebt hätte, oder wegen einer Ausbildung, die es nur an diesem einen neuen Ort gäbe, nein, das glaube ich nicht, aber ich würde mich fragen, warum er mir nichts davon gesagt hätte. Denn ich würde nicht versuchen, ihm diesen Plan auszureden oder ihn für seinen Entschluss zu kritisieren, ich würde ihn unterstützen, wie ich es getan habe, als er erzählte, dass er mit Ann nach Dänemark ziehen wollte, da bin ich mir ziemlich sicher. Obwohl ich mit Mutter oder Vater nicht über meine Pläne sprechen konnte, denn sie wären hysterisch geworden, hätten mir verboten zu gehen, hätten vielleicht versucht, mich mit Gewalt daran zu hindern, mich einzusperren, ich glaube nicht, dass ich mir das nur einbilde. Ich weiß noch, dass ich mit dem Gedanken spielte, mit ihnen darüber zu reden, aber ich hatte es nicht getan, aus Angst, Vater würde zu Mark gehen und ihn bedrohen oder umbringen, diese Angst jagte durch meinen Körper, aber vielleicht waren es nur Vorstellungen, die mein Schuldgefühl geschaffen hatte, weil ich wusste, wie hart mein Weggehen meine Eltern gesellschaftlich treffen würde. An Thorleif verlor ich nicht einen einzigen Gedanken, ist das nicht seltsam, oder vielleicht ist es das nicht, nicht mehr, jetzt, da ich mehr verstehe als damals. John war weit weggegangen, aber nicht plötzlich, er hatte mir von seinen Plänen erzählt, und vom ersten Moment an hatte ich gesagt: Geh! Vielleicht hatte ich es zu schnell gesagt? Ich sagte ihm, dass ich Ann mochte und dass ich mich darüber freute, dass die beiden in Kopenhagen Arbeit gefunden hatten, und ich erwähnte nicht, dass ich wusste, dass es beim Symphonieorchester in Los Angeles freie Stellen gab, hätte ich das tun sollen?

Ich bilde mir ein, wenn er einen Brief schriebe und sich über etwas für ihn Kompliziertes in seiner Beziehung zu mir äußerte, dann würde ich sagen, dass ich das verstehen könne, ich bilde mir so viele seltsame Dinge ein.

Reiß dir die Binde von den Augen, male deine Augen offen, male die Augen der anderen offen, das steht in deiner Macht!

Ich gehe ins Atelier zu dem schwindelerregenden Geruch von Farbe und Terpentin und tunke den Pinsel in den weißen Farbeimer, dann bleibe ich mit hängenden Armen vor der Leinwand stehen, vom Pinsel tropft Farbe auf den Boden, ich zähle die Tropfen und komme auf sechs.

Ich versuche, tiefversunkene Bilder von Mutter heraufzubeschwören, aber die wenigen Fotos, an die ich mich aus dem weggeworfenen Album erinnere, nehmen allen Platz ein; ich muss über sie hinausgelangen, hinter sie.

Dass ich mit dem Grenzenlosen und dem Unendlichen verbunden bin, ist das Entscheidende. Und diese Verbundenheit kann ich nur erleben, wenn ich mir meiner engen Begrenzung bewusst bin, begrenzt und ewig zugleich, ich und die andere, Mutter. Nur wenn ich es erlebe, *nur* ich zu sein, das kleine Ich, spüre ich das grenzenlose Unendliche, und nur indem ich mir dessen bewusst bin, kann ich es vermeiden, zum Opfer des Unterbewussten zu werden. Wenn ich unwissend über das bleibe, was sich aus dem Unbewussten aufdrängt, riskiere ich es, eins damit zu werden. Die Aufgabe des Menschen, schreibt Jung, ist es, Bewusstsein zu erschaffen.

Die Schwelle zu einer verborgenen Welt zu überschreiten, die sich in dieser Welt befindet, den unsichtbaren Übergang zwischen dem, was wir verstehen, und dem, was wir nicht verstehen können, das Erlebnis, eine Grenze zu überschreiten, das Zurückkehren des Verdrängten verändert die Landschaft; das entscheidende Puzzleteil, dessen Fehlen du erahnt hast, taucht auf, und das Bild sieht im Licht anders aus, und du musst dich neu orientieren in dem, was alt ist, wie wenn ein Knopf an einen Polstersitz genäht wird und die Nadel den Stoff durchdringt, auf den Stuhlboden trifft, der Faden sich spannt und sich die Form des ganzen Polsters augenblicklich verändert.

Das Thema ist zu groß, es kann meinen Verstand überschreiten.

Ich hatte mich um Dinge der echten Welt gekümmert, Klopapier und Spülmittel, und fuhr zurück in den weißen Wald. Ich ging in meinen eigenen Spuren, es war ein Pfad entstanden, es war eine Wunde entstanden, sie wurde tiefer, während ich ging, ich spürte, wie sich der Schmerz in meiner Brust und unten in meinem linken Arm sammelte, ich hielt die Wunde offen und vertiefte sie?

Es roch nach kaltem Schnee, und die Kälte brannte in meinem Gesicht, wie früher schon einmal, als ich zu früh aus der Schule gekommen war, ich muss neun gewesen sein, denn wir hatten gerade den neuen Mathelehrer bekommen, Hagås, also war es in der dritten Klasse, rechnete ich aus. Hagås ging von Tisch zu Tisch und fragte, ob wir die Aufgaben verstanden hätten, ich hatte sie verstanden, so hatte es angefangen. Ich war als Erste fertig und ging allein nach Hause, durch die leeren Straßen voll trockenem Schnee, die Kälte in meinem Gesicht wie jetzt, und ich erinnere mich an etwas, von dem ich nicht wusste, dass ich es vergessen hatte, ich kam nach Hause und überraschte Mutter. Ich öffnete die Tür unten, und sie rief erschrocken aus einem Zimmer: Wer ist da, aber es konnte doch nur ich sein. Ruth war im Kindergarten,

Ruth kam nicht allein nach Hause, Vater war bei der Arbeit, ich musste es sein, und trotzdem erschrak Mutter, als sie hörte, dass die Tür aufging, ich sagte: Ich bin es! Das half nichts, es roch nach Angst, ich hörte, wie die Badezimmertür abgeschlossen wurde, sie war auf dem Klo, aber darum ging es doch nicht, oder doch?

Ich bekam ebenfalls Angst, Mutter steckte mich mit ihrer Angst an, aber vielleicht war sie einfach nur im Bad, jeder will im Bad allein sein, ich zog mich rasch aus und lief mit hämmerndem Herzen nach oben, ich sah die abgeschlossene Badezimmertür an, ging in mein Zimmer und setzte mich bei angelehnter Tür aufs Bett, es kam mir lange vor, bis Mutter herauskam, ohne gespült zu haben, sie trug einen Bademantel über Rock und Strümpfen, den Gürtel des Bademantels hatte sie sich um die Taille gebunden, das sah seltsam aus, sie ging ins Schlafzimmer, ohne mich anzusehen; nach einer Weile kam sie ohne den Bademantel heraus, in ihrem blau karierten Rock, darüber trug sie einen langärmligen grauen Pullover, sie ging in die Küche. Ich schlich mich aus meinem Zimmer zur Küchentür und sah sie an, sie stand mit dem Rücken zu mir am Herd, ich war für Mutter zu früh nach Hause gekommen, ich wollte wieder gehen, zu einer Freundin. Ich ging ins Badezimmer, um Pipi zu machen, ehe ich ging, und sah eine Schüssel in der Badewanne, in der eine weiße Bluse eingeweicht wurde, sie hatte rotbraune Flecken unten an einem Ärmel, Mutter klopfte sofort an die Tür, sagte, ich solle aufmachen, ich gehorchte, sie riss die Tür auf, stürzte zur Badewanne, ich sagte, ich müsse Pipi machen, sie antwortete, das könne ich doch auch, während sie da war, sie schüttete das braunrote Wasser aus der Schüssel und drehte am Badewannenhahn herum, sie zog die Schüssel unter das fließende klare Wasser, kehrte mir den Rücken zu, hatte die Hände in der Schüssel, rieb hektisch an dem, was sie verschmutzt hatte, ich sah, wie sich ihre Ellbogen hoben und senkten, ich musste doch nicht Pipi, ich ging unsicher hinaus. Kleidung, die eingeweicht wird, sollte über Nacht im Wasser liegen und danach drei Mal ausgespült werden, ich ging in mein Zimmer, schloss aber die Tür nicht. Mutter kam heraus, nachdem sie die Bluse mehr als drei Mal ausgespült hatte, ihre Pulloverärmel waren nass, weil sie sie nicht aufgekrempelt hatte, und jetzt, in der Hütte, verstand ich es plötzlich, es war klar wie das fließende Wasser, aber tiefer und röter, Mutter, Feuer aus Hamar, Mutter, Blut aus Hamar.

Mutter trug immer langärmlige Blusen, Kleider und Pullover, auch im Sommer, Mutter badete nie im Sommer, trug niemals einen Badeanzug oder Bikini. Mutter hatte schöne weiße Streifen am linken Unterarm, das sah ich, wenn sie Ruth badete und ich auf dem Klodeckel saß und zusah, das durfte ich manchmal, ich dachte, das sei von Natur aus so, eine natürliche Variation, wie die roten Haare, wie die Sommersprossen wie Zimt auf einem Cappuccino, dünne weiße Streifen wie ein Stück fein gewebtes Leinen am Unterarm, sie glaubte, ich sähe das nicht, nicht in der Küche, nicht im Wohnzimmer, nicht draußen, nicht einmal im Garten im Sommer; alle Blusen meiner Mutter, alle Kleider meiner Mutter hatten lange Ärmel, aber ich begriff erst jetzt, warum, ich begriff erst jetzt, woher die weißen Streifen kamen.

Mutter in der Küche, sie starrt mit leerem Blick aus dem Fenster in das schreckliche Licht, das an manchen Herbsttagen im November entsteht, wenn es sehr kalt ist, so eine Kälte, die deinen Körper auch dann durchweht, wenn du zu Hause sitzt, ein chlorgelbes und braunes Licht, das an geronnenes Blut erinnern kann und das den Himmel färbt, der schwer über den Häusern und der Schlittschuhbahn hängt, das die Flecken im Asphalt aussehen lässt wie überfahrene Hunde, das den Dreck in den Pfützen auf der Straße in giftiges Ungeziefer verwandelt, das jeden Moment heraus und über die Straße und ins Haus kriechen könnte, um dich zu stechen und an dir zu saugen, Mutter, erfüllt von einer wortlosen Dunkelheit, die Zukunft still, dunkel, Mutters Kehle ist zusammengeschnürt, Mutters Schmerz in der Brust, sie ist eingesperrt und eingeschlossen, es gibt keinen Ausweg, Mutters Brust ist zusammengepresst von der Kälte und dem Ungeziefer auf der Straße, Mutters Atem ist in ihr gefangen, sie hat niemanden, an den sie sich wenden könnte, Mutter geht ins Badezimmer, nimmt sich eine von Vaters dünnen Rasierklingen und befreit ihren Atem.

Ich denke an den kleinen Vogel, den ich im Frühling im Wald gefunden habe, er flatterte mit gebrochenem Flügel, ohne von der Stelle zu kommen, an der er zufällig gelandet war.

Narben verschwinden nicht, Mutters Narben am linken Unterarm müssen noch immer vorhanden sein, ich muss Mutters linken Unterarm als Beweis sehen.

Ich rufe Mutter an, sie geht nicht ans Telefon, sie hat sich entschieden. Ich schreibe:

Liebe Mutter! Es gibt so viel, worüber ich mit dir sprechen möchte. Ich glaube, das könnte uns beiden guttun.

Mit freundlichen Grüßen, deine Tochter Johanna.

Ich bekomme keine Antwort.

Mutter musste verzweifelt gewesen sein, aber vor allem einsam und beschämt. Wenn jemand entdeckt hätte, dass sie im Badezimmer saß und sich mit einer Rasierklinge von ihrem Schmerz befreite? Vater sah es nicht, Vater wollte es nicht sehen, es war ihm egal, und er interessierte sich für nichts anderes als seine Geschäfte und Mutters offenes Kupferhaar. Später fand Mutter einen anderen Weg, um sich von ihrem Schmerz zu lösen, gut für sie, Pech für mich? Mutter kapselte sich in ihre Qual ein, in allen Lebensbereichen orientierte sie sich immer stärker an gesellschaftlichen Konventionen, sie verinnerlichte Gebote und Prinzipien wie eine Landkarte, der sie unter allen Umständen folgte und die sie nicht hinterfragte, die Karte gab ihr Sicherheit und Orientierung, sie gab auf jede Frage eine eindeutige Antwort, Mutter war auf der sicheren Seite, solange sie der Karte folgte, aber damit die Karte so festgeschrieben und gültig war, wie Mutter es brauchte, musste die Karte auch für andere gelten, vor allem für ihre Töchter, für die sie die Karte aufzeichnete, denen sie sie in den Mund stopfte und die sie sie zu schlucken zwang, sie bohrte uns die Karte in die Ohren mit ihrem Gerede davon, was man sollte und durfte, wasch dir vor dem Essen die Hände, hast du dich auch bedankt, ein unaufhörliches Gerede, als ob der irrelevante Lärm, der aus ihrem Mund kam, die Qual ihres Herzens dämpfen könnte, sie spie sich selbst mit ihrem Gerede aus und versuchte, ein Fundament aus ihren jungen Töchtern zu pressen, die sie immer in ihrer Nähe hatte, über die sie herrschte, indem sie sie kontrollierte und dominierte, um ihre eigene Unselbständigkeit auszugleichen; sie hinderte die Töchter an allem, was ihren eigenen Einfluss schmälern könnte, vor allem mich, weil sie merkte, dass ich mich entfernte und keinen *Respekt* zeigte, sie war aufdringlich und übergriffig, weil sie in Wirklichkeit ohnmächtig war, weil ich aufgehört hatte, mich für ihre Meinung über dies und das und jenes zu interessieren; sie musste immer Aufmerksamkeit erzeugen, musste immer im Mittelpunkt stehen, auf eine Weise, wie es ihr unmöglich war, wenn Vater in der Nähe war, sie kam in mein Zimmer, wenn ich Besuch hatte, um eine belanglose Anekdote über irgendetwas zu erzählen, was ihr gelungen war, über jemanden, der ihr ein Kompliment über ihre Opferbereitschaft gemacht hatte; Mutter kam in mein Zimmer, und sofort regierte Mutter. Die eigentliche Botschaft war in der Regel: Ich habe für andere gelebt. Sie glaubte an die Größe ihrer Aufopferung oder musste daran glauben. Sie hatte offenbar resigniert, wenn es darum ging, sich ihre eigenen Wünsche zu erfüllen, die sie längst schon begraben hatte und die aber in verzerrter Form immer wieder auftauchten, als plötzliche Wutanfälle, wenn vor allem ich einen Versuch machte, meine eigenen Träume zu entwickeln, denn um Selbstverleugnung und

Selbstverachtung zu überwinden, muss sich die Scham in Zorn verwandeln, also wurde Mutter zornig auf mich und meine Versuche, mich loszureißen, und der Zorn, der ihre Welt hätte verändern können, wurde impotent.

Ich habe niemals ein aufrichtiges Gespräch mit ihr geführt. So kommunikativ wir beide, jede auf ihre Weise, auch waren, haben wir doch nie ehrlich miteinander gesprochen. Einmal hatte ich eine Art verbindendes Gefühl zu ihr, aber das war unaufrichtig und ist längst verjährt. Mich interessiert die Person, die sie damals gewesen ist, als sie noch Kontakt zu ihrem Schmerz hatte, von ihr versuche ich mich zu befreien, eine Arbeit, die vermutlich nie zu einem Ende kommen kann; ich muss Mutters linken Unterarm sehen.

Als Kind unternahm ich vermutlich einen unbeholfenen Versuch, aber da war es schon zu spät. Als Erwachsene versuchte ich es mindestens zweimal, zuerst einige Monate, nachdem ich übers Meer verschwunden war; ich schrieb einen langen Brief, um mich zu erklären, so ehrlich und offen, wie ich es nur konnte, aber ihre kurze Antwort machte mir klar, dass der gesellschaftliche Skandal meines Ausbruchs aus Ehe und Familie sie härter getroffen hatte als der Verlust meiner Person, meine Beweggründe interessierten sie nicht. Ich unternahm noch einen Versuch, nicht lange nach Vaters Beerdigung, als ich die vorwurfsvolle SMS von Ruth bekommen hatte, darüber, wie sehr es Mutter getroffen hatte, dass ich nicht zu Vaters Beerdigung gekommen war, tödlich, ich schrieb Mutter einen Brief über meine schwierige Lebenssituation, dass Mark sehr krank und John erst fünfzehn Jahre alt war, in dem ich aber auch vorsichtig andeutete, dass Vater im Zusammenleben ein anstrengender Mann gewesen sein musste, ein strenger Patriarch, der seinen Willen um jeden Preis und in jeder Hinsicht durchsetzte, der seine Umgebung durch Angst beherrschte, sie protestierte aufs heftigste. Vater sei der beste Ehemann gewesen, den sich eine Frau überhaupt hätte wünschen können, der beste Vater, den ein Kind hätte haben können, ich solle dankbar dafür sein, wie Vater gewesen war, an ihm habe es nichts auszusetzen gegeben, wie könne ich es wagen, so schlecht und respektlos über einen Toten zu sprechen. Es hätte mich natürlich nicht verletzen dürfen, dass Mutter, die oft falschlag, mich nicht verstand, und trotzdem tat es weh. Wieder wurde mir schmerzlich vorgeführt, wie sie vor allen unbehaglichen Wahrheiten die Augen verschloss, ich gab auf.

Aber schöpfte ich jetzt wieder Hoffnung, dass sie mit mir reden würde? Obwohl es aller Wahrscheinlichkeit nach so war, dass diese Frau in den Achtzigern ihre Lebensentscheidungen mit Zähnen und Klauen verteidigte, statt sie zu bereuen und diese Reue zum Ausdruck zu bringen, obwohl Mutter hartnäckig behaupten würde, dass es zu ihrem Besten und zum Besten ihrer Töchter gewesen war, Vaters Lebensrezept und sein Normensystem unkritisch zu übernehmen, aber aller Wahrscheinlichkeit nach dachte Mutter schon längst nicht mehr über die Vergangenheit nach, suchte nicht mehr darin, carpe diem und so weiter.

Und trotzdem wollte ich es nicht glauben, ich bildete mir ein, sie sei ihr ganzes Leben lang eine Fremde vor sich selbst geblieben, die den Wunsch nach Erlösung in sich getragen hat; und ich glaubte, ich könne ihr helfen?

Das war schrecklich naiv.

Aber Mutter hatte in der Kirche geweint.

Es wird behauptet, dass ältere Menschen eine Art zweite Kindheit erleben, aber vielleicht gehen sie auch langsam rückwärts wieder auf ihre Kindheit zu, wenn Mutter also neunzig werden sollte, was sie sicher tut, wird sie vielleicht in der Zeit angekommen sein, als sie allein im Badezimmer saß und ihren Atem mit einer Rasierklinge befreite?

Ich wache im Dunkeln auf, ich mache Feuer im Eisenofen, ich mache Feuer im Steinkamin, ich koche mir einen Kaffee und trinke ihn, ich kann nichts essen, im Dunkeln folge ich meinen eigenen Spuren zurück zum Auto. Es dämmert, während ich langsam Richtung Stadt fahre, die Sonne geht auf. Es ist Sonntag, der vierzehnte Dezember, ich hoffe, Mutter geht in die Kirche.

Ich halte vor der Arne Bruns gate 22, noch läuten die Kirchturmglocken nicht, ich schalte den Motor aus und bin warm angezogen, trotzdem wird es rasch kalt, obwohl es draußen zwei Grad über null ist, und die Sonne scheint. Ich lasse den Motor an, ich bin unvorsichtig oder gleichgültig geworden, vielleicht auch trotzig. Die Straße ist leer, aber warum stehen die Bäume Wache, Mutters Block liegt friedlich da, aber warum sieht er aus wie eine Festung? Die Kirchturmglocken läuten jetzt, aber niemand kommt aus dem Haus, ein Räumfahrzeug taucht auf, und ich muss wegfahren und auf der nächsten Kreuzung umdrehen, ich fahre hinter dem Räumfahrzeug her und halte dort, wo ich eben schon gestanden habe, ich schaue in die andere Richtung, niemand hat die Arne Bruns gate 22 verlassen. Ich habe den Eingang höchstens zwei Sekunden lang aus den Augen gelassen, die Glocken läuten nicht mehr, der Gottesdienst hat begonnen, und Mutter geht nicht hin. Vielleicht ist Mutter nicht zu Hause, vielleicht ist Mutter weggefahren, vielleicht wird Mutter am Mittelmeer Weihnachten feiern, das ist ein scheußlicher Gedanke, jetzt, da ich ihr so nahe bin. Ich drehe den Motor aus und steige aus dem Auto, gehe über die Straße und um das Haus herum, bis ich unter Mutters

Balkon stehe, hinter Mutters Fenstern brennt Licht, zum Glück, und ich stehe skrupellos auf dem verschneiten Rasen und starre zu ihr hoch, das ist nicht verboten, ich bücke mich, hebe eine Handvoll Schnee auf und forme einen Ball, ich werfe und treffe das, was ich für Mutters Wohnzimmerfenster halte. Auf der Fensterbank stehen Topfblumen und ein siebenarmiger Leuchter, vermutlich weil bald Weihnachten ist, ich habe das Werfen nicht verlernt, ich warte, es passiert nichts. Ich bücke mich noch einmal, hebe eine Handvoll Schnee auf und forme einen Ball, ich hebe den Arm, ziele, werfe und treffe, es knallt lauter als beim ersten Mal, ich habe fester geworfen, ich warte auf Mutters Schatten hinter den Blumen, ich komme mir vor wie ein Freier in vergangenen Zeiten, vielleicht öffnet sie das Fenster und sagt ja. Ich sehe nichts, ich höre nichts, ich bücke mich, hebe eine Handvoll Schnee auf, forme einen festen Ball und werfe, sehe, kurz nachdem ich geworfen habe, einen Schatten hinter den Blumen, der Ball trifft, die Fensterscheibe zerbricht, ich renne, ich wollte nicht, dass das passiert.

Ruth schrieb, sie habe das zerbrochene Fenster bei der Polizei gemeldet, aber ich hörte nichts von der Polizei, es war vermutlich nur Gerede, sie konnten nicht mit Sicherheit wissen, wer den Schneeball geworfen hatte. Dennoch gab ich mich nicht geschlagen – oder genau deshalb, stattdessen fasste ich einen Plan.

Gleichzeitig fragte ich mich: Was willst du eigentlich?
Wissen!
Weil? Wenn ich bestätigt finde, dass Mutters linker Unterarm von feinen weißen Narben überzogen ist, wie locker gewebtes Leinen, kann sie den Schmerz nicht leugnen, und auch wenn sie sich nicht öffnen will, werde ich, wenn ich die Narben sehe, besser verstehen, wie es derjenigen ging, die sich um mich als Kind gekümmert hat, deren Schmerz aus ihrem Herzen in meins geströmt sein muss. Wenn ich sie besser verstehe, kann ich ihr vielleicht vergeben!

Aber sie glaubt, nichts getan zu haben, was Vergebung erfordert, Narben hin oder her.
Gibt es auf der Welt eine Mutter, die nicht meint, dass sie ihrem Kind etwas angetan hat, die keine Vergebung braucht? Ja, diese Mutter, diese besondere Mutter, meine Mutter, gibt es, denn sie hat ihr älteres Kind dämonisiert, sie hat zusammen mit ihrem jüngeren Kind beschlossen, dass alles, was in der Familie nicht gestimmt hat und bis heute nicht stimmt, die Schuld des älteren Kindes ist, weshalb dieses Kind um Vergebung zu bitten hat! Und vielleicht werde ich das sogar tun, wenn ich ihre Narben

sehen darf, das heißt, wenn ich verspätet um sie weinen und um Entschuldigung bitten kann, weil ich zu spät verstanden habe, welchen Schmerz sie mit sich herumtrug, wie verwirrt und gefangen sie sich gefühlt haben muss.

Aber ihr ist es scheißegal, ob du irgendetwas verstehst, sie hat dich so sehr eliminiert, dass du dir dein Seelenleben sonst wohin stecken kannst, und sie hat absolut kein Bedürfnis, die Vergangenheit aufzuwärmen. Sie hat durch ihre ausgeprägte Fähigkeit, vor allem Unbehaglichen zu fliehen, überlebt, und das, was einem ermöglicht hat, zu überleben, lässt man nicht einfach los, also vergiss es.

Aber die Vergangenheit ist nicht tot, sie ist nicht einmal vergangen. Das ist es doch, was Ibsens Figuren in Schwierigkeiten bringt, sie denken, sie können die Vergangenheit hinter sich lassen, aber es zeigt sich immer wieder, dass das nicht möglich ist. Mutter wird also garantiert von der Vergangenheit heimgesucht, und sei es unfreiwillig und in der Nacht, Yellowstone, Montana, und all die Träume, die sie aufgeben musste, weil Vaters Träume immer Vorrang hatten. Sie glaubt, es vergessen zu haben, aber irgendwo in ihr leben sie noch, sie sind dort, so wie das Loch, das ich hinterlassen habe, ein winzig kleiner leerer Raum, in dem ich einmal gewohnt habe, nein, Ruth hat diesen Platz eingenommen, und es ist leichter, Ruth in sich zu tragen als mich, ich war von Anfang an eine schwere Last. Also vergiss es! Das kann ich nicht! Ich kann Mutter nicht vergessen, weil ich den Verdacht habe, dass ihre frühere ambivalente Liebe zu mir und ihr jetziger heftiger Widerwille gegen mich ihre eigenen ungeklärten Konflikte widerspiegeln, und über die will ich mehr wissen. Mutters Mysterium ist mein Mysterium und das Rätsel meines Daseins, und ich fühle, dass ich nur in der Annäherung an dieses Mysterium eine Form von existenzieller Erlösung erreichen kann.

Aber was, wenn die Aufgabe darin besteht, sich mit dem Unerlösten zu versöhnen?

Mutter hat wegen ihres älteren Kindes sehr gelitten, sollte ich schreiben, ich schrieb, dass Mutter wegen ihres älteren Kindes viel zu lachen gehabt hat.

Mutter lachte, wenn ich Frau Benzen nachahmte, die mit ihrer rollenden Einkaufstasche zum Laden ging und den Autos, die ihr entgegenkamen, mit der Faust drohte. Mutter lachte, wenn ich Lehrerin Bye nachahmte, die hin und her lief, während sie mit geschlossenen Augen das Tischgebet sprach, ehe wir unsere Pausenbrote auspacken durften. Wenn Vater nicht dabei war, lachte Mutter, wenn ich die tiefe Stimme von Großmutter Margrethe nachahmte, die uns zu unseren Geburtstagen anrief: Johanna Hauk? Herzlichen Glückwunsch zum Geburtstag! Ich habe dir mit der Post ein Vermögen geschickt.

Ab und zu sagte Mutter: Was sagt Großmutter Margrethe, wenn sie zum Geburtstag anruft, und ich verstellte meine Stimme und sprach so tief wie Großmutter Margrethe und mit Bergenser Akzent, und Mutter lachte, das waren schöne Augenblicke, die vermisste Mutter.

Marguerite Duras schreibt irgendwo, dass jede Mutter in jeder Kindheit den Wahnsinn darstellt. Dass die Mutter der seltsamste Mensch ist und bleibt, dem wir jemals begegnet sind, ich glaube, sie hat recht. Viele sagen, wenn sie über ihre Mütter reden: Mutter war verrückt, ich meine das im Ernst: verrückt. Wenn man sich an die Mütter erinnert, lacht man viel, und das ist witzig.

Ich fahre in den Wald und gehe in den alten Spuren durch den frischen Schnee zur Hütte und träume nachts, dass Mutter in der Kirche sitzt und weint, und wenn der Gottesdienst zu Ende ist und alle gegangen sind, bleibt Mutter auf der Bank sitzen, so wie ich sitzen geblieben bin, und der Küster kommt zu ihr und fragt, ob sie mit dem Pastor sprechen möchte, und Mutter nickt, und der Küster holt den Pastor, der sich zu Mutter herabbeugt, und Mutter sagt mit tränennassem Gesicht und so kindlicher Stimme, dass es mir das Herz bricht: Ich bin so unglücklich, ich bin so einsam.

Ich fahre schweißnass aus dem Schlaf hoch und begreife, dass unsere frühere Beziehung in mir überlebt hat, dass die Abhängigkeit, in der ich einmal zu ihr stand und die ich gleichzeitig geliebt und verabscheut habe, in mir lebt.

Ich habe sie kindisch genannt, das bereue ich, das war kindisch.

Seit der zerbrochenen Fensterscheibe haben sie ihre Vorkehrungen getroffen, ich muss mich bedeckt halten. Mutter geht nicht allein aus dem Haus, sie verschanzt sich in der Wohnung und macht nicht auf, wenn an der Wohnungstür geklingelt wird. Wenn unten geklingelt wird, fragt sie immer, wer da ist, ehe sie öffnet. Ruth holt sie ab und fährt sie, wenn sie in der Stadt etwas erledigen muss. Meine Chancen, Mutter allein zu treffen, sind minimal.

Ich fahre zur Hütte und bleibe eine Woche in der Einsamkeit dort, ich zeichne Mutters Züge mit Kohlestift. Die Retrospektive ist mir egal. Der Elch kommt ohne Geweih, das ist der Lauf des Lebens, sein Fell ist lichter geworden, es ist Dezember, bald ist Weihnachten. Ich lasse sie in Ruhe, sie hoffen, dass ich aufgegeben habe, sie atmen auf. Sie werden am Tag vor Heiligabend eine Kerze auf Vaters Grab anzünden wollen, diesen Samstag.

Ich zeichne Mutter. Sie schwimmt allein. Vater fischt sie aus dem Meer und lässt sie in ein Goldfischglas fallen. Mutter ist allein im Goldfischglas, sie weiß, dass sie kein Goldfisch ist, und sie hat Angst vor Vaters Reaktion, wenn er es herausfindet. Mutter hat immer Angst. Mutter bringt im Glas eine Tochter zur Welt, auch die ist kein Goldfisch, das findet Vater sofort heraus, warum soll er dieses seltsame, unschöne Wesen füttern, Goldfischfutter ist teuer. Mutter versucht, ihr Kind zu verteidigen, *ich habe es doch gleich gesagt,* aber das wird zu anstrengend, und das Kind nimmt alle Kraft zusammen und springt aus dem Glas, das Meer ist zum Glück so nahe, dass es darin landet und weit wegschwimmen kann. Mutter gibt sich alle Mühe, einem Goldfisch zu ähneln, es gelingt ihr ziemlich gut, dann stirbt Vater.

Wie hat Mutter es erlebt, als *Kind und Mutter 1* und *2* bei Gråtveit ausgestellt wurden? Es war beschämend und erniedrigend. Sie muss gewaltige Lust gehabt haben zu rufen: *Wenn ihr wüsstet, wie das für mich ist!* Aber das konnte sie nicht, es war nicht möglich an dem Ort, an dem sie sich befand, sie musste diesen Ruf unterdrücken. Dann starb Vater, dann kam ich nicht zur Beerdigung nach Hause, und Mutter dachte, sie habe mich verloren, und erlebte damals also einen doppelten Verlust, schlimmer als meine Trauer bei Marks Tod, vielleicht unerträglich, und ich habe diesem Umstand nicht einen einzigen Gedanken geopfert.

Auf Rembrandts Gemälde *Die Rückkehr des verlorenen Sohnes* kniet der junge Sohn demütig vor dem alternden, graubärtigen Vater und bittet um Vergebung dafür, dass er ihn verlassen hat, ihm ist klar, dass er nicht mehr würdig ist, der Sohn dieses Mannes zu sein, er bittet jedoch darum, sein Knecht sein zu dürfen. Der Vater legt ihm die Hände auf die Schultern, und diese Hände leuchten vor grenzenloser Liebe, und sein Gesicht strahlt das größte Vaterglück aus, weil er das Unersetzliche zurückbekommt, das er verloren geglaubt hatte.

Das ist schön, gehört aber nicht in die menschliche Sphäre. Rembrandts Vater repräsentiert Gott und soll uns zeigen, dass Gott alle reuigen Sünder aufnimmt, dass Gottes Gnade groß ist. Aber wenn der irdische Vater und die irdische Mutter wären wie er, hätten die Menschen ihn nicht zu erfinden brauchen.

Du kannst von diesem Bild also nichts lernen?
Was denn.
Demütig zu sein, dich zu beugen.

Wenn ich ihr ohne Angst und Zweifel gegenüberträte, ohne Stolz auf meinen Erfolg, nicht rachsüchtig, sondern absolut demütig, absolut vertrauensvoll, mit der tiefsten Zuneigung, wenn ich Mutter mit dem Blick eines Kindes gegenüberträte, der ihr mein ganzes Schicksal anvertraut, würde der Verkehrslärm verstummen, würde das Rauschen in den Bäumen aufhören, würde es um uns herum totenstill werden, und sie würde nicht widerstehen können.

Das zu wagen.

Ich rufe mir das Bild des Elchs ins Gedächtnis, als ich glaubte, er sei wahnsinnig geworden, als er mir Angst machte, ich rufe mir das Bild ins Gedächtnis, um Mut zu fassen. Als er kam, sah ich sofort, dass er etwas Besonderes im Schilde führte, aber was? Das Geweih war größer denn je, so schwer, dass ich dachte, es müsse doch zu schwer zu tragen sein. Er kam nicht ruhig und würdevoll angetrottet wie sonst, sondern unruhig, als ob er Schmerzen hätte oder Ameisen im Blut, er ging seinen gewohnten Weg über die Wiese zur Hütte, und ich erwartete, dass er ihn weitergehen würde, als er plötzlich kehrtmachte, den Kopf senkte und in hohem Tempo auf die kleine Gruppe von Zwergbirken zurannte, die weniger als zwei Meter von der Hütte entfernt stehen, er rannte in sie hinein, ohne sein Tempo zu drosseln, verzweifelt oder wütend oder verrückt, er rammte sein Geweih in die Äste, schlug damit gegen die Bäume, rieb die Geweihenden immer wieder an den Stämmen und Ästen, als wäre er im Astwerk gefangen und müsste sich losreißen oder sich darin verwickeln wie in eine Falle, er wollte sich selbst fangen, der gewaltige Hinterleib zuckte in dem Versuch, das widerspenstige Geweih mit seinen vielen Auswüchsen zur Vernunft zu bringen, er rammte es in die

Äste wieder und wieder, so dass sich blutbefleckte Fetzen von seinem Geweih lösten und ihm über Augen und Maul hingen, er rammte trotzdem weiter, er nahm Anlauf und bohrte das Geweih immer wieder in das Geflecht aus Zweigen, und es sah aus wie eine frustrierte Selbstverstümmelung oder Selbstzerstörung oder ein Protest gegen die Lebensbedingungen auf dieser Erde, er machte so lange weiter, bis er langsam und schwächer wurde, und ich hatte Angst, er werde zusammenbrechen, in Ohnmacht fallen, er kam mir vor wie ein weidwundes Tier, aber dann fielen die letzten blutigen Fetzen von seinem Geweih zu Boden, sie blieben an den Zweigen der Bäume hängen wie Strange Fruit oder eine seltsame Weihnachtsdekoration, und dann war das Geweih plötzlich blank und knochenweiß, marmorhaft glänzend, endlich befreit von seiner Schale, seinem Fell, seinem beschützenden Bast, endlich bereit, seine eigene Welt gegen die Welt da draußen zu verteidigen.

Ich fahre am Tag, bevor ich es tue, zurück in die Wohnung. Die Stadt ist weihnachtlich geschmückt, aber der Schnee ist geschmolzen und zu dreckigem Matsch geworden. Vor den Einfahrten zu den großen Einkaufszentren am Stadtrand haben sich Warteschlangen gebildet, obwohl es erst zwei Uhr ist, Freitagnachmittag. Die Autos speien Auspuffgase aus, während die Menschen darin von allem gequält werden, was sie nicht schnell genug kaufen können. Die Ungeduld zittert in der verschmutzten Luft. Gegen drei Uhr komme ich ins Atelier und hänge die Kohlezeichnungen auf, den Elch mit und ohne Bast, mit und ohne Geweih, ich sehne mich zurück an den Ort, wo er wohnt, aber ich habe eine Aufgabe. Fred hat angerufen, aber auch mit ihm kann ich nicht reden, ich will keinen guten Rat.

Ich schlafe unruhig und erwache heiß, weil ich am Abend die Heizung zu hoch aufgedreht habe. Ich stehe auf und öffne die Terrassentür, ich brauche die kalte Luft auf meinem Gesicht und meinen Händen, ich weiß: Heute ist der Tag.

Ich ziehe mich so warm wie möglich an, Wollunterwäsche über Wollunterwäsche und darüber den Overall von der Eisskulpturenreise nach Alaska, auf einem Stuhl auf der Terrasse trinke ich Kaffee mit heißer Milch, während ein Schiff mit blinkenden roten Weihnachtslichtern an der Reling den Hafen verlässt, das Tuten der Schiffssirene passt zu meiner Stimmung, es ist fast Zeit. Ich kann nichts essen, ich fahre in die Arne Bruns gate, halte, es ist Viertel nach zehn. Ich sehe niemanden, steige aus und gehe über die Straße zum Ahornbaum im Garten hinter dem Wohnkomplex von Nummer 24, ich stelle mich dicht neben den dicken Stamm und schaue zur Eibenhecke am Zaun hinüber, lausche konzentriert, aber ich höre nur ein dumpfes Rauschen von der einige Blocks entfernten Hauptstraße. Ich bin ganz bei mir und ruhig. Das wird leicht. Ich stehe noch keine Viertelstunde hier, als ich ein Auto höre, ich gehe zur Hecke und schiebe die Zweige zur Seite, Ruths roter Volvo hält direkt hinter meinem Wagen. Ruth steigt aus, sie trägt dieselben Sachen wie beim letzten Mal, als ich sie gesehen habe, ihre dunkle Allwetterjacke mit dem dunkelgrauen Schal, ich erkenne ihre kurzen hellgrauen Haare, die aufrecht stehen, ihre beschlagene Brille, ihren Wanderrucksack auf dem Rücken, ich habe mich nicht geirrt.

Zwanzig Minuten später kommen sie Arm in Arm aus der Tür, sie gehen direkt an mir vorbei, Mutter ist mir am nächsten, ich glaube, ihren Atem zu hören und ihren Geruch zu riechen, aber das bilde ich mir vielleicht ein, sie trägt ihre olivgrüne Allwetterjacke, den grauen Schal um den Hals, sie hat ihre grüne Mütze auf dem Kopf, sie tragen beide dunkle Hosen und dicke Stiefel, als ob sie die im selben Laden gekauft hätten, zusammen. Sie gehen im Gleichschritt, wogen im selben Takt, wogen schon so lange im selben Takt, dass sie vergessen haben, dass sie es tun, sie sind betäubt, sie sind betrübt, sie glauben nur ihren eigenen Geschichten, aber vielleicht bilde ich mir das ein.

Ich folge ihnen zum Friedhof, ich kenne den Weg und brauche mich nicht dicht hinter ihnen zu halten; als sie an Vaters Grab ankommen, bleiben sie stehen, natürlich, Ruth nimmt den Rucksack ab, zieht eine Sitzunterlage aus blauem Isopor heraus und geht in die Hocke, entfernt den alten Kranz und wischt Tannennadeln und feuchtes Laub weg, Mutter steht da wie beim letzten Mal, die Beine leicht gespreizt, die Hände eng hinter dem Rücken verschränkt. Sie sagen nichts, ich hocke stumm und schweigend hinter dem Busch. Eine Frau kommt in meine Richtung, mit einem Hund an der Leine, der mich begrüßen will, weil ich einem Hund ähnele, hinter dem Busch kniend, er beschnüffelt mich, ich hoffe, die Besitzerin wird nicht fragen, warum ich hier so stumm hocke, ich lege einen Finger an den Mund, sie blickt mich fragend an, aber sie sagt nichts, geht vorbei, sieht Ruth und Mutter an und dann wieder mich, ich lächele, damit sie es für ein Spiel halten kann. Der Hund will nicht gehen, die Besitzerin ruft ihn, er heißt ausgerechnet Treu, meine Schwester dreht den Kopf, sieht mich aber nicht. Der Hund gehorcht der Besitzerin, natürlich. Ruth nimmt einen neuen Kranz aus dem Rucksack, legt ihn dorthin, wo der alte gelegen hat, nimmt die ausgebrannte Kerze weg, holt eine neue Kerze aus dem Rucksack, sie zündet sie an und stellt sie hinter den Kranz, der rund ist und rote Beeren hat, hör nur, wie still es ist. Dann steht sie auf und wirft den verwelkten Kranz und das ausgebrannte Grablicht in den Mülleimer gleich neben mir, sie steckt die Sitzunterlage wieder in den Rucksack, richtet sich ganz auf und tritt neben Mutter, ich sehe sie von hinten, sie sehen sich ähnlich und doch auch nicht, Mutter mit einer Art Entschiedenheit in den Beinen, Ruth mit einem Knick in den Beinen wie ein Vogel, als wäre Mutter die Chefin, obwohl sie die Abhängige ist, die Macht der Mutter ist groß, Mutters Macht ist groß. Mutter setzt sich in Bewegung, einen Fuß vor den anderen, Ruth folgt ihr wie ein Schatten, sie umrunden den Baum hinter dem Grab wie beim letzten Mal, es regnet jetzt nicht, ich folge ihnen in sicherer Entfernung. Mutter hat auf Ruth gewartet, nimmt Ruths Arm, sie wogen vorbei, an Gräbern und Bäumen, Schnee fällt und schmilzt auf welkem Gras und müder Erde und bald auf Asphalt, in diesem Jahr gibt es keine weißen Weihnachten, aber ich werde in die Hütte fahren, vielleicht schon morgen. Sie gehen an Ruths Auto vorbei, diesmal bringt sie sie bis ganz nach Hause? Ruth folgt Mutter, hält Mutters Arm, und Mutter verschwindet in Ruths Arm, als wäre sie ein Opfer, als wäre sie gern ein Opfer, sie findet, dass ihr das steht, ich spüre Wut in meinem Körper aufsteigen. Sie bleiben vor der Haustür der Arne Bruns gate 22 stehen, Ruth umarmt Mutter, dann dreht sie sich um und geht zum Auto, ich trete hinter die Birke, Ruth setzt sich in das rote Auto, Mutter bleibt stehen und schaut ihr hinterher, dann öffnet sie ihre Handtasche, um ihre Schlüssel zu suchen, nehme ich an, sie findet die Schlüssel, Ruth lässt den Motor an und fährt los und auf Mutter zu, die ein trauriges Gesicht macht, einsam winkt sie mit der Hand, in der sie die Schlüssel hält, aber Ruth kann nicht bei Mutter wohnen. Ruths Auto verschwindet, Mutter dreht sich in Richtung Tür und geht darauf zu, ich gehe vorsichtig zu der Stelle, wo sie eben noch gestanden hat, ich gehe hinter ihr her, sie wird sich nicht umdrehen, sie hört nicht mehr so gut wie früher, zielstrebig und mit den Schlüsseln in der Hand zielt sie auf das Schlüsselloch, trifft, schließt auf und gibt der Tür einen leichten Schubs, es ist eine Tür, die sich von selbst öffnet, langsam, eine Tür für ältere Menschen. Mutter geht hinein, ohne sich umzudrehen, die Tür schließt sich von selbst, langsam, Mutter geht an den Briefkästen vorbei, ich habe Zeit genug, Mutter hat den Fahrstuhl erreicht, ich schiebe den linken Fuß zwischen Tür und Rahmen, ich lehne mich an die Mauer, wenn Mutter sich umdreht, sieht sie mich nicht, sie dreht sich nicht um, der Fahrstuhl kommt, Mutter geht hinein, die Fahrstuhltür schließt sich, ich schlüpfe ins Haus und laufe die Treppen hoch, vorbei am dritten Stock, ich bin vor ihr oben, nun kommt der Fahrstuhl. Mutter steigt aus, ich schleiche mich nach unten, sie hält das Schlüsselbund in der Hand, schließt die Tür auf, geht hinein, die Tür gleitet hinter ihr zu, ich setze den linken Fuß auf die Schwelle und halte die Tür mit der Hand auf, Mutter dreht sich um, und ihr Herz bleibt stehen, sie schreit auf, aber ich bin schon in der Wohnung.

Ich stehe mit dem Rücken zur Wohnungstür, sie weicht zurück in Richtung Tür, hinter der das Wohnzimmer liegen muss, sie hat sich gefasst, sie sagt: Raus!

Ich sage: Mutter!

Sie sagt: Wie kannst du es wagen! Raus!

Ich sage: Ich will nur reden, fünf Minuten.

Sie sagt: Ich habe alles gesagt, was ich dir zu sagen hatte!

Ich sage: Nur fünf Minuten, das ist alles, was ich will, ich brauche nur fünf Minuten, es gibt Dinge, die ich wissen möchte, Dinge, die mir viel bedeuten, sie wiederholt: Raus!

Ich sage: Mutter!

Sie kneift die Augen zusammen, als sei sie von meinem Anblick angewidert: Ich rufe die Nachbarn! Ich schreie, wenn du nicht verschwindest. Ich hole die Polizei! Raus!

Ich sage: Bin ich so leicht abzuschreiben?

Sie sagt: Du hast diese Situation geschaffen, du bist selbst schuld, deine schrecklichen Bilder!

Das warst doch nicht du! Mutter!

Oh! Und was glaubst du, was die Leute denken?

Findest du es wichtig, was die Leute denken?

Komm mir bloß nicht so! Als ob du besser wärst als alle

anderen! Du hast dich immer aufgeführt, als wärst du besser als alle anderen, aber das bist du nicht, im Gegenteil! Du bist nicht gesund, das sagen alle, du bist nicht gesund!

Ich erkenne die Stimmlage aus meiner Jugend, ich kenne den Tonfall und den Wortlaut aus meiner Jugend, ihre Entschlossenheit und ihren Trotz und ihre Wut kenne ich aus meiner Jugend, und ich kenne die Lähmung aus meiner Jugend, mir schnürt es den Hals zu, und mir steigen Tränen in die Augen, so wie damals, und als wäre ich wieder dort, zerfalle ich innerlich und will nur noch weglaufen, weil meine ganze schwere Erkenntnisarbeit umsonst war. Aber ich gehe nicht, denn das Leid ist eine Kette, die die magische Wollust bringt, die das Glück niemals schenken kann. Oder weil wir etwas lernen können, wenn wir in seinem Zentrum stehen?

Ich sage: Du hast also keine Schuld?

Mutter: Komm mir nicht mit Schuld! Raus, sage ich, ich hole die Polizei!

Ich sage: Hol die Polizei! Erzähl mir von Yellowstone, Montana!

Raus!

Ich weiß, dass du dich mit Vaters Rasierklingen geritzt hast, als ich klein war!

Ihr Gesicht verzieht sich, ihre Mundwinkel kräuseln sich, ihre Augenbrauen ziehen sich zusammen, ich kenne diesen Mund, dieses Gesicht, das angestrengte, verbissene Gesicht der Verdrängung, die Augen, die sich leuchtend vor Verbitterung und Hass zusammenkneifen, aber auch die schwarze Angst tief unten in diesen selben Augen, Mutter!

Du lügst! Du bist eine Lügnerin! Alles, was du sagst, ist immer gelogen!

Dann zeig mir deine Arme!

Raus, wiederholt sie, sie schreit jetzt, die Höflichkeitsregeln, die sie ihr Leben lang eingehalten hat, von denen sie gefangen gehalten wurde, gelten jetzt nicht mehr; es hätte etwas Befreiendes gehabt, wenn es sich nicht auf mich bezogen hätte, ich bekam keine Angst.

Du traust dich also nicht, mir deinen linken Unterarm zu zeigen? Zeig mir deinen linken Unterarm, sage ich, verlange ich, ich spüre, wie die Wut in mir wächst, endlich. Raus, schreit sie. Zeig mir deinen Unterarm, dann gehe ich, sage ich, meine Stimme klingt überraschend zittrig.

Hau ab, brüllt Mutter, aus meinem Haus, faucht Mutter mit einer Stimme, die vor Hass überläuft, und ich verstehe es endlich: Sie möchte mich tot sehen. Sie zieht das Telefon aus ihrer Handtasche, weicht weiter zurück in den Raum, der das Wohnzimmer sein muss, ich hole die Polizei, ruft sie, ich folge ihr, hebe den Arm, um ihr das Telefon aus der Hand zu schlagen, ich wage es nicht, sie wählt drei Ziffern, vermutlich 113, ich schlage ihr das Telefon aus der Hand, es fällt zu Boden, ich hebe es auf, ich bin schneller, ich werfe es an die Wand, es trifft ein Bild, das zerbricht, sie dreht sich danach um, jetzt spürt sie Angst statt Hass, das ist ein Fortschritt, ich begreife: Sie glaubt, dass ich sie umbringen will, sie glaubt, dass ich sie so sehr hasse, wie sie mich hasst, und dass ich sie töten könnte, das kommt dabei heraus, wenn man von sich auf andere schließt. Sie schlägt mit ihrer Handtasche nach mir, ich wehre sie ab, ehe sie trifft, die Tasche fällt zu Boden, sie schreit jetzt lauter, so dass die ganze Nachbarschaft es hören muss, ich habe keine Zeit mehr, das ist meine letzte Chance, ich packe ihre Jacke, sie schreit, ich reiße ihr die Jacke vom linken Arm, sie stürzt, ich beuge mich über sie und schiebe den Pulloverärmel nach oben und sehe die Narben, weiße Leidensnarben, weiße Beweisnarben, mein Gehirn ist nicht verzerrt. Ich habe es gewusst, sage ich, ich habe es gewusst, ich lasse sie los, richte mich auf und sehe sie an, sie liegt auf dem Boden, mit der rechten Hand auf dem linken Unterarm, wie um ihn zu verbergen, wie im Reflex hat die rechte Hand den linken Unterarm gefunden, arme Mutter, aber was kann ich tun, Mutter ist stumm, Mutter ist gelähmt, ich habe Mutter gelähmt, sie glaubt, dass ich sie töten werde, so sieht sie aus, als habe ihr letztes Stündlein geschlagen, als sei sie bereits von ihrer Tochter getötet worden, ich habe sie getötet, ich schüttele den Kopf. Du wirst mich nie wiedersehen müssen, sage ich, schüttele den Kopf, das kommt ganz von selbst, ich schüttele den Kopf, öffne die Tür, du wirst mich nie wiedersehen müssen, sage ich und meine es, denn ich will sie wirklich nie wiedersehen, jetzt reicht es.

Ich gehe hinaus ins Treppenhaus, ich drehe mich um und sehe sie ein letztes Mal an, ihre Augen sind weit aufgerissen, du bist ein schrecklicher Mensch, sagt sie, ich schließe die Tür, sie ruft: Ich wünschte, ich hätte dich nie geboren. Du bist nicht die, für die du dich hältst, sagt sie.

Ich gehe die Treppen hinunter und verlasse das Haus.

Wie ich meine Mutter im Badezimmer mit der Rasierklinge liebe, meine verzweifelte Mutter von damals.

Ich fahre durch Nebel und Schneeregen zur Hütte, die Scheibenwischer sind machtlos gegen das Wasser, das aus dem offenen grauen Himmel fällt, ich fahre wie in Trance, durchströmt von Elektrizität.

Ich wünschte, ich hätte dich nie geboren. Du bist nicht die, für die du dich hältst.

Lange hatte ich versucht, sie aus der Entfernung zu verstehen, aber ich hatte eingesehen, dass ich das nicht konnte, dass meine Bilder von ihr erstarrt und statisch waren, und mir wurde klar, dass ich sie treffen musste, dann wollte sie mich nicht treffen, dann suchte ich sie auf, in dem Versuch zu verstehen, wer sie jetzt war, um zu erfahren, dass die starren Bilder galten, dass die weicheren Bilder aus meiner Erinnerungsarbeit des vergangenen Jahres nicht mit irgendeiner Wirklichkeit übereinstimmten. Ihr war es total egal, was in mir vorging.

Sie hatte als meine Mutter abgedankt, für sie war ich tot. Das war ihr gelungen.

Währenddessen hatte ich sie zur Seite gestellt, eingefroren und mir eingebildet, dass es in meiner Macht stünde, sie aufzutauen, wenn ich dazu bereit wäre. Das war mir misslungen.

Ich fahre hoch, gehe den Weg durch den Wald, ich erreiche die Hütte und schließe die Tür auf. Erst als ich mich setze, kommt der lähmende Schmerz meiner Kindheit zurück, ich hatte ihn erwartet, aber nicht so. Ich hatte gedacht, dieser Schmerz sei mir vertraut, er sei verblasst und ich könnte damit umgehen, aber er holt mich mit voller Kraft ein. Zum Glück weiß ich aus Erfahrung, dass er, wenn er so weh tut, dass ich glaube, gleich das Bewusstsein zu verlieren, beginnt zu verdampfen. So wie die, die bei einem Unfall einen Arm oder ein Bein verlieren, sagen, sie hätten gar nichts gespürt, weil das Nervensystem nicht so viel Schmerz ins Gehirn weiterleiten kann, geht es mir, wenn ich den Schmerz widerstandslos kommen lasse.

Ich hatte etwas sichtbar werden lassen, das vorher unsichtbar gewesen war und das mir unwahrscheinlich vorgekommen war: dass sie mich auf irgendeine Art gernhatte.

Trotzdem traf mich ihre Verweigerung härter, als ich erwartet hatte, es kam mir vor, als würde sie nie aufhören, mich zu verlassen.

Ich musste alle Hoffnung fahren lassen, mein Geweih abwerfen, das zu schwer gewesen war, um es zu tragen, ich musste selbst für das sorgen, was ich brauchte.

Es gibt so viele Möglichkeiten, eine Mutter zu verlassen, über fünfzig. Ich ziehe meine Sonntagskleider an, ich bringe mich in eine feierliche Stimmung und suche meinen Ort für hohe Erwartungen auf, meine Grabstätte für enttäuschte Hoffnungen, den großen Wald. Ich habe die Zigarrenkiste mitgebracht und die blau karierte Bettwäsche, den gelben Vogel, ich trage schwer und werde schwer, während ich trage, ich gewinne die verlorene Schwere meiner Kindheit zurück, indem ich Mutter auf dem Rücken trage, so wie ich sie immer getragen habe, eine schwere Last, Mutter hat eine Wunde auf meiner Schulter hinterlassen, erst jetzt merke ich, wie tief sie ist, während ich Mutter weit in den tiefen Wald hineintrage, wo die Tannen so dicht stehen, dass kein Schnee liegt, dass die Erde nicht gefroren ist, wo es möglich ist, zwischen den Bäumen das Murmeln der Toten zu hören. Ich finde eine passende Stelle zwischen einem Ameisenhügel und einem verfaulenden Baumstumpf, ich hebe mit Schaufel und Eisenkelle eine Grube aus, packe Mutter aus und betrachte sie ein letztes Mal, sie, an deren Brust ich als Kind gelegen habe, furchtlos und warm, deren Schutz ich suchte, wenn ich Angst hatte, deren Umarmung ich suchte, wenn ich traurig war, die, die ich bat, versteck mich, Mutter, die, die selbst niemanden hatte, bei dem sie sich verstecken, bei dem sie Zuflucht suchen konnte, ich habe die Unmöglichkeit aus Mutter gesaugt, der Schmerz strömte aus ihrer Brust in meinen Mund und in meinen Körper, aber etwas in mir begriff das und widerstand, und seither bin ich von ihrer Unmöglichkeit und ihrem Schmerz fortgestrebt. Ich bin weit gewandert, Mutter, aber vielleicht bin ich in Kreisen gegangen, Mutter, ich habe dich und deine Schwere getragen, Mutter, aber jetzt muss Schluss sein, Mutter, ich bin müde, Mutter, und ich habe nichts mehr zu sagen, Mutter, ich suche Zuflucht in meinem Bau, Mutter, ich war einmal ein Kind mit dem Wunsch, zu dir zu finden, und jetzt bin ich eine Frau und gebe dich auf, ich nehme Abschied und vergrabe dich, ich hebe dich von meinem Rücken und lege dich ab und decke dich zu mit dunklem Moos und Erde, ich erinnere mich an den Geruch deiner Jacke, die ich dir herunterriss, und den des Pullovers, dessen Ärmel ich hochschob, ich mag diesen Geruch nicht mehr, das ist ein Zeichen. Erde zu Erde, Asche zu Asche, Staub zu Staub, und dann gehe ich, ohne zurückzublicken.

Ich kündige beide Mietverträge und packe meine Sachen, ich fahre nach Hause, dorthin, wo ich am besten arbeite, nach Utah, es ist vollbracht.

Mutter ist tot in mir, trotzdem kommt es manchmal vor, dass sie sich bewegt.

Diese drei Dinge haben Bestand: Wäsche muss über Nacht eingeweicht und danach drei Mal ausgespült werden. Spaghetti sind gar, wenn sie an den Keramikfliesen hinter dem Herd kleben bleiben. Wer alles kauft, was ihm gefällt, geht am Ende als Bettler durch die Welt.

Das mit den Spaghetti ist das Wichtigste.